제1장
괴리 애프터

乖 離
괴리

욕심 없는 당신은 모든 것을 남겨둔 채
절대적인 힘을 손에 넣는다.

그 힘으로 타인의 모든 것을 유린해도 좋고
시시하게 방관을 계속해도 된다.

하지만,
어떤 선택을 하건 당신 옆에는 아무도 없다.

마음이 언젠가 마모되어 스러질 때까지
당신은 고독을 곱씹을 수밖에 없을 것이다.

어느 아침에도, 그의 모습은 없다.

아이비 포세트는 언제나 혼자서 아침을 맞이했다.

잠에서 깨면 그대로 얼마간 새하얀 천장을 올려다보는 일로 하루를 시작한다.

배가 고파지면 일어나 적당히 요리해서 밥을 먹고 뒹굴뒹굴하다가, 배가 고파지면 또 밥을 먹는다. 그러기를 반복했다.

어딜 가도 대화 상대는 없다. 기본적으로 책을 읽거나 하며 지내는 일이 많다. 날씨가 좋은 날에는 하늘에 꿈쩍도 하지 않고 떠 있는 구름을 바라보다가 그대로 하루가 끝나버리는 일도 있다.

주변은 너무도 고요하다. 너무 조용해서 어떨 때는 자신이 숨을 쉬는 소리며 심장 소리마저 들릴 정도다.

그게 시끄럽다고 느껴지기 시작하면 지쳐서 녹초가 될 때까지 밖을 뛰어다녔다.

그렇게 녹초가 되면 푹신푹신한 침대에 벌렁 드러누워 잤다.

그것이 나의, 불사신으로서 시간을 보내는 방법이었다.

누군가의 눈에는 즐겁게 보일지도 모른다.

뭐, 사실은 목을 매도, 절벽에서 뛰어내려도 이 생활에서 벗어날 수 없으니 그렇게라도 해서 괴로움을 무마하는 수밖에 없는 것뿐이지만……

그를 만난 후부터 아침이 아주 조금 바뀌었다.

우선 그를 생각하는 일로 하루를 시작한다.

태도가 건방지다든지, 말투가 난폭하다든지——

그를 생각하면 녹초가 되도록 달리지 않아도, 희한하게 마음이 가라앉았다.

밥을 먹고 나서는 편지를 썼다.

그에게 보내는 편지다.

그는 내게 특별한 사람이었다.

내가 있는 세계에서 시간은 매우 느리게 흐른다.

얼마나 느린가 하면, 나는 1초에 한 번 점프를 할 수 있는데 다른 사람들은 점프해서 착지할 때까지 100초가 걸린다. 프라이팬으로 달걀 프라이를 하는 데 6시간 정도가 걸린다. 자다가 뻗친 머리를 정리하는 데는 10시간, 옷을 갈아입는 데는 8시간…….

언젠가부터 그런 것들을 의식하지 않기로 했다.

거의 움직이지 않는 그것들이 무엇을 하건 내게는 아무래도 좋은 일이라는 것을 깨달았기 때문이다.

소리는 없고, 바람도 불지 않고, 누군가의 가슴에 귀를 대도 심장이 뛰는 소리조차 들리지 않는다.

사람은 물론이고 벌레와 새들까지 정지해서 내가 바로 옆을 스쳐 지나가도 알아채지 못한다.

아무것도 없다. 어디를 가도 조용한 방에 혼자 있는 것과 다를 바가 없었다.

그렇듯 외톨이였던 나를, 그는 대략 100일에 한 번씩 만나러 와주었다.

그는 나와 같은 시간을 공유할 수 있는 듯했다.

함께 시간을 보내고 대화할 수 있었다. 오랫동안 잊었던 인간다움이란 것을 상기시켜 주었다.

어느새 그와의 시간을 소중히 여기는 것이 삶의 낙이 되었다.

편지……. 편지에 관해서도 적어두자.

편지에는 내가 얼마나 그에게 하고 싶은 말이 많은지를 줄줄이 적었다.

내가 얼마나 외로운지. 내가 얼마나 네 생각을 하는지.

조금이라도 양심이 있다면 이곳에 머무는 시간을 늘리라고.

조금 더 다정하게 대하라고.

쓰고, 또 썼지만,

결국, 쓰기만 했다.

그에게 건넨 적은 없다.

적고 나니 마음이 풀렸다기보다는 그가 편지를 보고 어떤 반응을 보일지 무서워서 건네지 못하는 것이다.

그가 질겁하지 않을까 걱정된다.

어쩌면 이곳에 와주지 않게 될지도 모른다.

그러니 편지를 쓰는 건, 그가 이곳에 올 때까지 시간을 죽이기 위한 심심풀이였다.

아침, 그를 생각하고 있었다.

요즘 얼굴을 비추지 않는다. 뭘 하는 걸까.

어느 날 아침, 그를 생각하고 있었다.

오늘도 그는 오지 않았다. 어떻게 하면, 그가 나를 필요하다고 생각해 줄까…….

　어느 아침, 그를 생각하고 있었다.

　어떻게 하면, 그가 나만을 의지해 줄까…….

　어느 날, 문득 생각이 났다.

　그 주변에 있는 인간을 모두 없애버리면, 나만 남잖아…….

소녀의 손에는 아무것도 남지 않는다

　둥지에서 떨어진 새끼 새를 키운 적이 있다.

　내가 대여섯 살쯤이었을 때의 일이다.

　툇마루에서 멍하니 있던 중에 삐익삐익, 서글픈 새 울음소리를 들었다.

　소리에 이끌려 그쪽으로 가 보니 나무에서 떨어진 새끼 새가 있었다. 내게 도움을 구하듯 필사적으로 날개를 움직이며 계속해서 지저귀고 있었다.

　그 새끼 새를 두 손으로 감싸듯 주워들었다.

　어머니는 나와의 교류에 그리 관심이 없었다. 딸인 나보다 담배와 알코올을 더 좋아하는 사람이었다.

　아버지 얼굴은 모른다. 어머니가 나를 낳자마자 어딘가로 가서는 돌아오지 않았다고 한다. 어머니는 밤마다 아우성치며 푸념해댔다.

그래서 어머니와 둘이 살았다. 어머니는 거의 집에 있지 않아서, 나는 늘 집을 보고 있었다.

한마디도 하지 않고 하루를 보내는 일도 적지 않았다. 그 때문인지 말을 익히는 것도 느렸다.

말을 잘 하지 못해서 같은 또래 아이들과의 대화도 힘겨웠다.

내게는 변변한 대화 상대가 없었다.

그래서 언제나 하늘을 바라보며 멍하니 있었다.

그런 환경 탓인지 둥지에서 떨어져 외톨이가 된 새끼 새가, 도무지 남 같지가 않았다.

가져온 새끼 새를 어머니에게 보여주자 불쾌하다는 듯이 얼굴을 찌푸렸다.

"돌봐주는 건 상관없지만, 집 안에는 들이지 마."

하지만 키우는 걸 반대하지는 않았다.

내가 하는 일에 관심이 없었기 때문일 거다.

마당에 작은 나무상자를 두고 거기서 새끼 새를 키우기로 했다.

태어나서 처음 생긴 친구에게, 어느 책에서 본 '사랑'이라는 뜻을 가진 단어인 '아모르'라는 이름을 붙였다.

"너는 걔가 그렇게나 좋니."

아모르를 돌보는 내 모습을 어머니는 무척 시시하다는 듯이 쳐다보았다. 그렇게 투덜대며 구인 안내서를 훑어보았다. 토라진 듯 보이기도 했다.

즐거워하는 내 모습이 마음에 안 들었던 걸지도 모른다. 당시에는 그 정도 생각밖에 하지 못했다.

넉넉지 않은 생활이었다. 어머니도 요령이 좋은 사람은 아니라서 일을 구해도 오래가지는 못하는 것 같았다.

툭하면 고함을 치고 때렸다.

그때마다 나는 붙임성이 좋은 아모르에게서 마음의 위안을 얻었다.

아모르도 내가 손가락을 가져다 대면 부리를 뻐끔거리며 먹이를 달라고 졸랐다. 귀여운 녀석이다.

그로부터 몇 개월 후.

어느 날, 나무상자에서 아모르가 사라져 있었다.

갑작스러운 이별이었다.

이리저리 찾아다녔지만 결국 찾지 못했다.

그때까지 매일 아모르가 좋아하는 곡물을 모이통에 주고, 놀이 상대도 해주었는데 어이없이 사라져 버렸다.

애정을 가지고 키우고 있었는데 배신을 당한 것 같아서 엄청 낙담했다.

하지만 아모르는 깔끔하게 잊기로 했다.

배신자 따위 때문에 마음 아파할 시간이 아깝다. 그렇게 생각하기로 했다.

아모르가 없어진 그날은 평소보다 어머니에게 찰싹 달라붙어 어리광을 부려봤다.

히지만 어머니는 귀찮다는 표정을 지을 뿐, 별다른 반응을 보이지 않았다.

"왕도에 있는 마법학교에서 널 데려가기로 했어."

열 살이 되기 직전에 어머니는 내게 그런 소리를 했다.

"벌써 계약금은 받았어. 널 키우는 것도 이제 넌더리가 나고, 너도 거기 가면 더 좋은 생활을 할 수 있어. 게다가 너도 지긋지긋하잖아?"

그때 어머니는 이전처럼 토라진 어린애 같은 얼굴을 하고 있었다.

이번에는 어머니까지 나를 배신하는 모양이다.

모두 배신한다.

배신자는 질색이다.

이 녀석이고 저 녀석이고, 다 죽어버렸으면.

"이런 소릴 듣고도 아무 말도 안 하네."

어머니는 그렇게 말하며 힘없는 미소를 지었다.

먼저 배신한 건 당신이잖아, 라고 속으로 욕했다.

다 너 때문이야, 라고도……

하지만 직접 말하지는 않았다. 말해 봐야 달라질 건 없으니까.

어머니는 결국 딸을 소홀히 하고 어린애처럼 툴툴대기만 할 뿐, 어머니다운 일은 하나도 해 주지 않았다.

"넌 늘 그렇지."

그게 어머니와의 마지막 대화였다.

결국 내 손에는 아무것도 남지 않았다.

이 이야기를 통해서 말하고 싶은 게 뭐 같아?

나를 사랑해 주지 않을 거면, 죽어버리라는 거야.

2일째

그—— 알바를 내 거처에 들인 다음 날 아침.

현기증이 나도록 정신없던 시간은 끝나고 나와 알바, 둘만의 생활이 시작되었다.

지금까지의 경위를 쉽게 말하자면…… 이렇게 된다.

알바의 주변에는 여자가 많았습니다.

그중 한 여자는 알바를 진짜 좋아했습니다.

어느 날, 여자는 알바의 곁에서 다른 여자들을 멀리 떨어뜨려서 고독하게 만들기로 결심했습니다.

여자는 외톨이가 된 알바에게 손을 뻗어, 알바의 첫 번째가 되고자 한 것입니다.

하지만 마지막 한 명이 좀처럼 그의 곁에서 떨어져 주지 않았습니다.

최종적으로 두 사람은 서로에게 사랑을 맹세했습니다.

여자는 절망하여——

절망하여, 그에게 사랑받지 못할 바에는…….

"죽는 게 낫다고 생각했다……."

거실에 있는 소파에 앉으며 하얀 천장을 바라보았다. 새하얀 천장이 지금의 내 마음을 나타내고 있는 듯했다. 이제 아무것도 없다. 손에서 흘러내린 것은 돌아오지 않는다. 신뢰, 애정…… 모두 다 부서져 버렸으니까.

계획을 전부 망가뜨리고, 그를 억지로 이 폐쇄된 세계로 데려왔으니까.

분명 그에게는 내키지 않는 이사였을 거다.

그러니 나를 보는 것조차 거절하고 당분간 자기 방에 틀어박혀 지낼 것으로 예상했었다.

그런데 아침이 되자 거실을 어슬렁거리던 내 앞에, 그는 아무렇지도 않게 모습을 나타냈다.

마침 소파에 누우려던 참이어서 기습이라도 당한 기분이었다.

나는 허둥지둥 흐트러진 옷을 바로하고서 일어났다.

"좋은 아침."

대답은 없었다. 부루퉁한 얼굴로 나를 흘끔 쳐다볼 뿐이었다.

눈앞에 알바가 있다.

아침에 눈을 뜨자마자 그와 얼굴을 마주할 수 있는 상황은, 정말이지 엄청나게 신선했다.

어제까지 있었던 일들이 꿈이 아니라는 것을 새삼 실감할 수 있었다.

"뭐, 뭐 좀 먹을래?"

역시나 대답은 없었다. 고집스럽게 내 얼굴을 쳐다보지 않았다.

"안 먹으면, 죽을 텐데?"

그는 그제야 나를 쳐다보았다.

증오가 가득한 눈으로.

그 눈빛은 우리 둘의 관계가 앞으로 다시는 좋아질 일이 없음을 의미했다.

내가 했던 악행을 모두 그에게 털어놓은 후, 나는 좋은 미래에 대한 기대를 버렸다.

사랑하는 사람에게서 그를 떼어놓고 내 집에 감금했다.

가해자와 피해자―― 그것이 우리의 관계였다.

간단한 식사를 준비했다.

같은 테이블에 앉아 함께 아침 식사를 했다.

대화는 없었다.

아무 색도 없는 새하얀 실내에서 마주 보고 앉아 있는 동안에도 그는 눈살을 찌푸리고 복잡한 표정을 짓고 있었다. 계속 뭔가를 생각하고 있는 듯했다.

"홍차 마실래?"

식사 후에 내가 그렇게 제안하자 그는 약간 놀란 듯 눈을 동그랗게 뜨더니 "어어……." 하고 고개를 끄덕였다.

둘이서 홍차를 마시며 한숨을 돌렸다.

조용한 방에 지금은 내가 아닌 사람의 숨소리가 울리고 있다. 그에게로 고개를 돌리자 눈이 딱 마주쳤다.

알바의 눈빛은 내 쪽이 불편해질 정도로 험악했다.

그 눈빛을 흘려 넘기며 찻잔 가장자리에 입을 댔다.

"언제까지 같이 있어야 해?"

그러자 그는 문득 내게 물었다.

"방은 따로 쓰잖아? 어제 네가 툴툴거려서."

"아니, 나는 언제까지 너랑 여기서 살아야 하는지 물어본 거야."

그의 말투는 담담했다. 나와는 말다툼조차 하고 싶지 않다는 의도가 엿보였다.

둘째손가락을 세운 채 그에게 미소를 지어 보였다.

"한 가지 좋은 걸 알려줄게."

"좋은 거?"

"넌 내게 평생의 시간을 바쳤어. 그 시간은 네가 살아 있는 동안에는 오지 않고, 멋대로 죽지도 못해."

얄밉게 말하고 있다는 사실은 알았다. 내가 생각해도 제법 악당 같다.

알바는 몇 개의 방을 오갈 수 있을 뿐, 결국에는 하얀 방에 갇혀 있다.

알바가 사랑한 사람…… 리나리아 센티에르라는 마녀를 위기에서 구해 주는 대가로 나와 깰 수 없는 맹세를 했기 때문이다.

지금의 알바는 절대로 이 공간에서 빠져나갈 수 없고, 자기 의지로 죽지도 못한다.

그런 계약을 맺었다.

두 번 다시는 그가 나를 배신하지 못하도록.

"쓸데없는 희망은 버리는 게 좋아. 그보다 말이야, 앞으로의 일을 생각하자. 지금 네가 할 수 있는 일 중에서 즐겁게 시간을 보낼 수 있는 방법을 생각하는 거야. 어차피 달아날 수 없다면 즐기는 게 낫잖아?"

그는 대답하지 않았다. 고개를 숙인 채 눈을 꾹 감기만 한다.

이 공간에는 우리 둘밖에 없고, 눈앞에는 자신을 함정에 빠뜨린 내가 있다.

도망칠 곳은 어디에도 없다.

그가 내뿜고 있는 오싹오싹하고도 찌를 듯 날카로운 분위기가 차라리 실체를 띤 칼날이 되어 내 몸을 꿰뚫어 주면 얼마나 좋을까.

살의에 몸을 맡겨 나를 죽여 주면 얼마나 좋을까.

앞으로 원망받으며 이곳에서 살 바에는 그에게 죽는 편이 나을 것도 같다.

이미 내 마음은 그런 쪽으로 기울어져 있었다.

나는 불사신이다. 평범한 상처로는 죽음에 이르지 않는다.

하지만 그는 특별하다.

유일하게 나를 죽일 수 있는 사람이다.

그는 불사신인 마녀를 죽일 수 있다.

"즐겁게 시간을 보내라니, 어떤 식으로."

그런 질문을 할 줄은 몰랐다.

"응? 으음~."

나와 즐거운 시간을 보낼 생각이 있을 리가 없겠지만.

"예를 들자면…… 나랑, 같이 잔다거나……."

알바는 뚱한 눈으로 나를 노려보더니 노골적으로 피곤하다는 표정을 짓고서 한숨을 내쉬었다. 어쩐지 짜증 나는 반응이었다.

"그게 너한테는 즐거운 일인가 보지?"

"그래……."

"사랑하지도 않는 남자랑 그런 짓을 해서 뭐 하게."

사랑하지 않는다고?

"내가 뭣 때문에 이렇게까지 공을 들였다고 생각해? 지금 이 순간을 위해서야. 너와 여기서, 단둘이 있기 위해서라고……."

알바는 나를 물끄러미 쳐다보았다. 마치 모든 것을 꿰뚫어보는 듯한 차가운 눈으로.

"그, 그러니까, 나는 너를! 사랑한다고!"

"너는, 자포자기한 것뿐이야."

차가운 목소리였다. 기계 같았다.

"어차피 이제 사랑받을 수 없다고 생각하지. 죽어도 좋다고 생각하고 있지?"

마음속을 읽힌 것 같아 숨이 턱 막혔다.

조금 전까지도 그가 내게 칼날을 들이대기를 기대하고 있었기 때문이다.

"네 생각은 이제 대충 알겠어. 너는 지금 여기서 나한테 죽어도 상관없다고 생각하고 있어. 내 말 틀려?"

나는 침묵했다.

"침묵은 긍정이야."

그의 얼굴을 노려보았다. 동의할 수 없다는 마음이 조금이나마 있었기 때문이다.

"다시 말해서 너는 나를 사랑하지 않아."

하지만 올곧은 눈으로 그런 소릴 하는 것을 듣자, 내 모든 것을 꿰뚫어 보는 것 같은 기분이 들어서 나는 슬그머니 시선을 피했다.

"단정하지 마……."

반박하려 했지만 궁색한 말만 나왔다.

"자기가 어떻게 되건 상관없다고 생각해서 아무렇게나 행동하고 있는 거야."

"단정하지 말라고 했지……?!"

짜증이 나기 시작했다.

"뭐, 정말 그럴지는 알 수 없지만 말이야, 하지만……."

그는 일단 말을 끊더니, 자신만만한 얼굴로 나를 가리키며.

"적어도 나는 안 믿어. 나처럼 비뚤어진 남자를 좋아할 사람은 스승님 정도라고."

그렇게 말하고는 콧방귀를 뀌었다.

"기억해두라고, 마녀."

"자기 입으로 말하면 슬퍼지지 않아?"

"조금……."

알바는 부자연스럽게 헛기침을 했다.

"그래서 방침을 하나 정하려고 해."

뭐가 '그래서'라는 걸까.

나는 조금 전과 달리 가벼운 말투를 쓰는 알바를 노려보며 대꾸했다.

"무슨 방침……."

"리셋하자."

"리셋……?"

"서로 껄끄러운 상태로 앞으로 수십 년을 함께 사는 건 참을 수 없는 고통일 거야. 그러니 일단 리셋하자."

"그게 대체 무슨 소리냐고……."

의미를 모르겠다. 정말로 죽여 주지 않는 걸까 싶어 불안해졌다.

다른 선택지는 애초에 생각해본 적도 없는데.

그는 곧이어 실로 긴장감이라고는 느껴지지 않는 태도로 말했다.

"네가, 내 마법 선생님이 되어줘."

"뭐라고?"

마법 선생님······?

"둘이서 빈둥빈둥 무의미하게 시간을 보내는 것보다는 생산적이 잖아?"

생각지도 못했던 제안이다. 선생님이라니?

"목표는 필요해."

그의 눈빛은 진지하고도 절실했다.

"이런 아무것도 없는 세계에서, 단둘이 타성적으로 살자고? 나는 못 견뎌."

그러니 나한테 마법을 가르쳐달라고······?

나는 그 말이 정확히 어떤 의미인지 알 수가 없었다.

"이제 와서 그런 걸 배워서 뭐 하게. 어차피 넌 수명이 다하도록 여기 있을 텐데."

"그렇다 해도 네가 내 선생님이 되어 줬으면 해."

"무의미한데도?"

"무의미하더라도."

진심으로 내가 선생님이 되어주길 바라는 것인지.

그 이상 원망 한마디 하지 않았다.

그게 리셋이라는 걸까.

"왜 굳이 나랑 엮이려고 하는데? 네 소중한 걸 빼앗았잖아. 진짜 바보 아니야?"

"맞아. 눈치도 빠르네, 할망구."

그 순간, 눈앞에서 불꽃이 튀는 듯했다.

"뭐라고?"

"할망구잖아. 일만 살 먹은 할머니."

아무래도 진짜로 시비를 거는 것 같다.

"말했듯이. 껄끄러운 상태로 살기는 싫어."

방금 한 말 때문에 껄끄러워지기 시작한 것 같은데.

"그러니까 네가, 나한테 마법을 가르쳐줬으면 해."

그렇게 말하더니 그는 천진한 미소를 지어 보였다.

"그러니 다시 한번 이 질문에 솔직하게 답해 봐."

그가 태평하기 그지없는 눈빛으로 나를 바라본다. 그러더니 원망
도, 우는 소리도 않고.

"너는 지금, 날 사랑하지 않지?"

그는 조금 전과 같은 질문을 던졌다.

"……."

사랑받지 못할 거면, 죽는 편이 낫다.

사랑해 주지 않는다면 얽혀도 고통스러울 뿐이다.

그런 내 마음을 꿰뚫어 본 걸까?

다시 한번 그의 눈을 보았다. 무언가를 결심한 듯 입술을 앙다물
고 나를 바라보고 있다.

무슨 일이 있어도 그는 나를 죽일 생각이 없는 것 같다.

선생님과 학생이라는 애매한 관계에 안착하려 하고 있다.

이것은 그 나름의 복수일지도 모른다.

죽어서 편해질 생각은 말라는 뜻일까.

나는 이를 보이며 웃었다.

"사랑하지 않아……."

맞받아쳐 주겠다고 생각했다. 이건 나에 대한 앙갚음이겠지만, 나도 저항할 준비는 되어 있다.

일이 이 지경이 되었는데도 내게 원한을 품지 않겠다면…… 죽여주지 않겠다면, 그렇게 만들면 그만이다.

선생님 역할이든 뭐든 맡아서 미움을 살 짓을 하면 그만이다.

게다가 그에게는 마법의 재능이 없다. 마술과 마주할 자격도, 각오도 없는 반쪽짜리에 불과하다.

계속 곁에서 지켜보았기에 알 수 있다.

그는 쉽게 주변 사람들의 일에 휘말려들기만 하는, 약한 인간이다.

애정을 품게 하기는 어렵다. 하지만 미움을 사는 건 간단하다. 손쉽게 부숴버릴 수 있다.

"누가 너 같은 고집불통을 사랑하겠어."

그러니 철저하게 부숴버리면 된다.

두 번 다시 그런 물러빠진 생각을 하지 못하도록, 그를 궁지로 몰면 된다.

"그렇지?"

그는 또다시 웃었다.

떨떠름한, 더러운 기분이 순식간에 밀려들었다.

하지만 그것도 아주 잠시뿐이었다.

"그게 지금의 나와 네 관계야, 할망구."

"선생님이라고 불러."

선생님과 학생…… 바라던 바다.

나는 팔짱을 끼고서 알바를 노려보았다.

"좋아, 시간은 남아도니 바라는 대로 해 줄게. 미리 말해두겠는데 인정사정 안 봐줄 거야."

그는 어리둥절하다는 눈치다. 오늘 본 얼굴 중 가장 얼빠진 표정이다.

"바라던 바야, 할망……억?!"

짜악. 곧바로 그의 뺨을 손바닥으로 갈겼다.

바닥을 나뒹구는 알바를 흘끔 쳐다본 후 찻잔을 집어 들고서, 남은 홍차를 홀짝였다. 그렇게 한숨을 돌리고서 낮은 목소리로 말했다.

"선생님이라고 부르라고 했지. 때릴 거야."

그는 쓰러져서 자기 뺨을 부여잡은 채 눈물을 글썽이며 말했다.

"벌써 때렸잖아……."

그렇게 나와 그는 선생님과 학생이라는 관계가 되었다.

5일째

따귀를 때린 순간, 알바의 몸이 공처럼 나뒹굴었다.

바닥에 얼굴을 요란하게 부딪히자 으직, 하고 불쾌한 소리가 울렸다.

"크으……."

그의 코에서 피가 흘러 하얀 바닥에 튀었다.

널브러진 알바를 내려다보며 나는 미소 지었다.

"바닥, 나중에 치워."

그의 얼굴은 고통으로 일그러졌다. 조금 지나쳤나 싶었지만, 곧장 그런 생각을 떨쳐냈다.

이제 이 녀석을 배려할 필요는 없다.

왜냐하면 이제 나를 사랑해 주지 않을 거니까.

"이거 그냥 이론 수업 아니야……? 조금 틀렸을 뿐인데 두들겨 패는 건 좀 그렇지 않아……?"

"두들겨 팬 적 없어, 따귀였잖아."

"우와…… 다정하기도 하시네……."

"게다가 이러는 편이 더 머리에 잘 들어오잖아?"

왼손으로 학술서를 들고, 알바가 틀린 답을 말하면 오른손으로 따귀를 때린다. 단순한 규칙이다. 게다가 따귀를 때릴 때 마력으로 공격력을 높였다.

선생님 역할을 맡고서 이틀 정도가 지났을 즈음에 지도 방침을 정했다.

뭐, 주로 알바를 어떻게 골려줄지에 중점을 둔 것이었지만.

"아픈 게 싫으면 빨리 방어 마법을 사용할 수 있게 되든가."

"하핫…… 교사이기는 해도 폭력 교사였네……."

그는 실실 웃고 있었다. 이딴 규칙을 납득한 거야?

내가 적당히 정한 것인데도 이걸 받아들일 수 있을 정도로 마음에 여유가 있는 모양이다.

몰래 손톱을 깨물었다.

한 번 궁지에 몰린 적이 있는 그라면 일찌감치 항복하고 칭얼댈
줄 알았건만.

"하긴 뭐, 첫날이니 그렇겠지."

오늘이 첫 번째 이론 수업이었다.

마음이 꺾이기에는 아직 이른 것뿐이리라.

나는 품속에서 어떤 물건을 꺼내서 바닥에 내던졌다.

"다음은 이거야."

"뭐……?"

새하얀 바닥에 꽂힌 날붙이가 존재감을 내뿜고 있었다.

그것을 본 알바는 재미있을 정도로 경직된 표정을 지었다.

"틀리면, 왼손을 찌를 거야."

"제정신이야……?"

"당연하지."

바닥에 쓰러진 그에게 다가가 웅크려 앉았다. 내가 얼굴을 들이
대자 핏기가 가신 것처럼 보였다.

"무진장 아플 테니 각오해. 아, 하지만 안심해. 금방 내가 마법으
로 고쳐줄 테니까."

그러니 죽지는 않는다.

"아픈 건 3분 정도로 할까? 3분 지나면 치료해 줄게. 그걸 반복
할 거야. 너무 형편없는 해답이 계속되면 치료할 때까지의 시간을
5분으로 늘리고."

"피는 흐르잖아……? 그랬다간 갈수록 허약해질 것 같은데."

"오오, 통찰력이 제법인데?!"

그에게 미소를 지은 직후……

"끄악……?!"

나이프를 쥐어 재빨리 그의 손바닥을 찔렀다.

"자, 시범을 보여줄 테니까 천을 입에 물어."

입에 하얀 천을 욱여넣고서 손에 꽂힌 나이프를 움켜쥐었다.

"으읍……?!"

오른쪽으로 비틀었다. 그러자 칼날에 관통된 살이 벌어지고 찢어지기 시작했다.

"번개를 맞은 듯한 고통이 일고, 그게 전신으로 퍼지고 나면, 무언가가 갉아먹는 듯한 고통으로 바뀌어."

"끄읍――!!"

천이 없었으면 혀를 깨물어 버렸을지도 모른다.

곧 나이프를 뽑고서, 그게 꽂혀 있었던 그의 손에 내 손을 포개었다.

"으……읍……."

그는 눈물을 글썽거리며 몸을 떨고 있었다.

인간은 고통에 약하다. 놀랄 만큼 약하다. 나는 그 사실을 잘 알았다. 몸소 체험한 일이기 때문이다.

"미안해. 이번에는 답을 틀린 게 아니니까 바로 고쳐줄게."

다행이지? 그의 귓가에 대고 속삭였다.

그의 눈꺼풀이, 불쌍할 정도로 바르르 떨렸다.

"흐……으……."

그리고 그의 눈빛이 점점 탁해지기 시작하더니 머지않아 정신을 잃었다.

"알겠어? 내 치료는 네가 흘린 피까지 네 몸속으로 되돌려줄 수 있어.”

특수한 마법을 사용하고 있다. 하지만 그 사실을 그가 알 날은 아마도 오지 않을 거다.

그는 거기까지 도달할 수 없다.

분명 마음이 망가져서 언젠가 내게 이를 드러낼 거다.

그날이 오기를 애타게 기다리고 있다. 그 덕에 나는 이렇게 마음의 평화를 유지할 수 있는 것이다.

“고통스럽기만 하겠지. 고통에 익숙해지기 전까지는 칼에 찔릴 때마다 정신을 잃을지도 몰라.”

정신을 잃은 그의 머리에 손을 얹었다.

“하지만 괜찮아, 안 틀리면 되잖아.”

정신을 잃은 그에게 그 말은 전해지지 않았다.

24일째

나무 바닥으로 된 그럭저럭 넓은 정사각형 방.

예전에 책에서 본 ‘도장’이라는 이국의 수련장을 모티브로 만들어진 곳이다.

알바를 만나기 전에는 아무도 없는 이 방 가운데 앉아, 하염없이 머릿속을 비우고는 했다.

묵상으로 불리는 행위다.

아무것도 생각하지 않는다. 아무것도 보지 않는다. 아무것도 느끼지 않는다.

그저 이 아무도 없는 방의 공기에 녹아드는 것에만 집중한다. 아니, 그조차도 하지 않는다. 아예 '무(無)'가 된다. 온갖 잡스러운 생각들을 머리에서 몰아낸다.

"크흑……."

그렇게 이용하던 방에, 지금은 알바와 함께 있었다.

이번에도 바닥에 널브러져 신음하고 있다.

하지만 금방 막대를 잡고 일어나 그대로 나를 향해 내질렀다.

"흡……."

잽싸게 몸을 비틀어 그의 찌르기를 피했다. 그리고 텅 빈 등을 나무로 된 막대로 있는 힘껏 후려쳤다.

"커헉?!"

에고, 미안. 방금 건 아마도 제대로 들어간 것 같다.

알바는 팔꿈치로 땅을 짚은 자세로 쓰러져 격하게 기침을 해댔다.

그러더니 후욱~ 하고 화가 난 고양이처럼 숨을 내쉬며 막대로 바닥을 짚고 억지로 일어났다.

입 안이 찢어졌는지 입술에서 피를 흘리고 있다.

마주한 그를 차가운 눈빛으로 쳐다보았다.

검술을 마술과 같이 지도하게 되었다.

뭐, 가벼운 기분전환 같은 거다.

계속 머리를 쓰는 작업을 계속하는 건 비효율적인 데다, 무엇보다도 벌칙을 줄 때마다 그에게 사용하는 치료마법도 간단한 것은 아니다.

10분 전만 해도 그는 '검도 쓸 줄 알아?' 따위의 소리를 하며 나를 얕잡아 보았다.

지금은 필사적인 얼굴로 내 움직임을 살피고 있다.

딱히 누구한테 가르칠 정도로 검술에 자신이 있었던 건 아니다.

내가 얼마나 강한지도 의식해 본 적이 없다.

아무튼 독자적으로 익힌 것이지만, 가상의 적을 상대로 혼자서 수련했다. 수십, 수백 년 동안.

그리고 내게는 특별한 마법이 있다.

그 마법이 있는 한 그의 공격이 내게 닿을 일은 없다.

"끄악?!"

또 한 방을 맞추자 알바는 다시 바닥과 키스했다.

돌격하던 알바에게 반격기가 정통으로 들어갔다.

역시 난 강하다.

"공격할 때 정도는 소리쳐 보지 그래? 말없이 공격해 봐야 힘이 안 들어가."

그 후에도 알바를 상대해 주었다. 알바는 완전히 초짜다. 내가 거리를 좁혀도 좀처럼 떨어지질 못하고 공격도 못 피한다. 조금만 공격의 템포를 바꿔도 자세가 무너진다. 나는 아직 여유가 넘치는데 그는 벌써 호흡이 가빠져 있었다.

이건 일방적인 사적 형벌이다.

그에게 고통을 주고 유린하는 게 목적이다.

검으로도 여자한테 지면, 매우 분해하지 않을까?

알바는 막대를 겨누었다. 그 눈은 좀 전까지 볼 수 없었던 분노의 빛으로 물들어 있었다.

아직 싸울 의지는 있는 모양이다.

거리를 두고 얼마 동안 탐색전 같은 것을 벌였다.

슬슬 덤빌 때가 됐는데…….

"우와아!!"

왔다. 될 대로 되라는 식의, 군더더기로 가득한 동작이지만 그 날카로운 공격에는 살기가 실려 있었다. 계속 두들겨 맞아서 화가 난 거다.

그에 맞춰서 막대를 휘둘렀다. 막대가 서로 부딪히자, 그가 힘껏 휘둘렀던 막대의 궤도가 크게 휘어졌다. 바닥을 때린 순간…… 알바는 잽싸게 막대를 반대쪽 손으로 고쳐 쥐고 그대로 지체 없이 내 얼굴을 향해 쳐올렸다.

그 일격을 순간적으로 떨쳐내기는 쉬웠다.

하지만 어쩌면 이대로 나를 죽여 주지 않을까 하고 기대했다.

근데 맞아 죽는 건 좀 그렇지 않나? 그런 생각을 하고 있었다.

막대가 맞기 직전, 그의 손이 멈췄다. 얼굴에서 분노가 사라지더니 그 자리를 당혹감이 다시 메우기 시작했다.

"크악……."

그의 옆구리에 닿은 막대를 그대로 당겨 베듯이 휘둘렀다.

알바는 무릎을 꿇고 배를 감싸 쥔 채 몸을 웅크리고 있다.

목소리를 내지 못하겠는지, 눈물만 바닥에 뚝뚝 떨어졌다. 그가 쥐고 있던 막대는 한참 먼 곳에 나뒹굴고 있었다.

승부가 났다. 한심하기.

"왜 주저하는 건데. 똑바로 안 해?"

"하, 하지만……."

알바는 눈물 어린 눈으로 나를 올려다보았다.

"봐줬잖아…… 사람 우습게 보지 마."

헤에, 들켰던 모양이다. 굼벵이 주제에 그런 건 잘 본다.

"내가 밉지? 화났잖아. 그럼 그대로 때리지 그랬어."

마지막 일격은 똑바로 내게 날아오고 있었다. 그대로 휘둘렀다면 내 머리를 때렸을 거다.

알바는 아무 말도 하지 않았다.

그런 태도가 새삼 마음에 안 들었다. 하여간 마음대로 되는 일이 하나도 없다.

"아니면 나이프가 좋았어? 나이프로 마녀를 죽이는 건 익숙하잖아?"

그렇게 말하자 괴로움이 가득한 얼굴을 한 채 나를 노려보았다.

"사념, 혐오, 증오, 분열……."

비웃듯이 말해주었다.

"피살리스, 루피, 퀸스, 칼미아, 전부 네가 죽인 마녀잖아?"

네 마녀의 이름을 말하면 알바의 감정을 자극할 줄 알았다.

하지만……

그는 슬픈 눈으로, 나를 쳐다볼 따름이었다.

나를 동정하는 것처럼 바라볼 뿐, 말이 없었다.

"뭐야…… 뭐라고 말 좀 하라고!"

알바는 천천히 일어나 바닥에 떨어진 막대를 주우러 갔다.

그리고 손에 든 막대로 다시 나를 겨누었다.

"계속하자."

그는 선 채로 막대 끝을 내게 겨누었다. 더는 살의 같은 것이 느껴지지 않았다.

"언젠가 너한테서 한판을 따내고 말 거야……."

상처투성이가 된 얼굴로 신이 난 듯이 말했다.

어째서.

왜 그렇게 즐거운 듯이 웃는 건데.

죽인 마녀들 중에는 분명 알바가 죽이고 싶지 않은 마녀도 있었을 거다.

눈물이 나도록 아플 텐데. 괴로울 텐데. 분할 텐데.

바닥을 박찼다.

치밀어 오르는 짜증을 쏟아내듯, 그의 정수리를 향해 막대를 내리쳤다.

190일째

이럴 계획이 아니었는데.

"그렇다면 법진이란 뭘까?"

내 물음에 그는 재빨리 말을 늘어놓았다.

"마소에 명령을 내리는 설계도 같은 것이다."

그 눈에는 아직도 생기가 있었다. 오히려 이전보다 더 반짝이는 것처럼 보이기도 했다.

벌써 몇 번째인지도 모를 마법 수업 도중이었다.

그곳은 온갖 유혹을 멀리하기 위한 특별한 방으로, 책상과 의자

말고는 아무것도 없는 좁은 공간이었다. 램프의 불빛만이 창문 없는 방 안을 밝혀주고 있었다.

"마소와 인간 자신이 지닌 마력의 관계는?"

이어진 질문에 그는 미간을 잔뜩 찌푸렸다. 생각에 몰두할 때 보이는 버릇 같다는 걸 최근에야 깨달았다.

"마력은 인간이 체내에서 짜내는 눈에 보이지 않는 에너지다. 마소는 마력의 간섭으로 인해 소멸, 구축, 변환 등의 현상을 일으킬 수 있는 작은 알갱이로, 전 세계의 모든 장소에 존재한다."

정답. 그러니 벌칙은 없다.

방 중앙에서 하늘하늘 흔들리는 램프의 불빛을 앞에 두고서 나는 교본의 페이지를 넘겼다. 작은 문자의 나열에서 그를 시험하기 위한 문제를 머릿속으로 만든다. 질리지도 않는지 알바는 그런 나를 계속해서 바라보고 있다. 그 눈이 빨리 다음 문제를 내라고 호소하고 있는 것 같다.

"마소와 관련된 소멸, 구축, 변환 현상의 상세 내용은?"

무언가를 생각할 때, 그의 심장고동은 다소 빨라진다. 머릿속에 있을 터인 답을 찾는 데 정신이 팔려, 덮어둔 책을 든 손의 손가락으로 책의 표지를 무의식적으로 두드리기 시작했다.

오답을 말할지도 모른다며 겁내는 듯한 낌새는 느껴지지 않는다.

마술 습득, 보유 마력량, 모든 면에서 그는 반쪽짜리였다. 그래서 처음에는 실패만 했다. 실수를 할 때마다 숱하게 부조리한 고통을 맛봐야만 했다.

하지만 나의 부조리한 체벌에도 불평하지 않았다. 그저 어린애가 부모 앞에서 실수했을 때처럼 거북한 표정을 지을 따름이었다.

통통. 책 표지를 손가락으로 두드리는 소리가 들린다.

고요한 방에 바람과 파도 소리처럼 기분 좋은 소리가 울린다.

새 울음소리도, 바람소리도 들리지 않는 이곳에서 내가 들을 수 있는 몇 안 되는 환경음 중 하나였다.

"'소멸'은 마소가 사라지는 현상. '구축'은 마소를 새로이 생성하는 현상. '변환'은 마소의 성질을 바꾸거나 유동시키는 현상."

정답. 건방지다는 생각은 들었지만 가르치는 입장으로서는 그의 성장이 뿌듯하게 느껴지기 시작했다.

기초 이론 수업의 내용은…… 지루한 지식에 불과하다. 몰라도 법진을 그릴 수는 있다.

알바는 그런 것을 굳이 기초부터 상세하게 가르쳐 줄 것을 요구했다.

하지만 결과적으로 알바는 상당한 양의 지식을 쌓은 듯했다.

그는 근면하다. 모르는 것을 그대로 두지 않고 거리낌 없이 내게 묻는다.

그렇다면 나는 새삼 마법에 관한 내 나름의 해석을 돌이켜보게 된다.

그의 손에 죽는다는 목적만 아니라면, 이 이론 수업이라는 것도 매우 유익한 시간일지 모른다는 생각이 들기 시작했다. 혼자서 교본을 훑어보는 것보다 훨씬 많은 보람이 느껴지는 것 같다…….

"그럼 마지막 질문이야. 육대원소의 마소가 지닌 특징적인 성질을 모두 두 개씩 말해 봐."

이건 상당히 짓궂은 질문이었다. 지금까지 막힘없이 답을 말하던 알바도 이번에는 입을 다물 수밖에 없었다. 생각에 잠긴 듯 이마에 손을 대고서 평소보다 미간을 잔뜩 찌푸리고 있다.

육대원소에 관한 이해는 기초 중에서도 그럭저럭 중요한 부분이다. 실현하고 싶은 마법에 따라서는 육대원소(불, 물, 흙, 바람, 어둠, 빛) 중 어느 원소에 간섭하느냐로 접근 방법이 완전히 달라지기도 한다. 예를 들어 상처를 치료하는 마법만 보아도 그렇다. 불속성으로 자연 치유력을 향상하느냐, 아니면 물 속성으로 파괴된 체조직을 붙이느냐에 따라 다른 방향으로 치료 효과를 얻을 수 있는 것이다.

"불 속성은……."

침묵 끝에 알바는 진지한 얼굴로 해답을 입밖에 냈다.

"불 속성은 생물, 유기물에 작용하기 쉽고, 물 속성은 무생물, 순물질에 작용하기 쉽다. 바람 속성은 정신과 감각, 흙 속성은 진동과 소립자, 빛 속성은 벡터와 스펙트럼, 어둠 속성은 공간과 마력……."

불 속성은 술자의 체조직에 간섭하여 육체의 강화나 파괴를.

물 속성은 생명을 지니지 않은 것에 간섭하여 생명을 지닌 것에 은혜와 조화를 가져다준다.

모든 마소의 특성을 이해하고 나면 실현하고 싶은 사상(事象)은 어느 마소를 통해 실현할 수 있을지를 궁리하면 된다.

나 자신이 상당히 오래전에 배웠던 지식이 그의 입을 통해 나오자, 어쩐지 매우 이상한 기분이 들었다.

나는 책을 덮고 알바에게로 다시 시선을 돌렸다.

"해설 중 딱 한 부분이 틀렸어."

그가 늘어놓은 긴 해설 중에서 잘못된 부분이 있었다. 그것을 친절하게 지적하자 그 얼굴이 긴장감으로 굳어졌다.

"진짜로……? 요즘에는 잘하고 있다고 생각했는데 말이지……."

머리를 싸쥐고서 고개를 푹 숙였다.

이러니저러니 해도 벌칙을 받기는 싫은 모양이다.

"……."

"오늘은 어쩔 거야? 나이프? 아니면 따귀?"

마치 오늘 저녁 메뉴는 뭐야? 라는 뉘앙스로 물었다.

그런 그를 보니, 어쩐지 여러모로 맥이 빠졌다.

"아니…… 됐어……."

애초에 단시간에 결과가 나올 예정이었다.

그의 몸과 마음을 괴롭혀서 내가 충족감을 느꼈다면 이 행위를
계속하는 데 의미가 있었을지도 모르지만.

"그만 됐어, 벌칙은 끝이야."

아무것도 안 느껴졌다. 즐겁거나 하지도 않다.

"어? 왜?"

"질렸으니까."

오늘까지 190일 동안 그는 불평 한마디 하지 않았다.

이대로 그에게 체벌을 가해도 갑자기 그가 이성을 잃을 날이 올
것 같지는 않았다.

방법이 잘못된 걸 거다.

"의외로 긴장감이 있어서 괜찮았는데."

바보 맞네, 이거.

"뭐야, 맞고 싶어? 너 혹시 그런 걸로 쾌감을 느끼는 타입이야?"

"아니거든?!"

"그럼 잘된 거잖아. 그거 사실 꽤 피곤하거든. 치료하기도 귀찮고. 게다가 이젠 그렇게 많이 틀리지도 않잖아."

인정하고 싶지는 않지만, 이라고 덧붙여 말하려고 했지만 기쁜 듯 미소를 짓는 그를 보자 순식간에 독기가 빠지고 말았다.

"이제 드디어 실기로 넘어갈 수 있는 거지?"

알바는 책을 품에 안으며 기대로 가득한 표정을 지었다.

어쩐지, 나를 신뢰하고 있는 듯한 느낌이 들었다. 이 마당에 와서 어떻게 내게 저런 표정을 지을 수 있는 걸까? 정말로 나를 필요로 하고 있는 걸까?

지금까지 누군가가 나를 필요로 해 줄 날이 올 거라고는 생각해 본 적도 없었는데…….

"뭐, 그래. 실기 쪽도 좀 생각해 볼게."

그러다 보니 말투가 소심해졌다.

나 자신도 당황스러웠기 때문이다.

어째서 나는 이 녀석에게 마법을 가르치고 있는 걸까?

그에게 엄격한 현실을 들이밀어서, 조금씩 그의 선택지를 줄여 나가고.

결국에는…….

"선생님?"

알바가 걱정스러운 표정으로 내 얼굴을 들여다보았다.

순간적으로 손에 든 교본으로 그가 보지 못하게 얼굴을 가렸다.

이럴 계획이 아니었는데.

이 우스꽝스러운 연극을 일찌감치 끝낼 수도 있었을 거다. 성실하게 선생님 노릇이나 하기보다는 나에 대한 살의를 부추겨서 훨씬 빨리 나 자신이 편해지는 길을 택할 수도……

"……."

언젠가부터 교편을 잡는 게 즐거워졌던 걸까?

한결같이 노력하는 그를 보고 마음이 움직였던 걸까?

둘 다일지도 모른다…….

"우쭐대지 마. 이건 기본 중에서도 기본이니까. 정답을 맞췄다고 자랑스러워 할 일이 아니야."

나는 지금, 어떤 표정을 짓고 있을까.

"그래, 나도 알아. 아니……."

그는 문득 고개를 숙였다.

"알고 있습니다. 감사합니다."

그 모습을 보고 나는 필사적으로 미간에 힘을 주었다.

분명 지금은, 책으로 가린 입가가 이상하게 일그러져서 한심한 표정을 짓고 있을 테니까.

1119일째

"시간 마법을 가르쳐 줄게."

똑바로 앉은 알바를 내려다보며 말했다.

오늘부터 알바에게 보다 실용적인 마법을 가르칠 거다.

그는 마력량이 적다. 법진은 편리한 특성을 추가할수록 복잡해지고, 대가로 마력도 많이 필요하다. 알바가 사용할 수 있는 법진이 아니면 의미가 없다.

게다가 마력량은 시행착오의 핵심이다. 그게 없는 알바가 마법사로서 기술을 익히려면 특별한 계획이 필요했다.

"……."

언제부턴가 그를 육성하는 데 열의를 쏟는 기분이 든다…….

아니, 이건 3년 동안이나 나의 스파르타식 교육을 견딘 그에게 주는 상 같은 것이다.

게다가 앞으로도 그에게는 엄격하게 대할 거다.

"갑자기 왜 고개를 흔들어……?"

"아무것도 아니야."

"그나저나 오늘은 넓은 데서 하네."

그는 뜻밖인 것처럼 주위를 둘러봤다.

이전에 검술 수련을 위해 이용했던 '도장'으로 불러냈다.

뭐, 당시처럼 고통을 줄 생각은 없지만.

"쓸데없는 소리 말고, 빨리 시작하자. 우선은 기본 지식부터 가르쳐 줄게."

어흠. 가볍게 목을 가다듬고서 나는 말을 시작했다.

"이 세계에는 시속성의 마소라는 게 존재해."

이 다음 내용부터는 아무에게도 이야기한 적이 없다. 나만 아는 비밀이다.

"시속성 마소는 육대원소인 불, 물, 바람, 흙, 어둠, 빛과 마찬가지로 사람의 눈에는 보이지 않는 작은 알갱이야. 그리고 그건 다른 마소와는 다른 성질을 가지고 있어."

알바는 흥미롭다는 듯 눈을 깜박였다.

"마소는 마력에 반응해서 마법을 일으키지만, 시속성 마소는 달라. 마소 그 자체를 소비해서 기적을 일으켜."

그 한마디에 그는 얼굴을 찌푸렸다. 이건, 아마도 잘 모르겠을 때의 표정이었을 거다.

"음, 복잡하니까 하나씩 설명할게. 시속성 마소는 인간의 몸속에 존재해. 그건 사람이 날 때부터 모두 가지고 있고, 늘 사람의 몸에서 흘러나와 소비되고 있어. 그 유한적인 무언가가 소비되면 인간의 노화에 영향을 미쳐. 수명 같은 거지. 나는 그걸 관측할 수 있어."

"관측……."

"다시 말해서 그 유한적인 무언가가 시속성 마소란 거야."

사실 내가 그렇게 부르고 있을 뿐이지만, 과거에 봤던 어떤 서적에도 그런 존재가 있다는 기록은 남아 있지 않았다.

팔짱을 낀 채 고개를 갸웃하는 알바를 내버려두고서 나는 이야기를 계속했다.

"인간의 노화는, 시속성 마소가 몸에서 흘러나와서 일어나는 현상이라고 나는 생각해. 그리고 나는 그 흘러나오는 것을 몸에 모아두는 기술을 만들어냈어. 그게 스톱이라는 기술이야."

"스톱……."

"일종의 충전 마법. 시간을 들여 마소를 모으기 위한 기술이야."

"마소는 충전할 수 있는 게 아니잖아? 공기 중에 존재하는 거니까. 마력을 사용해서 마소에 간섭하면 마법이 발생하고."

"글쎄, 시속성 마소는 그렇지 않다니까!"

그의 말이 틀린 건 아니다. 하지만 그 원리가 반드시 모든 마소에 적용되는가 하면, 그렇다고 단언할 수는 없는 것이다.

그는 아직 이쪽 분야에 대한 융통성이 없는 듯했다.

"스톱을 사용하면 나의 체감시간이 완전히 정지하고, 세계가 나만 두고 흘러가. 그렇게 내가 보냈어야 할 시간이, 내 안에 시속성 마소로 충전되는 거야."

알바는 그제야 납득이 됐다는 표정을 지었다.

"헤에…… 그게 충전이라는 거구나."

나는 고개를 끄덕였다.

"정리하자면, 시간 마법을 사용하려면 시속성 마소가 필요하다. 그걸 얻으려면 추가로 스톱이라는 기술을 습득할 필요가 있다는 거야."

시간 마법은 그렇게 해서 내가 후천적으로 관측할 수 있게 된 '시속성 마소'에 의해 발견되었다. 육대원소에 해당되지 않는 독자적인 마소를 다뤄야 비로소 사용할 수 있는 상당히 특수한 마법이다.

"참고로 이 마법에는, 마력이 전혀 필요하지 않아."

"진짜로?"

마력이 부족한 알바에게는 딱 맞는 기술이란 뜻이다.

"스톱이라는 특수한 방법으로만 얻을 수 있는 마소를 사용하면 물체를 그 자리에 정지시키거나 상처 입은 몸을 멀쩡한 상태로 되돌릴 수 있어. 다른 마소와 마찬가지로 지식만 있으면 얼마든지 응용할 수 있지. 네게는 유용한 기술이지?"

"혹시 내 상처를 치료했던 것도?"

"……."

알바의 말에 과거의 체벌 장면이 떠올랐다.

어째서인지 가슴이 뜨끔했다.

"그래, 맞아……. 네가 입은 대미지를, 시간 마법을 써서 없었던 걸로 만든 거야."

그가 고통에 울부짖는 모습을 머리 속 한구석으로 몰아내고서 이야기를 계속했다.

"다시 한번 말하자면, 시간 마법을 다루려면 우선 '시속성 마소'를 손에 넣어야 해. 여기까지는 알겠지?"

쉴 새 없이 내놓은 새로운 내용의 이야기를, 그는 과연 잘 이해할 수 있을까?

납득이 안 된다는 표정이었지만 고개를 끄덕이기는 했다. 그럼 일단 진도를 나가는 게 좋겠다.

"그러면 이번에는 스톱에 관해서 알려줄게."

수업이란 건 나무 블록을 쌓는 작업이랑 비슷한 것 같네, 따위의 생각이 들었다.

순서를 틀리거나 요약을 잘못하면 그 즉시 설명에 구멍이 난다.

누군가에게 뭔가를 가르치는 것은 알바가 처음이었지만 여러모로 새로운 발견이 많았다.

"스톱을 사용하는 동안, 술자의 시간이 멈춰서 무방비 상태가 돼. 시간을 멈춰서 술자가 본래 보냈어야 했던 시간을 체내에 모아두는 거야. 그렇게 모인 것이 시속성 마소가 돼."

"무방비 상태면…… 위험하지 않아?"

"그래, 위험해. 그러니 일상생활 중에 시속성 마소를 모으려면 주변에 아무도 없거나 사람들의 출입이 어느 정도 적은 장소를 택해야만 해. 그리고……."

알바를 흘끔 쳐다보았다. 우연히 눈이 마주치자 그는 의아하다는 듯 고개를 갸웃했다.

"신뢰할 수 있는 사람의 앞이 아니면…… 스톱은 사용할 수 없고 마소도 모을 수 없어."

"응? 어째서?"

"왜긴, 무방비 상태가 되어서지. 사용하는 동안 무슨 짓을 당할지 모르잖아. 이 부분이 시간 마법을 사용하는 데 따르는 최대의 단점이라고나 할까……?"

"아하."

이번에야말로 제대로 이해한 걸까.

그는 생각을 하듯 눈을 가늘게 뜨더니, 문득 무언가를 알아챈 듯 다시 크게 떴다.

"다시 말해서 콜드 슬립 같은 거구나."

알바는 그렇게 말하더니 이마를 손가락으로 통통 두드렸다. 어찌 되었든 못을 박아둬야 할 일이 있다.

"미리 말해두겠는데, 만약 스톱을 완벽하게 사용할 수 있게 됐다고 나랑 보내는 시간을 소홀히 하면 가만두지 않을 거야."

"으응……."

생각한 것이 그대로 입을 뚫고 나왔다.

말하고 나서야 알아챘다. 나와의 시간을 소홀히 하면 가만두지 않겠다니, 알바가 나를 방치하는 게 싫다고 말하는 것이나 다름없지 않은가.

"뭐, 뭐 그런 날은 오지 않겠지만."

"……? 왜 화를 내고 그래?"

화낸 적 없다.

"그러면 이번에는 실제로 내가 스톱을 사용해 보일게."

그렇게 말하고서 나는 그 자리에 똑바로 앉았다.

조용히 호흡하며 체내에 보유하고 있는 법진을 가동했다.

문득 한쪽 눈만 뜨고 그를 보니, 아주 진지한 얼굴로 나를 쳐다보고 있었다.

"분명히 말하겠는데, 무방비 상태가 됐다고 이상한 짓 하지 마."

"안 해."

"정말이지? 그렇게 믿는다……?"

무슨 짓을 당해도 정말 못 알아채게 되는지라 다른 사람 앞에서 스톱을 사용하는 것은 태어나서 처음이었다.

그럼에도 알바라면 딱히 심한 짓은 안 하리라는 믿음은 있었다.

마음을 비우고 만일의 사태가 벌어지더라도 상관없다고 생각하기로 했다.

너무 의식하면 엄청 부끄러운 상상을 해버릴 것도 같으니까.

"그나저나…… 콜드 슬립이라……."

알바가 뭐라고 중얼거렸지만 그 순간에 스톱이 발동해서 내 사고는 차단되었다.

2261일째

눈을 감고 마음을 비운다. 천천히 숨을 내쉬고, 멈춘 채로 내 안에 있는 그 기운에 의식을 집중한다.

내가 지닌 스톱의 법진을 알바에게 빌려주고 몇 년이 더 흘렀다.

그는 지금 책상다리를 하고서 눈을 감고 있다.

왜 이런 짓을 계속하고 있는 거였더라?

그를 지켜보고 있자 문득 그런 의문이 머릿속에 떠올랐다.

그렇게 자문자답을 거듭해도 도달하게 되는 답은 늘 같았다.

현실도피를 하고 있을 뿐이다.

그렇지 않은가.

나와 알바에게 밝은 미래는 없다.

피해자와 가해자의 관계다.

그 사실을 아는 상태로 그와 이곳에서 함께 산 지도 벌써 6년 정도가 되었다.

상황은, 좋지 않다.

"오?"

갑자기 알바가 두 눈을 번쩍 떴다.

"어땠어, 선생님?"

흥분한 듯한 얼굴로 내게 달려왔다.

그렇게 어린애처럼 신난 그의 앞에서 나는 한숨 쉬듯 대답했다.

"응, 제대로 됐어."

그의 얼굴에 순식간에 미소가 퍼졌다.

"좋았어어어어어!"

느닷없이 큰소리를 지르는가 싶더니 내 손을 잡고 마구 흔들어댔다. 그의 눈에는 눈물이 그렁그렁했다.

"고마워……! 성공이야!"

울면서 기뻐할 만한 일일까?

호들갑스럽다는 생각이 들었지만 너무도 기쁜 듯한 그의 얼굴을 보다보니, 나까지 조금씩 웃음이 나고 말았다.

"잘됐네."

미소를 지어주자 그는 아주 싫지는 않은 듯한 얼굴로 뺨을 긁적였다.

미움받을 작정이었는데 어쩌다 이렇게 된 걸까.

그에게 살해당한다는 목적의식은 완전히 희미해져 있었다.

하지만 이런 식으로 열기가 식어버리는 일은 과거에도 있었다.

열심히 이 저주의 해제 방법을 해명하려고 했을 때, 나는 전에 없을 정도의 정열을 품고 마술 연구에 몰두했었다. 혼자서 수십, 수백 년 동안이나 생각하고 계속해서 고뇌했었다.

정열은 언젠가 식어버린다. 시간은 인간을 타락시킨다.

그에게 고통을 주는 행위는 생각했던 만큼 재미없어서 금방 질리고 말았다.

이제 어쩔까 고민하던 즈음부터, 마법을 배우고 성장해 나가는 알바와 그가 기뻐하는 모습을 보아왔다.

기분이 썩 나쁘지 않았다.

다음은 이걸로 할까, 라는 생각이 들었다.

다시 질릴 때까지 알바를 상대로 교편을 잡는 것도 나쁘지 않을 것 같다.

분명 그래서 나는 아직도 선생님 노릇을 하고 있는 것이리라.

2755일째

"뭐 하자는 짓이야."

그렇게 그를 위압한 게 몇 번째일까.

수업 중에 모자란 알바를 질책하는 일은 자주 있다.

하지만 지금은 수업 중이 아니다.

평소 같았으면 내가 준비한 요리가 식탁에 차려져 있었어야 할 아침 식사 시간, 어째서인지 거실에는 그가 준비한 달걀 요리와 빵이 놓여 있었다.

"뭐가?"

그는 시치미를 뗐다.

"뭐긴 뭐야. 왜 아침 식사 같은 걸 준비하고 있는 거냐고!"

지금까지 8년 동안 식사는 매번 내가 준비했다. 그도 지금까지 불평 없이 내가 준비한 음식을 먹었다.

"뭐야. 뭐가 불만인데? 이건 네 일이다 이거야?"

"뭐? 그런 게 아니야."

잘 생각해 보니 귀찮은 일을 알바가 하겠다는 뜻이라면 오히려

고마워해야 할 일 같기도 하지만.

아니, 하지만 어째서인지 불쾌한 느낌이 들었다.

"그, 그래. 내 요리에 불만 있냐는 말을 하려던 거였어!"

순간적으로 떠오른 그럴싸한 이유를 입밖에 냈다.

"평범하게 맛있다고 전에 말했잖아."

"평범하다니!"

"좀 진정해, 지금 네 요리가 좋고 나쁘고를 따지고 있는 게 아니잖아……."

알바는 지겹다는 듯이 한숨을 내쉬었다.

요즘 들어 이렇게 시답잖은 말다툼이 늘어난 것 같다…….

"난 군식구 같은 거니, 가끔이라도 이 정도 일은 해야 하지 않을까 싶었어."

"그게 진심이라면 좋은 마음가짐이야. 진심으로 그렇게 생각한다면 말이지."

"성격이 아주 제대로 꼬였네~."

트집만 잡아댄다. 학생이면 학생답게 선생님 말을 들어야 할 것 아니야.

"뭐, 일단 앉아. 독 같은 건 안 들었으니까 먹어보라고."

알바는 그렇게 말하며 아침 식사가 담긴 큰 접시를 내 쪽으로 내밀었다.

"독이 들었으면 그 즉시 접시를 네 얼굴에 처박아줄 줄 알아."

"안 들었다니까……."

나는 투덜거리며 접시를 들고 냄새를 맡았다.

달걀 말고도 은은한 과일 향이 났다. 나는 코웃음을 쳤다.

"딱 봐도 별로 맛도 없게 생겼네. 남자가 요리해 봐야 엉성하고 조잡하기밖에 더하겠어?"

"네가 무슨 소리를 하건 딱히 상관은 없지만, 너 그거 먹으면 놀라 자빠질 걸."

쓸데없이 자신만만했다.

고작 요리 갖고 놀라 자빠지긴, 호들갑은.

저 자신감을 뚝 분질러주고 싶어졌다.

다시 그가 만든 아침 식사에 얼굴을 가져다 댔다.

겉보기에는 이렇다 할 특징이 없는 스크램블 에그였다.

"자, 먹어보라고."

그는 그렇게 말하며 내게 포크를 내밀었다.

스스로 난이도를 높이다니, 바보 같은 녀석이라고 생각했다.

의자에 앉아 포크를 낚아채듯이 건네받았다.

작게 자른 달걀을 퍼서 천천히 입으로 옮겼다.

고작 달걀 갖고 무슨…….

"……!"

고작 달걀이, 입 안에서 '순식간에 녹아' 없어졌다. 모종의 층이 혀에 닿는 순간에 찢어지는가 싶더니, 향긋한 냄새가 입 안 가득 퍼져나간 직후 순식간에 녹아 없어졌다.

"……."

"어때? 엄청 맛있지? 브랜디랑 고기 육수 같은 걸 감칠맛을 내는 데 썼……."

"흐읍?! 크오후오오오오오오오오!!"

나는 소리쳤다.

배를 끌어안고 그 자리에서 몇 번이나 몸부림을 쳤다.

"어? 아니, 뭐야?!"

알바는 매우 당황했다.

"뭐, 평범하게 맛있네."

아무 일도 없었다는 듯이 다시 한번 입으로 옮겼다. 응, 그럭저럭 평범하다. 평범하게 맛있는 수준이다. 이 정도는 나도 제 실력을 발휘하면 만들 수 있을 거다.

"야…… 방금 그건 뭔데……."

그가 뚱한 눈으로 나를 노려보고 있었다.

그냥 장난 좀 친 건데 왜 저렇게 놀라는 걸까.

"이 정도로 우쭐거리지 마. 이 정도라면 내가 만드는 거랑 별 차이가 없으니까 넌 얌전히 있기나 해."

"방금 네 입에서 여자라는 게 믿기지 않는 비명소리가 나온 것 같은데……."

왜 저렇게 하찮은 일에 집착하는 거람.

알바가 만든 요리를 입에 욱여넣으며 나는 다음에 그에게 먹일 메뉴를 생각했다.

어떻게든 이것보다 맛있는 걸 만들어주겠다고 다짐했다.

이것도 아직 질리지 않은 나의 몇 안 되는 낙 중 하나다.

3998일째

그날, 나는 책이 빽빽하게 꽂힌 책장 사이를 걷고 있었다.

분명 어느 나라가 운영하는 커다란 도서 시설이었던가? 기증된 책으로 이루어진 그곳은 일반인들에게도 개방된 공공 장소였다.

뭐, 나야 자유롭게 드나들 수 있건 출입금지이건 상관없지만. 그냥 마침 책이 많은 곳이라 이용하고 있을 뿐이었다.

책장으로 된 통로를 따라가자 남자가 책을 펼쳐들고 있었다. 내가 아무리 가까이 가도 남자는 정지한 채 움직이지 않았다. 뒤에서 들여다보니 뭔가 어려운 전문용어가 잔뜩 적혀 있었다. 뭐가 재미있는지 나는 전혀 알 수가 없었다.

조금 더 앞으로 나아가자 10대 중반 정도 되는 여자아이가 마찬가지로 서서 책을 펼쳐들고 있었다. 그녀는 책을 손에 든 채 어쩐지 넋이 나간 듯한 눈으로 이쪽을 쳐다보고 있다.

아니. 정확히는 내 등 뒤…… 조금 전에 지나친 그 남자를 보고 있는 것이다. 내 존재를 알아챌 리가 없음에도 두 사람 사이에 끼자 어쩐지 거북해졌다.

잽싸게 그 자리를 뒤로 했다.

"어째서…… 내가 이렇게 살금살금 다녀야 하는 건데……."

바깥세상. 정지된 세계.

내게는 문을 지난 곳에 있는 넓은 방 중 하나에 불과하다. 변덕으로 물자를 얻기 위해 갈 때도 있고, 그냥 어슬렁어슬렁 돌아다니기만 할 때도 있다.

오늘 이곳에 온 목적은…….

"학술서…… 요리책……."

그렇다, 그런 책을 찾고 있었다.

알바에게 도움이 될 만한 책이라든지. 알바에게 존경받을 선생님이 되기 위한 책이라든지.

이유는 널렸다. 약 11년이라는 세월을 학습에 쏟아부은 탓에 이제는 그에게 가르칠 내용도 여러모로 고려해야만 했다.

본인 앞에서는 절대로 말하지 않겠지만, 알바는 그럭저럭 우수하다. 그것은 재능을 타고 났다기보다는 시간을 들여 마법학과 마주하는 그의 자세, 노력의 산물이라 할 수 있었고 그 때문에 나는 요즘 들어 조금 초조해졌다. 내가 그에게 가르칠 수 있는 게 없어지면, 그를 위해 할 수 있는 일이 완전히 없어지는 게 아닐까 하는 생각이 들었기 때문이다.

처음에는 성실하게 선생님 노릇을 할 생각이 없었다. 하지만 어느 순간부터 그 역할에서 존재의의 같은 것을 찾게 되었다.

나는 그가 교사로서 우러러보는 존재여야만 한다.

그것은 지금의 내게 주어진 사소한 사명이었다.

책장을 훑듯이 시선을 옮기다 보니 장르가 바뀌어 남녀의 연애를 그린 부류의 책이 눈에 들어오기 시작했다.

"……."

찾던 것이 아닌 데도 엉겁결에 걸음을 멈추고 제목을 눈으로 훑고 말았다.

책의 제목에서 사랑이니 연애니 하는 글씨가 눈에 들어와서 손가락을 걸쳐 꺼냈다.

보기만 해도 속이 더부룩해질 것 같은, 남녀의 달콤새콤한 이야기가 그려져 있다.

조금 전에 봤던 두 사람도 그런 연인 관계로 발전할까. 사랑을 속삭이거나 고백하게 될까. 그러고는 사랑을 나누게 될까. 남의 일일 텐데도, 정지한 사람의 일은 아무래도 좋을 텐데도, 그건 무척 행복한 일일 것 같았다.

"시시해……."

나는 책을 덮고 쓸데없는 생각을 머릿속 한 구석으로 몰아냈다.

나와는 인연이 없는 일이다.

내게는 의미가 없는 일이다.

그렇게 나 자신을 타이르면서.

*

그가 기다리는 집으로 돌아왔을 때, 기습을 당했다.

"축하해!"

그런 말과 함께 눈앞에서 무언가가 팡, 하고 터졌다.

무수히 많은 종이 꽃가루가 허공에서 흩날리는 광경 앞에서 사고가 정지하고 말았다.

외출하고 돌아왔더니 파열음과 종이 꽃가루를 만들어내는 기괴한 장난감, 그리고 알록달록하게 장식된 방이 나를 맞이해 주었다.

평소에는 새하얗고 무미건조하기만 한 벽은 색종이 등으로 된 빨

갖고 노란 장식으로 꾸며졌고, 꽃이 피어나 있고 나비가 날아다니고 있었다.

"여보세요?"

알바가 말을 거는 소리를 듣고서야 현실로 돌아왔다.

"뭐야, 이게……?"

"생일 축하해."

"어? 아아……."

무슨 소릴 하는 건지, 금방은 이해가 되지 않았다.

"분명 11548살이었지?"

"나이 얘기는 하지 마……."

그러고 보니 이전에 둘이서 이야기를 할 때 그런 화제가 나왔었다. 나는 실제로 몇 살인가. 당시에는 나를 놀리는 거라 생각했는데.

아직도 어안이 벙벙했지만 조금씩 어떤 상황인지 이해가 되었다.

"케이크를 만들었어, 빨리 먹자."

재촉하는 그의 말에 따라 테이블 앞에 앉았다. 가운데 딸기가 얹어진 홀 케이크가 놓여 있다. 내 이름과 '축하해'라는 글씨가 적혀 있었다. 글씨는 초콜릿 같은 걸로 적은 걸까. 사탕과자는 지금까지 몇 번이나 먹어본 적이 있지만 처음 보는 아름다운 형태를 띠고 있었다.

애초에 갑자기 웬 생일?

지금까지 한 번이라도 누군가가 그걸 축하해 준 적이 있었던가?

단순히 잊은 것뿐, 그런 날이 있었을지도 모른다.

문득 붉은 머리 소녀가 나를 향해 미소를 짓는 모습이 떠올랐다.

케이크에, 축하 인사.

일만 년도 더 된 일인데 그런 걸 기억해낼 수 있다는 사실이 놀라웠다.

꽤 오랫동안 나이를 먹는 걸 축하하는 일은 무의미하다고 생각하고 있었다. 태어난 날을 저주할 수는 있어도 감사할 일은 없을 거라고······.

"자, 열심히 만들었으니까 먹어 봐."

열심히 만들었다······?

이런 일에 공을 들일 시간이 있으면 예습이라도 할 것이지. 평소 같았으면 그런 비아냥거림 섞인 말이 곧장 튀어나왔을 거다.

"이런 거, 하지 말아줬으면 하는데······."

하지만 순수한 거부 반응만이 나왔다.

"어째서?"

정말로 어떻게 반응하면 좋을지 알 수가 없기 때문이다.

벌써 함께 산 지 10년도 더 된 상대가 이런 깜짝 파티를 열어준들, 어떻게 반응하면 좋을지 모르겠다.

"안 먹어?"

그가 약간 서운한 듯한 표정을 지은 것 같았다.

"왜 이런 짓을 하는 거야?"

나는 질문을 던졌다.

"평소 신세를 진 것에 대한 감사 인사 같은 거야."

알바는 그렇게 말하며 케이크 조각이 담긴 접시를 내게 건넸다.

딱히 깊은 의미는 없는 모양이다.

"하아······."

나는 체념하고 딸기가 얹어진 케이크를 작은 포크로 잘라 입에
넣었다.

오랜만에 먹은 생일 케이크는, 엄청 새콤달콤한 맛이 났다.

"맛있어……."

자연스럽게 흘러나온 감상에 그의 서운한 듯 보였던 눈빛이 잠시
흔들리는가 싶더니 금방 미소를 지었다.

"그치~?"

어떤 감정인지, 좀처럼 읽어낼 수가 없었다.

그 친구와 함께 독과 행복을 곱씹다

모든 호의에는 꿍꿍이가 있다.

새끼 새인 아모르는 그저 먹이를 얻기 위해 나를 이용했다.

어머니는 애초부터 내게 관심이 없었다.

14세를 맞이한 내게는 아직 그런 가치관이 뿌리내려 있었다.

작은 치즈 타르트가 얹어진 접시를 앞에 두었을 때, 나는 아마도
경직된 미소를 짓고 있었을 거다.

"안 먹어?"

빨간 머리 소녀가 걱정스러운 눈으로 쳐다보고 있다.

"저기, 어째서?"

"어째서긴, 생일이잖아?"

그녀는 태평한 말투로 그렇게 말했다.

내가 미묘한 표정을 짓자, 그녀는 문득 부루퉁한 얼굴을 했다.

"안 기뻐?"

"아니, 기쁘긴 하지만……."

"그건 기쁠 때 짓는 표정이 아니잖아."

정곡을 찌르는 지적이었다.

"넌 감정을 거의 겉으로 표현하지 않지만, 기쁘지 않을 때는 금방 티가 나거든."

그런 식으로 말하니 반박할 수가 없었다.

이럴 때, 섣불리 변명하면 그녀가 더욱 언짢아한다는 사실은 알았다.

"뭐, 순순히 축하받으라고. 생일도 그렇지만 말이야, 우린 현자로 발탁됐잖아."

기숙사 응접실에서 나와 그 아이는 마주 앉아서 차를 마시고 있었다.

왕도로 오고서 4년이라는 세월이 흘렀을 즈음이었다.

마법학교의 학생으로서 면학에 힘쓰던 나는 매우 권위 있는 칭호를 하사받은 참이었다.

현자…… 우수한 마법사에게만 특별히 주어지는 매우 명예로운 칭호다.

그때만 해도 나는 성격이 소극적인 탓도 있어서 몹시 주눅이 들어 있었다. 동급생들은 툭하면 과제를 떠넘겼고, 여러 명이 팀을 이뤄야 하는 수업에서는 곧잘 따돌림을 당하기도 했다.

다른 사람에게 인정받을 날이 올 리가 없다고 생각하고 있었다.

그런 내가 현자로 선택되었다.

그러자 교내를 걸을 때, 다른 사람들이 나를 쳐다보는 눈빛이 바뀌었다. 존경심과 두려움이 뒤섞인 듯한 감정을 보내오게 된 것이다.

나는 속이 복잡했다. 기고만장해질 수가 없었다.

왜냐하면 나는 부모에게마저 버림받을 정도로 형편없는 인간이라고 생각했기 때문이다.

"그나저나 네가 현자로 선택됐을 때 그 녀석들의 표정은, 정말 최고였지."

눈앞에 있는 소녀는 환한 미소를 지어 보였다.

그 녀석들이란 건 아마도 평소 나를 깔보던 동급생들을 말하는 것이리라.

말주변이 없는 나를 툭하면 헐뜯던 여자 그룹이다.

나는 속으로 죽어버리라고 생각할 뿐이었지만, 눈앞에 있는 빨간 머리 소녀는 내가 당황할 정도로 그런 녀석들로부터 나를 감싸 주었다.

피살리스 엔포드…… 나와 마찬가지로 현자로 선택된, 입학 당시부터 교류가 있던 소녀다.

신기한 애였다.

어째서 나 같은 것을 챙겨주는 것인지는 알 수 없었다.

"그나저나, 왜 넌 현자씩이나 돼서 아직도 그렇게 성격이 어두운 건데? 이미 충분히 굉장하다는 걸 인정받았으니 좀 더 당당하게 굴라고."

"그런 걸로 성격까지 바뀌지는 않아……."

"그래? 돈이나 지위에 따라 바뀔 수 있을 것 같은데."

"그래도 절대로 좋은 방향으론 바뀌지는 않을 거야."

"아아, 그럴지도 모르겠네."

뭐든 단호하게 말하는 아이였다. 우물쭈물하고, 할 말은 안 하는, 우중충한 나와는 성격이 완전히 정반대다.

하지만 믿을 수 있는 동료였다.

그럼에도 가끔 어쩐지 이 친구가 두렵게 느껴졌다.

그녀는 내게 없는 것을 잔뜩 가졌다. 어느 명가의 딸이라고 들었다. 마법의 재능도 서열 6위에 오를 정도로 우수하다. 나와 달리 여러 가지 마법을 다룰 수 있고, 마력량도 나의 몇 배는 된다.

참고로 나는 12위. 아래에서 두 번째다.

그녀와 친해질수록 격이 안 맞는다는 생각이 자꾸 들었다.

어머니가 그러했듯이, 피살리스도 언젠가 나를 필요 없다고 생각할 날이 오지 않을까 싶었다.

이곳에는 어머니가 없음에도 어머니의 그림자가 나를 계속 쳐다보고 있는 것 같은 기분이 든다.

어머니의 실망으로 가득한 눈빛이 머릿속에 떠오르면 위축되고 어깨가 떨렸다.

"또 무슨 고민 있어?"

"딱히……."

피살리스는 나를 걱정해 주었다. 나도 그런 피살리스를 좋아했다.

"역시 너와 나 사이에는 벽 같은 게 있는 것 같단 말이지……."

하지만 한 번도 그녀에게 그런 마음을 전한 적은 없었다.

나는 그녀까지 배신자라고 생각하고 싶지 않았기 때문이다.

5647일째

그날 도장에서 한 실기 수업은 매우 조용했다.

둘 다 입을 다문 채 바닥 위에서 눈을 감고 있다.

언뜻 보면 명상하고 있는 것 같으리라.

알바와 함께 살고서 대략 15년이라는 세월이 흘렀다.

물론 그동안 계속 단둘이 있었다. 우리를 쳐다보는 사람은 아무도 없다. 하지만 달콤한 분위기가 흐른 적은 없었다.

기나긴 세월이 나와 그의 관계를 그만큼 강고하게 만든 것일지도 모른다.

나는 그의 선생님이고, 그는 나의 학생.

그 이상도 그 이하도 아니다.

정말로?

아주 가끔 그런 관계성을 의식할 때면 말로 형용할 수 없는 위화감에 사로잡히고는 했다. 가벼운 의아함, 혹은 기분 탓 같은 수준이라 금방 사라져 버리고는 했지만.

뭐, 그건 그렇다 치고…… 아니, 사실 흘려 넘기기가 어렵긴 하지만…… 그래, 지금은 그의 수업 시간이다.

그가 스톱을 사용하기 시작하고서 벌써 수십 분이 지났다.

지금 그는 자신이 만든 법진으로 스톱을 사용해 동면 상태가 되었다. 의식은 없고 꿈을 꾸지도 않는다. 그저 시속성 마소를 비축

할 뿐인 장식품이 된 것이다.

오랜 세월에 걸친 단련 덕분에 그는 내 도움 없이도 스톱을 사용할 수 있게 되었다. 지금은 그것의 최종 조정 단계다.

이게 성공하면 다음 공정으로 넘어갈 수 있다.

비축한 시속성 마소를 사용해서, 본격적으로 시간 마법의 법진을 만드는 단계다.

본래는 재능 없는 인간이 다룰 수 있는 마법이 아니다. 내가 거들기는 했지만, 나 이외의 인간이 시간 마법을 쓸 수 있게 되리라고는 생각지도 못했다. 어정쩡한 노력으로는 불가능했을 일이다. 그 점은 순순히 칭찬해 줄 수 있다. 이제 인정해 줄 때가 됐다.

"넌, 잘하고 있어……."

스톱을 사용 중인 그에게 말해봐야 전해지지 않는다.

하지만 이제 와서 그를 칭찬한들 거짓말 같을 거다. 그도 믿어주지 않을 것이다.

그러니 이건, 나의 변덕이 낳은 혼잣말이다.

"……."

째깍, 째깍.

회중시계의 초침이 움직이는 소리가 난다.

지금 나는 그를 바라보기만 하는 시간을 보내고 있다. 그가 스톱을 익히고서 그런 시간이 늘었다.

이럴 때, 나는 무엇을 하면 좋을까. 그런 생각을 하며 무의식적으로 그의 눈썹의 모양과 몸의 선을 눈으로 훑었다. 머리카락 끝이 약간 뻗쳐 있는 걸 발견하고. 의미 없이 그가 입은 옷의 주름 숫자를 세기도 했다.

남자의 몸을 구석구석 훑어보고 있으니 꼭 못된 짓이라도 하고 있는 것 같았다.

하지만 그가 스톱 상태에 들어가면 정말로 할 일이 없었다.

"…………."

만약 지금 그의 목을 손톱으로 긁는다 해도 저항은 하지 못한다. 상처가 깊으면 스톱에서 해방된 순간에 피가 뿜어져 나올지도 모른다.

그의 목을 물어뜯어, 피에 젖는 나의 모습을 상상해 본다. 조금 흥분됐다. 단둘뿐인 공간, 저항하지 않는 알바.

"변태잖아!"

숨을 내쉬며 열심히 마음을 진정시켰다.

냉정해지자.

어떤 의미에서 이 상황은 내 정신위생에 좋지 않다. 이상한 기분이 든다.

살의가 치솟는 것은 아니다. 극히 일반적인, 장난기가 동하는 것이다. 사춘기 소년소녀가 흔히 느끼는 감정 같은…… 아니, 나는 만 년도 더 산 마녀지만…….

내 손가락을 입에 대고, 깨물었다.

"그나저나…… 이렇게 무방비한 상태를 내보일 수 있는 게 신기하네……."

나는 과거에 그를 함정에 빠뜨린 존재다. 그에게 다가가, 그가 당연하게 누리고 있던 일상을 파괴한 숙적이기도 하다. 그런데 그런 숙적의 눈앞에서 잠들어 있다니.

"안 그래?"

당연한 일이지만 말을 걸어도 답은 없다. 숨도 안 쉬고 앉아서 눈을 감고 있을 따름이다.

몸을 슥 움직여서 그의 곁으로 다가갔다. 냄새는 나지 않는다. 지금의 그는 땀을 내는 기능조차 멈춘 상태라 이렇다 할만한 체취도 나지 않는 듯했다.

그의 목에 머리를 기대어도 체온이 느껴지지 않는다.

"알바……?"

정지한 그의 귀에 얼굴을 더 가까이 대고서 이름을 속삭여도, 역시나 답은 없다. 귀를 이빨로 깨물어 보았다.

"……."

뭘 하고 있는 걸까.

그런 생각이 들어서 거리를 벌렸다.

심장이 이상하리만치 빠르게 뛰고 있다. 몸이 달아오르고 목덜미에서는 땀이 흘렀다.

"바, 방이 더운 것 같네."

파닥파닥, 쑥스러움을 얼버무리듯 내 몸에 손으로 부채질했다.

우리는 선생님과 학생이다. 그 이상도 이하도 아니다.

그럴 거다…….

살아있는 것을, 후회한 순간

어머니.

그것은 마음속에서 우러난 통곡이었다.

과거 나를 버렸던 부모에게 도움을 구하다니, 이렇게 제멋대로인 여자가 또 있을까.

"큭?! 끄아아아아!"

그날, 나는 배웠다.

인간은 고통만으로 망가지지 않는다는 것을.

고통 속에서도 구해달라고 울부짖는 것만은 가능하다는 것을.

부질없는 짓이라 해도 목숨이 끊기는 그 순간까지 소리칠 수밖에 없는 것이다.

인간은 고통에 약한 생물이니까……

"아프아아아아아아아!! 그마아아아아아아안!!"

하지만 아무리 도움을 구해도, 내게 손을 내밀어주는 사람은 아무도 없다.

그 고통이 마녀의 저주에 의한 것이라는 사실은 안다.

인간의 몸은 본래 100배의 체감 시간 속에서 살아갈 수 있게끔 되어 있지 않다. 1초를 100초로 늘리는 데 필요한 에너지는 내 몸을 찢어질 정도로 혹사해 쥐어짜는 수밖에 없다.

그것은 느닷없이 끓는 물을 끼얹었을 때의 괴로움과도. 몸을 불로 지졌을 때의 괴로움과도 달랐다.

온몸에 흐르는 피가 부글부글 끓을 정도의 열을 띠고, 몸이 안쪽에서 찢어지는 듯한 격통이 퍼진다. 우글우글, 벌레가 몸속에서 바깥으로, 피부를 갉아먹고 나가는 듯한 고통이다. 그것이 끝도 없이 계속된다. 그런 환경에서도 내 몸은 죽음과 재생을 반복한다.

눈앞이 새빨갛게 물들고, 곧이어 새까맣게 물들고, 죽고, 다시 의식을 되찾아 격통의 한복판으로 돌아간다. 같은 고통을 거듭한다.

가해자도 없는 고문이 하염없이 계속된다.

용서를 구할 상대도 없다.

내가 뭘 어쨌다고?

이런 짓을 당할 짓이라도 했어?

누구에게 용서를 구해야 그만해 주는 거야?

착한 사람은 아니었을지 몰라도 이만한 벌을 받을 만한 죄는 짓지 않았을 거다.

원인이 뭘까 생각한들 내가 구원을 받을 리는 없다.

구해줄 사람은 그 어디에도 없다.

마음이 말라붙고 닳아 없어져 가는 가운데, 빌었다.

차라리 죽여줘. 그게 무리라면 하다못해, 괴로움에 몸부림치는 내 손을 잡아줘.

제발, 손을 잡아주기만 해도 돼…….

하지만 이건 꿈이니 결말이 달라지지는 않을 것이다.

손을 뻗어도, 아무것도 잡을 수 없다.

나는 혼자다.

언제까지고 혼자다.

괴로워, 아파. 그렇게 계속 울부짖었다.

그 괴로움은 끝나지 않을 거라 생각했다.

문득 누군가가 내 손을 만졌다. 그 손가락이 조심스럽게 움직여 내 손을 다정하게 잡아주었다.

온기에 감싸이자 고통이 누그러지는 것 같았다.

그제야 비로소 내 의식도 잠에 들기 시작했다.

19250일째

내 방 침대에서 눈을 떴다.

이마에 차가운 천이 얹어져 있어서 시원하다.

그런 반면 머리가 뜨겁고 정신은 멍한 데다, 눈의 초점도 흐리멍덩했다.

분명 기분 나쁜 꿈을 꾼 탓일 거다.

내 몸이 저주에 걸린 지 얼마 되지 않았을 무렵.

체감시간 100배의 세계에 적응하지 못한 몸은 죽음에 달할 만큼의 격통에 끊임없이 시달렸다.

몇 번을 죽었는지 모른다.

그때 경험했던 마음의 상처 때문에 지금도 나는 그런 꿈을 꾸는 것이다.

문득 가까이에 있는 의자에 앉은 인물과 눈이 마주쳤다.

알바였다.

"어······?"

순간적으로 모포로 얼굴을 가렸다.

"뭐야····· 무슨 상황이야?"

막 잠에서 깬 모습을 남에게 보였다는 거북한 상황에서, 그는 가벼운 말투로 "안녕." 따위의 말을 내뱉었다.

머리가 아프다. 생각에 잠길 정도의 여유는 없었다.

"벌써 오후 2시야. 기분은 좀 어때? 식욕은 있어?"

그렇게 묻기에 나는 솔직하게 고개를 가로저었다.

"식욕은 없고····· 깨자마자 네 얼굴을 봐서인지 기분도 나빠."

"너무하지 않아?"

"왜 여기 있는 거야."

"아침이 돼도 좀처럼 일어나질 않기에 살펴보러 왔어. 그랬더니 열이 나서 앓아누워 있더라고."

아하. 심각한 두통과 권태감의 정체는 그거였던 모양이다. 이마에 얹어진 천은 그의 조촐한 배려인 듯했다. 한심하다는 생각과 쑥스러움이 뒤섞여, 지금 당장에라도 죽고 싶은 기분이다······.

"네가 간병해 준 거야?"

"달리 할 수 있는 녀석이 없으니 내가 하는 수밖에 없잖아."

그는 못 말리겠다는 듯이 어깨를 으쓱하며 밉살맞은 소리를 했다. 수업 시간이 아닐 때, 그는 늘 이런 식이었다.

"근데 마녀도 감기에 걸리나 보네······."

하지만 그렇게 중얼거리는 순간은 조금 안심한 듯 보였다.

걱정, 해준 걸까.

새빨간 사과 하나가 눈앞에서 허공으로 떠올랐다. 그가 손에 들고 있던 것을 던진 모양이다. 그것을 간단히 잡더니 나를 보고 미소를 지었다.

그런 그의 모습을 보고 꽤 자연스럽게 웃게 되었네, 따위의 생각을 했다.

"설마, 너한테 간병받을 날이 올 줄이야⋯⋯."

"선생님이 앓아누운 모습이 신기하기는 했어."

"그런 뜻이 아니야⋯⋯."

알바가 오고서 벌써 50년 정도가 흘렀다.

늙고 약해져 가는 그를 언젠가 내가 돌봐주는, 그런 날이 올 수는 있어도 그 반대가 될 일은 없을 줄 알았다.

"너⋯⋯ 전혀 안 늙게 됐네."

아직도 꿈을 꾸고 있는 것 같다.

하얀 안개가 낀 세계에 젊고 생명력 넘치는 청년이 보인다. 새삼 생각해 보니 이상한 상태 같았지만, 사람을 불로불사로 만드는 마법도 있으니. 젊음을 유지하는 술법이 있어도 이상할 건 없을지 모른다.

아마도 기나긴 단련 끝에 그 방법을 터득한 것이리라고 생각하기로 했다.

알바는 손에 들고 있던 사과에 나이프를 대더니, 능숙한 손놀림으로 껍질을 벗겨 나갔다.

나는 침대에 누운 채로 그 모습을 물끄러미 쳐다보고 있다.

손가락을 움직이는 그의 입가에서는 콧노래 같은 멜로디가 들려왔다. 그리고 마법이라도 부리듯이 빠른 속도로 손에 든 사과를 썰고 있다. 그 일련의 장면이 어째서인지 아주 보기가 좋았다. 이렇게 찬찬히 그를 바라보는 건 오랜만인 것 같다.

기분은 나쁘지 않다. 병상에 누운 나를 보는 게 즐거운 걸까.

아니면 무사히 정신을 차린 나를 보고 안심한 걸까.

얼마 지나지 않아서 접시 위에 사과를 썰어서 늘어놓더니, 그는 큰일이라도 마친 듯이 만족스러운 얼굴로 말했다.

"자, 다 됐어."

"왜……."

"왜긴, 몸이 아플 때는 사과가 좋아서지. 조금이라도 먹어."

사과가 먹기 좋은 크기로 썰려 있다. 눈앞에 놓인 그것에 좀처럼 반응하지 못하고 있는 것은, 열 때문에 몸이 안 좋기 때문만은 아니다.

"왜 다정하게 구는 건데……."

나는 알바를 이곳에 가둔 숙적이었을 텐데.

굳이 말하지 않아도 알바에게는 그런 뜻이 전해졌을 거다.

실제로 알바의 표정이 순간적으로 어두워졌다.

둘뿐인 방에 침묵이 깔렸다. 아무도 없는 이 공간에서 둘 다 입을 다물어버리면 한정된 소리밖에 들리지 않는다. 그의 숨소리와 내 심장소리.

그가 내게 다정함을 베푼 일은 오늘까지도 여러 번 있었다. 그는 평소처럼 행동하고 있는 것뿐일지도 모른다.

나도 평소 같았으면 신경도 안 썼을 것이다.

"왜냐고……."

하지만 지금의 나는 어딘가 이상했다. 평소 같았으면 절대로 하지 않을 말을 내뱉어버릴 것만 같다. 열 때문이다.

입을 열기 전에 한 번 더 머릿속으로 생각하는 과정이 누락되고 있다.

"나는 첫 번째 날에 죽어도 상관없었어……."

줄곧 생각하지 않으려고 했었다. 하지만 지금은 이성이 마비된 상태다. 망가진 상태다.

"그런데 선생님 같은 걸…… 시키고……. 오늘까지 단둘이서, 평범하게 지내고……."

사실은 내내 확신을 가질 만한 이유를 원하고 있었다.

"어째서, 나한테 잘해 주는 거야……?"

그와의 생활이 시작된 뒤로, 계속 마음에 걸렸던 일이다.

이 다정함은 순수한 호의일까.

애초에 순수한 호의란 무엇일까?

호의에는 꿍꿍이가 있기 마련이다.

하지만 그런 호의가 수십 년이나 계속되자 알 수가 없게 되었다.

알바는 답하지 않았다. 조금 전까지 짓고 있던 환한 미소를 지운 채 고개를 숙이고 있다. 내 물음을 듣고 생각에 잠긴 것처럼 보이기도 했다. 그가 무시무시한 속마음을 털어놓는 상상을 했다. 상상하고 나자, 나는 초조해져서 모포를 코가 있는 데까지 끌어올려 얼굴을 가렸다. 내가 해도 되는 질문이 아니었다. '그걸 몰라서 물어?'라고 쏘아붙이면 나는 반박할 말이 없으니까.

"선생님은……."

그가 나직하게 말하기 시작했다.

"선생님하고는 벌써 수십 년이나 같이 지냈잖아. 죽이고 싶었다면 진작 죽였겠지."

알바는 고개를 들어 나에게 어색한 미소를 지어 보였다.

"내가 원망스럽지 않아……?"

"리셋했다고 말했잖아."

그에게 해온 일을 되짚어 보았다. 그의 소중한 보금자리를 빼앗고, 소중한 사람과 멀리 떨어뜨린 일을.

전부 빼앗고 내 것으로 만들고 말았다. 돌이키지 못할 짓을 했다.

그런 상대에게, 어떻게 저런 표정을 지을 수 있는 걸까.

"됐으니까 먹기나 해."

동정하는 것뿐이라면 다정하게 대하지 말았으면 좋겠다.

나는 바보라서, 괜한 기대만 품고 말 테니까.

"먹여줘……."

"뭐라고?"

"먹여달라고!"

그렇게 투정을 부리자 그는 눈살을 찌푸렸다.

내 태도에 격노할까? 나에 대한 분노가 폭발해서 지금 손에 들고 있는 나이프를 내 가슴에 꽂으려 들까?

그래도 상관없었다. 이런 정체 모를 괴로움으로 고민할 바에는, 차라리 죽어서 편해지는 편이…….

"으음……."

무언가가 입 안으로 들어와서 목소리가 새어나왔다.

알바는 아무렇지 않게 사과를 포크로 찍어 내 입에 집어넣고 있었다.

그는 어이가 없다는 얼굴이었다.

그런 표정을 보고 있으니 나 혼자서 엉뚱한 오해를 하고 괴로워하고 있는 건 아닐까 싶어졌다.

입에 머금은 사과는 새콤했지만, 아주 조금은 달콤했다.

어째서인지 눈앞이 일렁거려서 그의 얼굴이 제대로 보이지 않았다.

정말이지, 너 때문에 이렇게 됐잖아.

"어디 아파?"

배를 움켜쥔 채, 몸을 웅크리고서 울었다.

온갖 곳이 다 아파.

나에게 다정하게 굴고, 평범하게 말을 걸어주고 곁에 있어주다니, 죄가 많아도 너무 많다. 그와의 추억 하나하나가 맹독처럼 몸에 서서히 퍼지고 있는 것 같다.

언제부터였을까.

어떤 고통도, 고독도 참아왔을 텐데 나는 이렇게나 약해지고 말았다.

문득 이마에 뭔가 차가운 것이 와 닿았다. 그의 손바닥이다.

손에서 전해지는 체온과 시야에 비친 그의 걱정스러운 얼굴을 본 순간, 부정해왔던 기대감이 가슴속에 퍼져 나갔다.

작은 희망이 싹트고 말았다.

"아직 열이 있으니 좀 더 자 둬."

"있잖아, 알바……."

머리가 멍해진다.

전에 본 책의 내용이 떠올랐다. 시적이고, 꿈이 가득한 이야기였다. 그 이야기에서 소녀는 마음에 둔 소년에게 이렇게 말했다.

'사랑해'.

나는 '시시해'라고 말하며 그 책을 덮었지만, 지금은 그렇게 생각하지 않는다.

"왜?"

알바는 눈을 동그랗게 떴다.

내가 방금, 그에게 뭔가 말을 했던가?

그 '뭔가'는 그에게 전해졌을까? 어쩌면 말했다고 착각했을 뿐, 아무 말도 하지 않았을지 모른다. 하지만 괜찮다. 전해지지 않더라도.

게다가 그게, 시야를 가린 안개가 짙어져서 이제는 그럴싸한 대사도 머릿속에서 다 도망가고 말았다.

나는 다시 의식을 잃었다.

분명 다시 잠에서 깨어나면 그에게 했던 말은 다 잊었을 거다.

그랬으면 좋겠다.

이건 열 때문에 생겨난 착각이고, 일시적인 것에 불과하다.

왜냐하면 그런 걸 가슴에 품고 있어 봐야 알바가 그걸 받아들일 리가 없으니까.

그 감정 앞에는 괴로움밖에 없을 테니까.

시야가 까맣게 물들기 직전.

알바는 길고양이처럼 언짢은 눈으로 나를 쳐다보고 있었다.

···일째

며칠이 지났는지 세지 않게 되었다.

언제까지 이런 생활이 계속될까 싶어 긴장하고 있던 시기도 있었지만.

그런 짓을 하지 않아도 아침은 당연하다는 듯이 오고, 알바는 거실에 얼굴을 비쳐주었다.

무슨 일이 있어도 그가 곁에 있어준다.

어느 날, 저녁 식사를 마치고 한숨 돌리고 있었을 때의 일이다.

"······."

테이블 맞은편에서, 알바가 직접 만든 컵케이크를 먹고 있다.

나는 별생각 없이 그를 가만히 바라보고 있었다.

그 입가에 묻은 부스러기를 찾아내고, 말없이 관찰하고 있다.

원래부터 할 일이 별로 없는 생활이었다.

옛날에는 이렇게 사소한 것에 집중해서 지루함을 달랬다.

"······."

그가 갑자기 먹던 것을 멈추고 나를 쳐다보기 시작했다.

"왜? 내 얼굴에 뭐라도 묻었어?"

그렇게 묻기에 당황했다.

"무, 무슨 소리야?"

"내 얼굴을 뚫어져라 쳐다봤잖아."

완전히 무자각 상태였다.

지적받자마자 어쩐지 부끄러워졌다.

"요즘 이상해, 선생님."

"뭐? 그런가……?"

"뭐, 선생님은 늘 이상했지만……."

그건 좀 실례 아니야?

알바의 말에 울컥한 얼굴을 하고서 노골적으로 노려보았다.

그는 "무서워라……."라고 중얼거리며 다시 과자를 먹기 시작했다. 컵케이크를 먹는 속도가 조금 빨라진 것 같다.

오랜 세월 동안 보아온 탓에 알 수 있었다. 냉큼 과자를 먹어치우고 이 자리를 뜨고 싶은 거다.

어째서인지 장난기 같은 것이 동했다.

"있잖아, 뭐 좀 물어봐도 돼?"

"응……?"

말을 건 것뿐인데 귀찮다는 표정을 지었다. 하지만 안 된다고는 하지 않았다.

오늘까지 기나긴 시간을 그와 함께 보냈다.

그는 이상하리만치 성실해서, 이럴 때 차갑게 내치지 않는다는 것은 알았다.

나는 아무렇지도 않은 투로 줄곧 궁금했던 것을 물었다.

"너는, 끓어오를 때 어떻게 하고 있어?"

투욱. 그는 손에 들고 있던 컵케이크를 테이블에 떨어뜨렸다.

나는 꽤 진지하게 물은 것이건만, 그는 '무슨 소릴 하는 거야'라는 표정을 지었다.

"갑자기 뭘 물어보려고 그러나 했더니만⋯⋯."

"혼자서 위로해?"

"식사 중에 그런 얘기는 안 하면 안 돼?"

먹고 있는 건 알바뿐이다. 나와는 상관없다.

"참고로 나는 요즘 들어 밤마다⋯⋯."

"하지 말라니깐?!"

갑자기 큰소리를 내는 바람에 움찔했다.

"깜짝이야⋯⋯."

"갑자기 왜 그래⋯⋯? 아니, 요즘 들어 이상하게 조용히 있는 일이 많던데, 계속 그런 생각이나 하고 있었어?"

"그런 생각이란 게 어떤 건데?"

"⋯⋯."

"아니⋯⋯ 있잖아. 신기하다 싶었거든."

본론으로 돌아가기로 했다. 이렇게 된 이상 끝까지 캐물어야지.

"일반론. 어디까지나 일반론을 말하자면, 성욕이라는 건 생활과 분리하기 어려운 거잖아? 해소하지 않으면 계속 쌓일 거야."

인간에게는 삼대욕구라는 것이 있다. 사는 데 있어 피할 수 없는 욕망⋯⋯ 식욕, 수면욕, 성욕이다.

이는 책에도 실려 있는 사실이고, 실제로 지금의 나도 그랬다.

"그런데 너는 그런 걸 어떻게 처리하고 있나 싶어서⋯⋯."

"⋯⋯."

알바는 할 말을 잃었다.

왜 저렇게 놀란 걸까. 딱히 놀랄 만한 화제도 아닐 텐데. 남녀를 가리지 않고 존재하는 절실한 고민이라고 나는 생각한다. 인간으로서 태어난 이상, 자신의 종을 남기려는 욕구를 어느 정도는 갖고 있을 테니.

"확실히 수십 년이나 같이 지냈더니 충격은 좀 덜하네. 갑자기 뜬금없는 소리를 들어도 놀라지 않게 됐어."

"뭐가 뜬금없는 소리라는 거야."

냉정하게 답하지 말라고.

적어도 나한테는 심각한 문제니까.

"아무래도 확실하게 말해야 알아들을 것 같네…… 자……."

"아아아아아! 안 들려어어어어어!"

알바는 갑자기 귀를 틀어막고 마구 소리를 질렀다.

"무슨 생각을 하면서 해?"

개의치 않고 다시 물었지만, 알바는 심각한 얼굴로 쳐다볼 뿐 대답하지 않았다.

"이곳에는 우리 말고 아무도 없잖아? 자위하려고 해도 흥분이 되어야 하고 말이야. 그런 상상력이란 건 중요해. 법진을 만들 때도 그렇잖아?"

"왜 이제 와서 이런 이야기를 하는 걸까, 우린."

"최근에 말이야."

깊은 한숨을 내쉬었다. 이야기를 하다 보니 어쩐지 애달파졌다.

"무시하지 마."

"최근에 말이야……."

알바가 하아, 하고 한숨을 내쉬었다.

"뭐야, 진짜…… 좋아, 말해 봐……."

"아무리 해도 가라앉질 않아. 아침까지 할 때도 있을 정도야."

"하하, 할망구가 기운도 좋네……"

오랜만에 할망구라는 소릴 들었다.

뺨을 꼬집어 주었다.

"아얏."

"할망구라고 부르지 마."

"그나저나, 그러네."

"……?"

알바는 뺨을 붙잡은 채 쓴웃음을 지었다.

"아무런 수치심도 없이 그런 소릴 하는 걸 보면, 슬슬 우리도 맛이 가기 시작한 것 같지 않아?"

하하, 또 가벼운 투로 웃었다.

그 순간…… 어쩐지 머리가 무거워지는 것 같았다.

조금 전까지의 들떴던 기분이, 어딘가로 싹 날아가 버린 듯한 기분이 들었다.

배에 쌓여 있던 두근두근한 것이 갑자기 불쾌한 무언가로 바뀐 것 같은 느낌이다.

몸의 열기가 식어버림과 동시에 울컥울컥, 거무칙칙한 감정이 뱃속에서 솟구쳤다.

어째서 이 남자는 내 마음을 전혀 몰라주는 걸까, 따위의 알바 입장에서 보면 조금 부조리하게 느껴질 듯한 감정이 내 안에서 날뛰기 시작했고……

"우억?!"

정신을 차려보니 알바의 뺨을 후려치고 있었다.

주먹으로. 알바를 때리는 건 상당히 오랜만이었다.

얻어맞은 그는 바닥에 쓰러져 버둥댔다.

"바보! 죽어버려!"

알바를 두고 거실을 뒤로 했다.

왜 이렇게 짜증이 나는 걸까.

사실은 이것과 다른 분위기가 되기를 기대했던 걸까?

지금껏 한 것과 크게 다를 게 없는 대화였는데, 당연한 반응인데도 너무나도 가슴이 아팠다.

내 방으로 도망쳐서 베개에 얼굴을 파묻고 어린애처럼 훌쩍훌쩍 울었다.

왕창 소리를 지르며 참았다. 더 이상 아무것도 느끼지 않으려고 안간힘을 썼다.

함께 있으면 즐겁다거나 기쁘다는 감정을 차단하라고, 나는 내게 계속해서 명령했다.

왜냐하면 그 감정 앞에는 지옥밖에 없을 테니까.

*

안 좋은 일이 있을 때, 도망칠 곳은 방뿐이다.

알바가 나를 걱정해서 보러 와줄 일은 없을 거다.

나도 그렇게까지 낙천적인 성격은 아니다.

책 속의 이야기처럼 극적인 전개가 펼쳐지지 않으리란 것도 안다.

나도 그런 가능성이 없는 전개를 기대하며 가슴 설레어 할 정도로 어리석지는 않다.

나는 외톨이다.

외톨이니 아무리 가슴이 아파도 상담할 만한 상대가 없다.

유일하게 가능성이 있는 알바는 굳이 말하자면 당사자다.

사람을 잡아먹는 마물과 단둘이 같은 공간에 있는 상황에서, 마물이 인간에게 '미안하지만 지금 무진장 너를 죽이고 싶어. 어쩌지?' 라고 상담하지는 않을 것 아닌가.

그러니 마물은 계속 혼자서 고민할 수밖에 없다.

먹을 것인가 말 것인가. 서럽게 말이다……

"이제 한계일지도 몰라……"

"왜 그렇게 생각해, 아이비……?"

이불 속에서 중얼중얼 말을 내뱉었다.

"지금까지도 그럭저럭 행복하다고 생각했는데, 더는 참을 수가 없으니까."

"참 괴롭겠다, 아이비. 저 녀석이 정말 마음에 들었나 보네……"

혼자서 대화를 봐야 허무할 뿐이다.

저런 녀석, 몰랐으면 좋았을 텐데. 모르고 살았으면 좋았을 텐데.

있지도 않은 상대를 상상하며 푸념을 늘어놓고, 위로하면서 침대를 주먹으로 몇 번이나 내려쳤다.

그런 짓을 해봐야 소용없는데.

『너는 그렇게 말하지만, 나는 그렇게 생각하지 않아.』

마음의 목소리와 대화를 하던 내게, 그것이 속삭였다.

『왜, 그건 근사한 일이잖아?』

빨간 머리 소녀는 나를 가리키며 말했다.

『근사한 일이야.』

참 편리하기도 한 환상이다.

하지만 그럼에도 그녀라면 그렇게 말하며 격려해 줄 것 같았다.

"내가 경험한 일이 근사하다고? 정말로?"

그렇다면, 하고 그 환상에게 물어보았다.

『소중히 여기도록 해.』

그녀의 목소리는 확신에 차 있었다.

아무것도 모르면서, 라는 생각에 나는 어이가 없어졌다. 하지만 불쾌하지는 않았다.

고개를 푹 숙이고 있는 내게, 그녀는 등을 떠밀어주듯이 말했다.

『좀 솔직해져 보지 그래?』

추억 속에 있는 피살리스는 늘 그랬듯 내게 장난스러운 미소를 지어 보였다.

???일째

밤이 된 시간, 나는 방에서 벽에 걸린 거울을 보고 있다.

긴 검은 머리 여자가 그늘 진 얼굴에 충혈된 눈을 한 채 서 있다.

최근 며칠 동안 잠을 잘 못 잤다.

아주 오래전, 아직 타인이 내 주변에 있었을 무렵, 성격과 평소 행동거지 등 때문에 주눅이 드는 일은 있었지만 외모 때문에 열등감이 생긴 적은 별로 없었다.

적극적으로 자신의 외모를 과시할 정도로 자신감이 있었던 것은 아니지만, 남에게 보이기 부끄러운 얼굴이라고 생각한 적은 없다.

하지만 그것은 누군가보다 아름답고자 하는 생각이 없었기 때문이다.

그의 옛 연인인 마녀…… 리나리아 센티에르의 아름다운 백발과 가녀리면서도 차분한 외모를 떠올려 보니, 내가 그녀보다 매력적이라고 자신 있게 단언할 수가 없었다.

현자였던 무렵의 그녀는 나와 마찬가지로 말주변이 없어서 다른 사람들과 잘 어울리지 못했지만 나처럼 비굴하지는 않았다.

그녀는 분명 아직 바깥 세상에 살아있을 거다. 지금까지는 신경도 쓰지 않았지만, 최근에는 알바에 관한 생각 다음 정도로 그녀에 관한 생각을 많이 한다.

나는 그와 어울리는 존재일까.

나는 그녀보다 그에게 어울리는 존재일까.

쓸데없는 생각이라고는 생각한다. 적어도 현재 알바와의 생활에 리나리아가 개입할 여지는 없다. 이미 리나리아보다도 오랜 시간을 알바와 함께 보냈다.

그러니 신경 쓸 필요는 없는데, 거울을 보자 이래저래 괜한 생각이 들고 기분이 침울해졌다.

양쪽 입꼬리에 손가락을 대고 미소를 지어 보았다.

눈썹이 슬픈 듯이 처져서 어쩐지 어색해 보인다.

미소. 웃는 얼굴. 마음속으로 중얼거린다.

이제 그를 만나러 갈 거다. 되도록 좋은 모습을 보이고 싶다. 귀여운 여자라고 느끼게 하고 싶다.

그런데, 마음은, 그다지 들뜨질 않았다.

알바가 있는 침실의 문을 두드렸다.

『너는 지금, 날 사랑하지 않지?』

그가 했던 말이 지금도 귓가에 생생하다.

그때의 나는 그 말을 긍정하고 그의 선생님이 되었다.

반론할 수 없었기 때문이다.

지금까지 누군가에게 사랑받아본 기억이 없었다. 누군가를 사랑한다는 감정도 어떤 것인지 잘 알지 못했다.

내게서 달아난 새끼 새, 아모르를 배신자라고 단정했듯이.

나를 버린 어머니를 배신자라고 욕했듯이.

사랑을 모르는 내가 진정한 의미에서 타인을 사랑할 수 있을 리가 없다고, 나 자신도 마음속 한구석으로 생각하고 있었던 거다.

하지만 그때 모든 것을 인정했던 것은 아니다.

"알바……."

이미 잠들었을지도 모르는 시간이다. 시험 삼아 작은 목소리로 불러보았지만 문이 열릴 낌새는 없었다.

천천히 문손잡이를 돌리고, 열린 문 안으로 발을 들였다.

각자가 사용하는 방에는 잠금장치가 없다.

하지만 어지간한 일이 아니면 들어가지 않기로 했다.

어두운 실내에서는, 알바가 침대에 누워 자고 있었다.

구조는 내 방과 같다. 벽에는 내 방에 있는 것과 같은 크기의 거울이 놓여 있다.

그와 어떻게 되고 싶은 걸까.

수없이 자문자답했다.

그냥 이야기를 나누는 것만으로는 부족하다.

몸이 닿는 것만으로는 충분하지 않다.

언젠가부터, 계속 그를 눈으로 좇고 있었다.

구체적으로 언제부터 그런 감정을 품게 되었는지는 모르겠지만 지금이라면 망설임 없이 말할 수 있다.

나는, 그를 사랑한다.

이렇게 간단한 결론을 내는 데 매우 긴 시간이 걸리고 말았다.

그 사실을 자각하자 눈물이 날 것 같았다.

나도, 누군가를 사랑할 수 있구나.

그런 생각으로 가슴이 먹먹해졌다.

만년을 혼자서 산 탓에 마음은 진작 망가진 줄 알았는데, 꽤 인간다워지고 말았다.

울음이 터지려는 걸 참으며 나는 기척을 죽이고 슬그머니 알바의 이불 안으로 들어갔다.

안은 따뜻했다. 그의 냄새가 났다.

"알바."

그의 등에 손가락을 대고서 말을 걸었다. 체온이 등에서 피부를 타고 흘러들었다. 그것만으로 긴장으로 굳어져 있던 마음이 풀리는 듯한 기분이 들었다. 내가 생각해도 참 단순한 것 같다.

그는 천천히 몸을 돌렸다. 아마도 내가 이불 안에 들어온 순간부터 알고 있었을 거다.

"뭐야……."

역시나 불쾌한 듯한 표정을 짓고 있었다.

"문을 두드렸는데 무시하다니, 너무해."

"규칙 정할 때 침실까지는 들어오지 않기로 했잖아……."

"그런 규칙이 있었어?"

"있었어."

그는 나를 보고 있었다. 잠옷 차림의 그를 보는 게 처음인 탓인지, 살짝 웃음이 났다.

수십 년이나 함께 있었는데 새삼스럽기도 하고, 아까운 짓을 했다는 생각이 들었다.

"뭐 하러 왔어."

그는 언짢아 보였다. 말끝의 톤이 낮아서 금방 알 수 있었다.

"우리가 함께 산 지 얼마나 됐지?"

그렇게 물어보자, 그는 손가락을 접으며 무언가를 헤아리는 시늉을 하더니,

"70년 정도인가……?"

무뚝뚝한 말투였지만 그렇게 답해주었다.

벌써 70년이나 됐구나. 새삼 돌이켜 보니 혼자서 지냈을 때보다 70년이라는 시간이 훨씬 빨리 지나간 것 같다.

"슬슬 각오를 굳히기로 했어."

"무슨 소리야."

알바는 내 말을 가로막지 않고 들어줄 모양이다.

하지만 표정은 험악했다.

분명 어설프게 거짓말을 하거나 에둘러 말하면 제대로 전해지지 않을 거다.

알바는 그런 남자다.

그리고 내게도 문제는 있다.

어머니하고도 끝까지 마음을 터놓는 사이가 되지 못했다.

친구였던 피살리스하고는 제대로 마주하지도 않았다.

내게 부족했던 것은 솔직한 마음을 전할 용기였다.

"사랑해, 알바."

그래서 나는 단적으로, 그렇게 고백했다.

심각한 이야기라고 해도 털어놓고 나면 마음이 편해질 거라 생각했다.

하지만 한마디로는 턱도 없이 부족했다.

그래서 나는 내가 얼마나 알바를 사랑하는지를 말했다.

수십 년이나 곁에 있어준 것에 대한 감사, 앞으로도 함께 있고 싶다는 희망을 입밖에 냈다.

그의 표정은 변하지 않았다. 그저 조용히 내가 말을 마치기를 기다리고 있었다.

침대 위에 있는 두 사람의 거리는 좁혀지지 않았다. 내 쪽에서 가까이 가고 싶다는 욕구는 있었지만 알바의 마음을 알 수 없어 망설여졌다.

말을 마치고서 깊이 심호흡을 했다.

어느샌가 팽팽했던 긴장의 실이 풀려서 온몸에서 힘이 빠졌다.

아주 조금 만족했기 때문이다.

일방적이나마 내 마음을 말로 표현했기 때문이다.

내가 말을 마치고 나자, 얼마 동안 서로의 반응을 살피는 듯한 시간이 흘렀다.

그리고 얼마 후, 알바는 눈을 내리깔고 낮은 목소리로 말했다.

"우리 관계는, 좋아하고 싫어하고 하는 게 아니잖아."

"……."

나는 슬그머니 그에게 몸을 밀착시켰다.

"왜 가까이 온 거야……?"

"좋아하니까?"

"너무 무방비하지 않아?"

"그야, 네가 덮쳐도 상관없다고 생각하니까."

"이러지 말자, 아이비."

알바는 내 어깨를 붙잡고 나와의 거리를 유지하려 했다.

"우리는 선생님과 학생 사이잖아? 지금까지 그렇게 잘 지내왔고. 앞으로도 잘 지낼 수 있어."

점점 말이 빨라지는 그의 모습에 나는 즐거워졌다.

슬그머니 옷자락을 잡고 양쪽 끝을 비스듬히 위로 펼쳤다.

"내 속옷 같은 걸로 해?"

"으음……."

허를 찌르며 거리를 좁히자 알바는 상체를 무르며 다소 긴장한 표정을 지었다.

"평소와 달리 필사적이네? 어째서야?"

"……."

알바의 눈에는 초조함과 불안감이 담겨 있었다. 안에서 흘러나올 듯한 감정을 필사적으로 몸 안에 가둬두려는 것처럼도 보였다.

"알바, 사랑해."

"나가줘."

"내가 싫어?"

"이곳에서의 생활이 시작됐을 때의 일, 기억해?"

알바는 둘째손가락을 눈앞에 세워 보였다. 떼를 쓰는 아이를 혼낼 때처럼.

"그때 선생님은 나를 사랑하지 않는다고 인정했어."

"사람의 마음은 변하기 마련이야."

그 순간, 알바의 표정에 분노 같은 것이 섞였다.

이렇게 당황한 알바를 보는 건 오랜만인 것 같았다.

"잘 들어, 아이비, 이런 질 나쁜 농담은 관두고 방으로 돌아가. 좋아하지도 않는 남자의 침대에 들어오는 건, 좋은 취미라고 할 수 없어."

"좋아한다고 했잖아."

"말로는 무슨 소릴 못 하겠어."

그의 차가운 말에 괴로운 마음이 솟구치기 시작했다.

이렇게까지 해도 인정조차 안 해주다니.

슬퍼서 울음이 터질 것만 같았다.

마음대로 되질 않는다. 내 것이 되지 않을 거라면, 차라리 이 괴로움에서 해방시켜줄 것이지.

"……윽."

하지만 그래서는 아무것도 바뀌지 않는다. 지금까지는 그렇게 도
망만 쳤다.

피살리스 때도, 끝까지 내 마음을 전하지 못해서 후회했다.

"믿어 줘……."

자연스럽게 흘러나오는 눈물을 훔치며 호소했다.

알바의 표정이 아주 잠깐 일그러졌다.

그러한 변화가 슬픔에 의한 것인지, 분노에 의한 것인지 확실치
않았다.

겉으로 나오려는 감정을 필사적으로 억누르고 있는 것 같았다.

그는 마음을 가라앉히듯 심호흡을 했다.

"우리는 오늘까지 이 좁은 세계에서 서로 도와왔어. 먹을 것도,
입을 옷도, 전부 네가 준비해준 것들이야. 그래서 나는 그 대신 집
안일 같은 걸 솔선해서 해왔지."

'그것만으로는 부족한 거야?' 라고 그는 눈으로 호소해 왔다.

"싫어……."

그것으로는 안 된다. 부족하다.

붙잡혀 있던 두 손을 빼서 그의 품에 뛰어들었다.

반동으로 둘이서 침대에서 떨어지고 말았다.

바닥에 넘어진 그는 일어나려고 몸부림을 쳤다.

그 손을 억지로 잡아당기며 그의 입술을 빼앗았다.

"……?!"

마구잡이로 들이댔을 뿐인, 분위기고 뭐고 없는 키스다.

달아나려고 날뛰는 그의 두 손을, 머리 위로 교차시키고서 바닥에 찍어 눌렀다. 그의 마력이 부족한 탓에 단순한 완력으로도 꼼짝 못하게 할 수 있었다. 그렇게 하고서 다시 그에게 불쑥 얼굴을 들이댔다.

이번에는 그의 입 안에 혀를 욱여넣었다. 그의 혀뿌리에 닿은 순간, 등줄기가 오싹할 정도의 쾌감이 퍼졌다. 그 쾌감을 탐닉하듯 몇 번이고 타액을 섞었다.

얼마쯤 지나 입을 떼자 그는 분한 듯한 얼굴로 나를 노려보고 있었다.

"나, 지금부터 널 덮칠 거야."

윗입술을 날름 핥았다.

그의 눈에 비친 여자가 번들거리는 두 눈을 빛내고 있었다.

"이제 그만해……."

"저항이 좀 약해졌네? 괜찮다는 거지? 괜찮지? 이제 와서 싫다고 해봐야 안 들어줄 거야."

완전히 불이 붙고 말았다.

깜깜한 실내에는 나와 그, 단둘뿐이다.

그가 아무리 날뛰어도 훼방꾼은 오지 않는다.

"선생님……."

설령 떨어져 나가도록 입술을 깨문다 해도, 피부를 손톱으로 긁는다 해도 그만둘 생각은 없었다.

"그 호칭, 싫어."

다시금 그에게 몸을 밀착시켰다. 코끝으로 그의 목덜미를 쓸었다. 조금 전까지만 해도 마음에 들어차 있던 망설임이 지금은 말끔하게 사라져 있었다.

그런 건 안중에도 없을 정도로 눈앞에 쓰러져 있는 알바의 모습이, 전에 없이 흥분됐다.

"정말로 싫으면, 날 죽이든가."

그렇게 말하며 다시 그에게 키스하고자 얼굴을 들이댔다.

그 입술이 문득 내 목을 억누르듯 보이지 않는 위치로 가버렸다. 그 대신 내 몸이 그와 완전히 밀착되었다.

"잠깐, 뭐야."

나를 꼭 끌어안고 있다.

"그만하자, 선생님."

그의 목소리가, 날숨소리가, 귓가에서 들린다. 그것만으로 사고가 마비될 것만 같았다.

"믿어주지 못해서…… 미안해……. 하지만, 죽이란 소리는 하지 말아 줘."

그에게 어떤 심경의 변화가 있었는지는 알 수 없다. 하지만 그 목소리는 떨리는 것처럼 들렸다.

"믿어, 주는 거야?"

"그래, 믿어."

그렇게 말하고서 다시 세게 안아 주었다.

알바의 체온과 심장고동에 감싸이자, 마음이 너무도 평온해졌다.

"아……우으."

조금 전과는 다른 감정이 고조되어서 울 것만 같다…….

그래서 나도 그의 등에 손을 두르고 내 얼굴을 파묻었다.

"그러면, 뽀뽀해도 돼……?"

"아니, 이제 그만해……."

체념한 듯한 웃음소리가 들렸다.

한 번 하나 두 번 하나 그게 그거잖아. 속으로 불평을 했다.

"이걸로 참아……."

그럼에도 그의 고동이 강하게 느껴지는 포옹은, 매우 행복한 한 때를 내게 선사해 주었다.

문득 눈에 들어온 거울에 나와 알바의 모습이 비쳐 있었다.

내 어깨에 얼굴을 파묻은 그의 눈은 매우 서글퍼 보였다.

무엇에 상처를 받은 걸까?

"있잖아."

"응?"

알바의 손을 끌어당겨서 꼭 잡았다.

눈을 감고 끌어안았다.

기도하듯이 말했다.

"미안해. 하지만 이런 작은 행복이 있으면 살 수 있을 것 같아. 사실 이것만으로도 정말 행복하거든. 그러니까 이 손을 놓지 마."

그럼에도 그녀는 행복했다

우리의 관계는 딱히 크게 변하지 않았다.

내가 솔직해졌을 뿐, 알바는 지금까지와 마찬가지로 나를 놀리거나 헐뜯거나 했다.

하지만 손을 잡고 싶다거나 포옹하고 싶다는 요구에는 자연스럽게 응해 주었다.

그도 쓸쓸했던 거다.

이곳에는 우리밖에 없으니까.

늘 다른 사람의 살갗이 그리울 수밖에 없다.

포옹하는 시간은 감미롭고도 행복했다.

"여기 있었구나."

도장에 고개를 내밀자 알바는 평소처럼 방의 중앙에 똑바로 앉아 있었다.

"늦었잖아요, 선생님."

"선생님이라고 부르지 말라고 했잖아."

그는 어색한 미소로 답했다.

그로부터 더 많은 시간이 흘렀다.

이제 선생님이라 불릴 만한 일은 하고 있지 않다.

내가 그에게 가르칠 것이 없어졌기 때문이다.

"무슨 일로 아침부터 불러냈어?"

내가 묻자, 그는 아무것도 없는 천장으로 시선을 옮겼다.

"저기, 선생님은 안 느껴져?"

갑자기 무슨 소리일까. 말뜻을 몰라서, 나는 고개를 갸웃했다.

"어제까지 나랑 선생님에게는 연결고리가 있었어. 끊으려야 끊을 수 없는 연결고리가. 내가 이곳에서 벗어나지 못하게 하는, 스스로 죽을 수도 없게 하는 제약이 있었어. 하지만 지금은, 없어."

느껴져? 알바는 거듭 말했다.

모르겠다. 대체 무슨 소릴 하는 걸까.

"그보다 평소처럼 이름으로 불러줘. 선생님이라고 불리는 건 어쩐지 부끄럽단 말이야."

"진지한 이야기 중이야, 아이비."

알바는 맛없는 음식을 먹었을 때처럼 심각한 표정이었다. 의도를 알 수가 없어서 난감해졌다.

"오늘로 정확히 100년이 지났어."

"100년?"

"선생님하고 여기서 단둘이 지내게 되고서, 100년이 지났다고."

"그랬어? 벌써 그렇게 됐구나……."

날짜 세기를 그만둔 탓에 그런 건 지금까지 완전히 잊고 있었다.

"아직 꼬박꼬박 세고 있었다니, 성실하기도 하네."

"그러게."

그는 무언가를 떠올리려는 듯이 고개를 푹 숙이고 있다.

100년…… 돌이켜 보니 지금까지 여러 가지 일이 있었다.

그리운 기분이 든다. 처음에는 말다툼도 자주 했고, 심술궂은 짓을 하거나 당하거나 했다. 지금 생각하면 웃음만 나오는 좋은 추억이지만.

"생각해 보니 기념할 만한 날이네. 뭐 원하는 거라도 있어? 있으면 내가 바깥세상에서 가져와 줄게."

"굳이 그럴 것 없어, 이곳에서 나가는 방법만 알면 난 이제 밖으로 나갈 수 있을 테니까."

알바는 차분하게 말했다.

나는 순간적으로 답할 말이 떠오르지 않았다.

지금껏 어떤 농담과 헛소리에도 재깍재깍 반응할 수 있었는데.

웃을 수 없는 농담이었기 때문이다.

"이곳에서 내보내 줘요, 선생님."

그 말에, 내 눈에 비치는 세계가 빠르게 좁아지는 듯했다.

어쩌지?

"아이참, 무슨 소릴 하는 거야, 알바."

"계약이 끝났어."

어쩌면 좋지?

"그보다 좀 봐, 알바. 나 오늘, 평소랑 조금 다른 것 같지 않아?"

손을 허리에 대고 앞머리를 쓸어 올렸다.

아주 조금 앞머리를 짧게 잘랐다.

오늘 아침, 앞머리에 가려진 내 얼굴을 조금이라도 잘 보이게 할 수 없을까 싶어서 거울 앞에서 눈씨름을 벌인 결과였다.

"아이비, 나를 해방해 주면 안 될까. 이미 제약은 없지만 이곳에서 나가는 방법을 몰라."

하지만 그는 눈길도 주지 않았다.

가슴속에서 무언가가 스멀스멀 다가오는 듯한 낌새가 느껴졌다.

순식간에 어둠이 시야를 가득 메워서, 나와 알바만 서 있는 것 같은 느낌이 들었다.

나는 억지로 미소를 지었다.

"선생님."

그는 무표정하게 말했다.

"아무 말 없이 나를 내보내 줘. 나는 그것밖에 바라지 않아."

"그보다 배고파. 뭐 좀 만들어 줘."

그만해.

"날 여기서 내보내 주세요."

"그만하라고!!"

나는 소리쳤다. 끈질기게 들러붙는 말을 뿌리치듯이.

"그럴 수 있을 리가 없잖아?!"

못한다.

할 수 있을 리가 없다.

"미, 미안해, 갑자기 소릴 질러서……. 하지만 알바가 끈질기게 굴어서 그런 거야."

"……."

심장이 격하게 뛰어대고 있는 건 짜증 때문만이 아니다.

어떠한 예감이 내 가슴에 자리 잡았다.

전에 느낀 적이 없을 정도로 절망적 순간이 오리라는 예감이다.

"이곳은 선생님이 마법으로 만든 공간이죠?"

"그게 뭐 어쨌다고."

하지만 더욱 지독한 말이 그 예감을 배신했다.

"당신을 죽이면, 이 장소는 없어지지 않나요?"

나를 지탱하고 있던 무언가가 소리를 내며 무너지고 있다.
혼란에 빠진 의식이 진흙에 가라앉으려 하고 있다.

"나를, 죽여?"

진심으로 믿고 있었다.
그는 나와 앞으로도 계속 이곳에서 함께 살 것이라고, 그게 당연하다고 믿고 있었다.
그런데 의미를 알 수 없는 말이 머릿속으로 침투하고 있다.
"어쩌다 그런 생각을 한 거야?"
나는 믿을 수가 없었다.
왜냐하면 그와는 여러 가지를 나누어 왔기 때문이다. 그것을 간단히 놓아버릴 리가 없다.
지금까지 품에 안고 있던 것이 손에서 흘러내릴 것만 같은 느낌이 들어서 필사적으로 내뱉을 말을 찾았다.
나는 그와 함께 있고 싶다. 그도 같은 마음일 거다. 내 마음을 받아들여줄 거다.
매일 그 곁에서 이름을 불렀다. 내 솔직한 감정을 전하기도 했다.
"장난이지?"
그런 어제까지의 기억과 방금 그가 한 말이 동시에 흘러들어서, 혼란스러웠다.
아무것도 모르겠다.

"그냥 해본 말이지……? 네가 나를 죽일 리가 없어……."

이해가 안 된다.

"왜냐하면, 너도 나를……."

호소하려던 내 목에, 차가운 무언가가 와 닿았다.

조금 전까지 앞에 있었던 알바의 모습이 사라졌다.

"이곳에서 내보내 주세요."

등 뒤에 선 알바가 내 목에 나이프를 들이대고 있다.

시간 마법이다.

나의 일부를 바칠 생각으로 그에게 그 마법을 가르쳤다.

귀여운 제자에게 나누어 주었던 그 힘이, 지금 내 목에 칼을 들이대고 있다.

"나는 진지해요……."

알바의 목소리 톤은 믿기지 않을 정도로 낮았다.

거기 실린 냉랭함에 숨이 턱 막힌다.

"안 돼……."

아직도 그가 웃으며 장난이라고, 농담이라고 말해주기를 기대하고 있다.

하지만 눈앞에 있는 알바는 여전히 무표정했다.

"가면 안 돼……."

절망감이 밀려들었다.

"안 돼……!"

어쩌지?

"죽고 싶지 않으면 내보내 주세요."

"싫어어……!"

어떻게 해야 이 상황을 뒤집을 수 있지?

"행복했어! 행복했어행복했다고! 너를 만난 순간부터 오늘까지 계속……!"

그는 전혀 대답해 주지 않았다.

시간이, 부족하다.

그렇게나 남아돌던 시간이, 지금은 허무하게 사라지려고 한다.

"여기서 내보내 주세요."

"행복……했어……! 너도, 웃으면서…… 내 곁에 있었어……."

"여기서 내보내 줘!"

"하지만 죽고 싶지 않아! 죽고 싶지 않다고오……!"

그의 외침이 귓가를 맴돈다.

여러 가지 일들이 머릿속을 맴돈다.

"너랑, 계속 함께 있고 싶어졌다고……."

나는 떨리는 팔다리를 억제하며 간신히 말을 자아냈다.

"너를, 좋아하니까…… 사랑하니까……. 그러니까 제발, 제발 그런 잔인한 소리는…… 하지 마……."

미치도록 붙잡고 싶었다.

미치도록 살고 싶었다.

죽고 싶다고 생각한 적도 있었다.

하지만 그와 보내는 나날이 즐겁고 행복해서, 이제는 포기할 수가 없어졌다.

"나를 외톨이로 만들지 마……."

차갑게 대하지 말아 줘.

똑바로 이야기를 들어줘.

하지만 그의 부자연스러운 웃음소리가, 내 애원을 가로막았다.

크큭. 지금까지 들어본 적 없는, 사악한 웃음소리가 그의 입에서 흘러나오고 있다.

"알바……?"

"뭐가 잔인하다는 거야?"

그는 차가운 눈빛으로 나를 쳐다보았다.

"잔인한 짓을 한 건 너잖아."

딴 사람이 된 것처럼 얼굴이 추악하게 일그러져 있었다. 나는 알바가 그런 표정을 짓는 걸 본 적이 없다.

"아직도 모르겠어? 나는 쭉, 너한테 복수할 생각으로 살았어."

진심으로 기쁘다는 듯이, 웃고 있다.

"하지만 그냥 죽이는 것만으로는 부족하지."

주먹을 움켜쥔 채, 증오로 가득한 그의 얼굴을 보았다.

"나를 배신하고, 친구의 목숨을 빼앗고, 사랑하는 사람과 떨어뜨려 놓았잖아. 그런데 어째서? 어째서 용서받을 수 있다고 생각한 거야? 바보야, 너?"

"알바……?"

"난 네가 넌더리가 나도록 싫어. 계속 증오하고 있었다고. 어떻게 하면 너를 괴롭게 할 수 있을지를 생각하며 지금까지 살아왔어. 네 얼굴이 그렇게 절망으로 물드는 걸 볼 이날을 위해서!"

"거짓말……."

꺼져 들어갈 듯한 목소리로 중얼거렸다. 어떻게, 그럴 수가.

그러면 그날 밤에 있었던 일도, 거짓이었던 걸까.

너를 좋아한다고 말했을 때, 그걸 믿어 준 것도 거짓이라고……?

"하지만 이제 충분해. 성가신 계약은 무사히 지켜냈으니, 이게 마지막 경고야."

믿고 싶지 않아.

"여기서 내보내 줘."

내 목에 나이프의 칼날을 들이댄 채로 그는 위협했다.

죽고 싶지 않다.

그의 곁에 있고 싶다.

결의를 굳힌 그의 눈을 보며 다시 다른 뜻이 있는지를 살펴봤다.

눈이 마주치자 그는 아주 잠시 경직된 표정을 지었다.

그 미묘한 변화를 나는 놓치지 않았다.

딱 한 번 본 적이 있다.

알바가 나를 끌어안아 주었던 그날 밤, 거울로 봤던 그 슬픈 표정과 비슷하다.

"거짓말쟁이……."

나이프가 가슴 언저리를 겨누었다.

"말조심해, 다음엔 정말로 죽인다? 죽기 싫으면……."

이제 어떤 표정을 짓더라도 무서워하지 않기로 했다.

"너를 사랑해."

이 자리에서 내가 어떤 표정을 지어야 할지는, 너무나도 뻔했다.

"웃지 마……."

"너를 사랑해."

내가 할 수 있는 것은 이것뿐이다.

"여기서 내보내달라니까!"

난감하게 하고 싶은 게 아니다.

불행하게 하고 싶은 것도 아니다.

단지 알아주었으면 한다. 믿어주었으면 하는 거다…….

"너를 사랑……."

나이프의 날끝이 내 가슴에 살짝 파고들었다. 아픔이 느껴짐과 동시에 옷의 중심에서 빨간 얼룩이 스멀스멀 퍼져 나왔다.

"계속 말하면 죽을 줄 알아……!"

눈앞에, 이렇게나 가까이 그의 얼굴이 있다.

충혈되어 빨개진 눈동자에는 분노와 슬픔이 서려 있었다.

날카로운 고통이 느껴지는데도 나는 놀라울 정도로 냉정했다.

알바가 쥔 나이프의 날 끝이 떨리고 있다.

아아. 목소리가 새어나왔다.

통각이 마비되었는지 어떤지는 모르겠지만, 그런 것보다도 뜨거운 무언가가 가슴 안쪽에서 흘러나오고 있다.

내가 원했던 것은, 여기 있었구나.

영원한 괴로움을 받아들인 그 소녀…… 리나리아 센티에르의 심정을 지금은 조금이나마 알 것 같다.

그 애도.

그가 믿어 주길 바랐던 거구나…….

"울어도 소용없어!"

정신을 차려보니 눈에서 무언가가 하염없이 흘러내리고 있었다.

웃음이 났다. 나를 기다리고 있을 운명을 생각하면 너무도 슬프지만, 기쁘기도 했다.

지금의 나라면, 리나리아에게 그랬듯이 그가 믿어 줄 테니까…….

"너를……."

알바의 눈에 살의가 실렸다.

나는 눈을 감고, 빌었다.

제발,

믿어 줘…….

"사랑……."

그가 뭐라고 소리쳤다.

입에서 쇠와 같은 맛이 나는 것이 흘러나와서 기침이 났다. 시야가 순식간에 좁아지고 있다.

싫어. 나는 강하게 바랐다.

내 시야에서 그가 사라져 버리는 것이, 슬프다.

또 제대로 말을 못했다. 실패하고 싶지 않다.

순간적으로 그의 뺨에 손을 대었다.

손가락으로 그의 피부가 지닌 온기를 느꼈다.

"사랑해……."

내 목소리가 약해지고 있다. 마치 그가 있는 장소에서 멀어지고 있는 것처럼.

그렇게 말한 순간 그가 지은 표정을, 눈에 새긴다.

까맣게 물든 눈에, 분노가 아닌 무언가가 피어나는 것이 보였다.

전해졌을까.

전해졌다면.

한 번만 더, 억지를 부려보고 싶다.

"너는……? 나를…… 사랑해……?"

그는 아무 말도 해 주지 않았다.

눈을 동그랗게 뜨고 나를 물끄러미 쳐다볼 따름이다.

먼 옛날, 그가 비아냥거림을 담아 나를 비난할 때 썼던 말이 머릿속에 떠올라서, 괜히 웃음이 났다.

"침묵은…… 긍정……이랬지?"

웃으며 말하자, 그의 눈에서 무언가가 빛나는 것이 보였다.

아아, 아까워라.

그건, 나 같은 것한테는 과분한 거야.

몸에서 힘이 빠지고 의식이 멀어지기 시작했다.

…………

더는 아무것도, 안 들린다.

무릎을 꿇고 쓰러지려 하는 소녀의 손을, 나는 순간적으로 붙잡았다.

그녀는 가쁜 숨을 몰아쉬면서도 신비로운 미소를 띠고 있었다.

마치 무언가에 몹시 만족한 듯한 표정을 지은 채, 그녀는 눈을 감았다.

그 순간, 그녀의 몸은 다 타고 남은 재처럼 공기 중에 녹기 시작했다.

아무것도 남지 않았다.

존재했던 흔적조차 남기지 않고, 허공에 녹아들고 있다.

바보 같은 녀석이라고 생각했다.

살아남을 수 있는 선택지도 분명 줬는데.

"......?"

어느샌가 내 손에는 그녀가 언제나 가지고 다니던 회중시계가 쥐어져 있었다.

죽은 여자를 증오했다.

하지만 여자는 나를 사랑한다고 했다.

과거의 원한을 잊지 않겠다는 맹세를 되뇌며, 여기까지 왔다.

이것은 복수다.

이것은 보복이다.

그런데 어째서,

시야가 흐려지는 걸까.

눈꼬리에서 흘러내리는 것이 멈추지 않기 때문일 거다.

새하얗고 살풍경한 방에, 내가 흐느껴 우는 소리만이 한도 끝도 없이 울려 퍼졌다.

제2장
흉몽 비더젠 (전편)

凶 夢
흉몽

끔찍한 연극이 시작된다.
그것은 흉몽에 물든 무대.
하지만 다정하고도 용감한 당신은
결코 끝나지 않을 괴물의 연희를 보고
그 마음마저 악몽에 침식되고 말 것이다.

모든 것이 피로 칠해지기 전까지
당신에게 구원의 날은 오지 않는다.

길을 걷는 발걸음은 무거웠다.

좁은 실내에서 겨우 해방되어 더 이상 나를 속박할 족쇄는 없을 텐데, 속에서는 아직 검고 질척한 것이 떠돌고 있다.

지금까지 내 의지로 네 사람을 죽였다.

처음에는 절박한 나머지 제정신이 아니었다.

두 번째 살인은 친구를 죽인 여자에게 복수하고자 했다.

세 번째 살인은 사랑하는 사람을 지키고자 했다.

네 번째 살인은—— 사랑하는 사람과 재회하고자…….

"바보 같은 녀석……."

네 번째 살인을 떠올리자 자연스럽게 욕지거리가 흘러나왔다.

100년이나 나를 감금했던 마녀의 최후는, 그 한마디로 표현할 수 있었다.

나는 그 여자가 미웠지만, 살아남을 선택지도 주었다.

그런데도 그 녀석은, 나를 좋아한다고 지껄이던 그 녀석은 결국 살해당하는 쪽을 택했다.

『사랑해.』

진짜로 그런 말에 내 마음이 바뀔 줄 알았나?

그럴 일은 절대로 없다. 다 알고 있었을 거다. 왜냐하면 그 녀석은——.

움켜쥔 손에서 어느샌가 피가 배어나오고 있었다.

이것은, 복수다.

이 손에 남은 불쾌한 감촉도 잠깐 모른 척하면 아무것도 아닌 게 될 것이다.

지금까지 죽인 네 명은 모두 용서할 수 없는 짓을 저질렀다. 당연한 응보라고 단언할 수 있을 거다.

그런데——

창문이 있는 집을 지나칠 때, 거기 비친 남자의 얼굴이 눈에 들어왔다. 몹시 수척하고, 초췌해진 얼굴이었다.

그런 얼굴로 어딜 가는 거지? 누굴 만나러 가지? 남자가 내게 그렇게 묻는 듯한 기분이 들었다.

누구——?

당연히 사랑하는 사람이다. 그녀와 재회할 생각만으로 오늘까지 살아왔으니까.

그렇건만 이렇듯 가슴속이 갑갑한 것은 어째서일까. 창에 비친 산송장 같은 얼굴은, 마치 사형대로 향하는 죄인의 그것 같았다.

얼굴을 가리고 눈을 감았다.

『후회해?』

눈꺼풀 안쪽에 검은 머리 여자가 서 있었다.

나를 서글픈 눈으로 쳐다보고 있다.

『그럴 거면 어째서 나를 죽인 거야?』

눈물 어린 눈으로 호소하는 그녀에게, 나는 어떠한 답도 할 수가 없었다.

휴일 오전, 그 커다란 도시는 그럭저럭 북적이고 있었다.

사람들은 밝은 색의 외투를 입고서 거리를 거닐었고, 모두가 미소를 띠고 있었다. 그런 사람들의 손에는 하나같이 꽃다발이 쥐어져 있었고 거리에 늘어선 집들의 현관에도 형형색색의 꽃들이 장식되어 있었다.

나는 그런 풍경 속을 터벅터벅 걷고 있다.

"이보게, 당신."

한가하게 걷는 사람이 희한했던 것인지, 길을 지나던 내게 어떤 남자가 말을 걸었다.

그다지 관심은 없었지만 나는 고개를 갸웃하고서 왜 불러? 라고 말하는 듯한 표정을 지어 보였다.

"이런 날에 왜 그렇게 죽상을 하고 있어."

"이런 날이라니……?"

침울한 얼굴로 걸어서는 안 되는 날 같은 것도 있나?

남자는 팔을 걷어붙이며 의기양양하게 말했다.

"탄생제(生誕祭)야. 내일부터 사흘 밤낮은 축제 분위기가 이어질 거라고. 그런 얼굴을 하고 있으면 쓸데없이 눈에 띌 걸."

탄생제——

"표정을 보니 아무것도 모르고 여길 지나가고 있었나 보지?"

"지금 막 이 도시에 와서……."

무슨 소리인지 영문을 모르겠다.

"외지에서 온 거야, 당신? 그럼 알려주지. 탄생제는 말이야."

그는 오랜 친구와 수다라도 떨 듯 이 도시의 역사에 관해 자세히 말하기 시작했다.

바다와는 거리가 먼 내륙 한복판에 산스타웨이라고 하는 산림에 둘러싸인 도시가 있다.

과거에 있었던 큰 전쟁으로 인해 황폐해진 구시가지가 사람들의 손에 의해 활기를 되찾은 역사 깊은 도시다.

신시가지는 구시가지를 에워싸듯 인접해 있어서, 꼭 초승달의 밝은 부분을 본뜬 듯 보였다. 중앙에 가까운, 달의 그림자 부분 쪽으로 가면 아직 구시가지의 흔적이 남아있다.

가을 중턱, 작물이 결실을 보는 계절에 도시는 이름을 바꾸고 대표자를 새로 선택함으로써 다시 태어났다. 그날은 도시의 부흥기념일이 되었다.

1년에 한 번씩 참배자들이 성묘를 하러 외부에서도 오는 이 시기는 사람들의 출입이 많아져서 그들을 상대로 한 장사가 흥한다는 모양이다. 길을 가는 사람들이 손에 든 꽃 장식에는 옛 전쟁으로 죽은 사람을 애도하는 의미도 있다는 듯했다.

구시가지 쪽으로 갈수록 사람들의 통행도 뜸해졌다.

노점과 시장이 서서 북적북적했던 광장에 비해 다소 낡은 건조물이 늘어서 있는 조용한 길이다.

나는 축제를 즐기거나 성묘를 하기 위해 이 도시에 온 것이 아니었다.

리나리아 센티에르——

나의 은사이자 생명의 은인인 동시에 매우 소중한 사람.

여러 곳을 찾아다닌 끝에 그녀가 이 도시에 있다는 소문을 들었기 때문이다.

듣자하니 이름이 같은 인물이 이곳에 있는 '미치노'라는 레스토랑에서 일하고 있다는 모양이다.

그녀가 그 폐허를 떠나 이렇게 큰 도시로 이사를 왔다는 것이 석연치 않기는 했지만.

게다가 그녀의 특성상 사람들이 있는 장소를 꺼릴 것이라는 편견 아닌 편견도 있었다.

때문에 아직 반신반의였다.

이름만 비슷한 사람일 가능성도 있다. 오래된 정보라면 그녀가 이미 이곳을 떠났을 가능성도 있다.

그런 식으로 온갖 생각을 하며 나는 거리를 걸어 나갔다.

마음이 급하기는 했다. 한편으로는 두렵기도 했다.

만나서 무슨 이야기를 하면 좋을까.

애초에 나는 그녀와 말을 나눌 자격이 있을까.

피로 더러워진 이 손으로, 그녀를 만져도 되는 걸까.

너를 사랑했는데——

어떤 소녀가 머릿속에 떠올라 기분이 매우 안 좋아졌다.

리나리아를 찾는 단계에서는 아무 생각 없이 탐색이라는 행동에 집중할 수 있었다.

하지만 그녀와 얼굴을 마주할 각오는 아직 안 됐다…….

이대로 그냥 돌아갈까, 라는 생각도 들기 시작했다.

하지만 금방 그건 가장 어리석은 선택지라고 나 자신을 타일렀다.

전부 다 그녀를 만나서 판단해야 할 일이다.

그녀가 내게 소중한 존재라면 더더욱 그래야 한다.

예쁜 타일이 깔린 언덕길을 오르자 이쪽을 향해 달려오고 있는 마차가 보였다. 길을 서두르고 있는 것인지 속도가 상당하다.

그것을 별생각 없이 눈으로 좇던 중, 검은 무언가가 갑자기 마차의 진행 방향으로 뛰어들었다.

고양이다.

검은 고양이 한 마리가 말의 발 아래로 지나가려는 듯이 달리고 있었다.

하지만 늦었다.

마부는 작은 고양이를 보지도 못한 듯했다.

작은 생명이 짓밟히기 직전——

"비켜요!"

누군가의 목소리가 바로 옆을 스쳐 지나갔다. 정신을 차려보니 그 누군가는 내 앞으로 뛰쳐나가 고양이에게 손을 뻗고 있었다.

마차의 속도는 줄지 않았다.

내게는 그 일련의 광경이 슬로 모션처럼 보였다.

고양이와 소녀가 바퀴에 끼어 찢기는 모습을 상상했다.

마차는 흙먼지를 일으키며 우리의 바로 옆을 지나갔다.

소녀는 검은 고양이를 안은 채 멍한 표정을 짓고서 마차를 눈으로 좇고 있다.

"어라…… 살아있어……?"

엉겁결에 죽을 생각이었냐고 딴죽을 걸 뻔했다.

"괜찮아?"

내가 말을 붙이자 소녀는 이쪽을 올려다보며 놀란 표정을 지었다.

아무래도 내 얼굴을 보고 놀란 것 같다. 실례 아니야?

일단 그녀에게 손을 내밀자, 소녀는 별로 망설이지도 않고 잡고 일어났다. 그때 그녀가 무릎 위에 얹어두었던 고양이가 폴짝 뛰어 내리더니, 그대로 떠나가고 말았다.

"우와아, 기껏 구해줬더니 박정한 녀석 같으니!"

소녀는 부루퉁한 얼굴로 고양이에게 소리쳤다.

이만큼 기운이 있는 걸 보니 괜찮을 것 같다.

나는 그 자리를 떠나기로 했다.

"잠깐 기다려요. 어딜 가려고 그래요?"

방금 목숨을 구해준 소녀가 내 어깨를 붙잡았다.

다시 시선을 돌려보니 그 아이의 머리카락은 새하얀 색을 띠고 있었다. 순간적으로 찾던 사람이 느닷없이 눈앞에 나타나기라도 한 걸까 싶어서 놀랐지만, 자세히 보니 얼굴이 전혀 달랐다. 그러던 중에 소녀가 의아하다는 듯이 밝은 핑크빛을 띤 두 눈을 가늘게 떴다. 이런, 나도 모르게 빤히 쳐다보고 말았다.

"아, 왜?"

몸을 뒤로 물러 거리를 벌리려 했더니 소녀가 쫓아오기라도 하듯 얼굴을 들이밀었다. 심각한 표정으로 내 얼굴을 쳐다보고 있다. 그러더니 어째서인지 품평이라도 하듯 머리끝부터 발끝까지 뚫어져라 쳐다보았다.

혹시 도움이 필요 없었는데 괜한 짓을 한 걸까……?

"고맙습니다!"

소녀가 갑자기 고개를 깊숙이 숙였다.

"방금 구해주신 거죠? 아무리 봐도 죽고도 남을 타이밍이었잖아요."

아무래도 고맙다고는 생각하는 모양이다. 근데 방금 무시할 수 없는 소릴 한 것 같은데.

"죽을지도 모른다는 걸 알고도 뛰어든 거야……?"

소녀는 쓴웃음을 지었다. 웃을 일이 아니라고.

"고양이를 구하고 싶다는 마음이 앞서서 마차 앞으로 뛰어든 건 이해해. 하지만 죽을 줄 알고서 그런 거라면 그건 자살행위나 다름없어."

"그러게요. 조심할게요."

대답은 잘한다. 조심하겠다는 말로 넘길 일이 아니잖아.

"근데 당신 굉장히 빠르던데요? 직전까지는 멍해 보였는데."

시간 마법을 구사해서 그녀와 고양이를 길 가장자리로 이동시킨 것을 말하는 모양이다. 아니, 그 이전에――

"멍해 보이는 남자 앞에서 뛰쳐나가지 말라고……"

이야기를 하다 보니 정말로 자살하려던 건 아니었을까 싶어 혼란스러워졌다.

"어쨌든 감사합니다. 당신은 제 생명의 은인이에요."

"고맙다는 말을 듣고 싶어서 한 일은 아니야."

애초에 이 아이가 길로 뛰어들지 않았다면 고양이를 죽게 내버려 뒀을 거다.

생각을 하기도 전에 자연스럽게 손이 나가고 만 것이다.

"그렇다 해도! 감사합니다! 당신이 구해 주지 않았다면 저는 죽었을 거예요!"

소녀는 미워할 수가 없을 정도로 올곧은 눈빛을 한 채, 어린애처럼 눈을 반짝거리며 웃었다. 진심으로 고마워하는 것처럼 보였다.

그 순간, 나는 '과연'이라고 생각했다.

지금 나는 한 소녀의 목숨을 구했다. 살인자인 나라도 누군가를 구할 수는 있구나. 어쩌면 그건 자랑할 만한 일일지도 모른다.

그 힘이, 다른 누군가가 나누어준 힘이라 해도———.

"하지만 아쉽네요. 아주 귀중한 만남이었지만 이제 시간이 다 돼서……."

이번에는 소녀가 아쉽다는 얼굴로 고개를 푹 숙였다.

정말이지 표정이 획획 정신없게도 바뀌는 아이다.

"시간이 다 됐다니?"

"아뇨, 아니에요. 어차피 잊어버릴 테니까요."

"뭐?"

이해할 수 없는 말을 내뱉은 직후, 소녀는 고개를 들어 내게 미소를 지어 보였다.

"그러면 장을 보는 중이었으니 실례할게요."

소녀는 다시 한번 고개 숙여 인사하더니 손을 흔들며 달려갔다.

장을 보는 중이었다고 하니 뭔가 볼일이 있었을지도 모른다.

이름도 모르는 그녀가 떠나간 후, 얼마 동안 그 자리에서 움직일 수가 없었다.

고맙다는 그녀의 말이 생각했던 것보다 기분이 좋았기 때문일까.

리나리아에 관한 생각으로 우울했던 마음이 조금이나마 밝아진 것 같다.

"갈까……."

나는 결심을 굳히고 걸음을 떼었다.

목적지는 레스토랑 '미치노'다.

　말끔하게 포장된 시내 거리를 걷다 보니 아주 조금 슬퍼졌다.

　이전에 살았던 폐허와는 너무도 동떨어진 세계였기 때문일지도 모른다.

　거리 곳곳을 고양이가 자기 세상이라는 듯이 걸어 다니고 있다. 길을 가는 사람들은 고양이를 봐도 딱히 신경 쓰지 않았다. 이곳에서는 평범한 광경일지도 모른다.

　문득 검은 고양이 한 마리가 내 발치로 다가왔다.

　조금 전 도로로 뛰어들었던 고양이 같다. 아까 전에는 몰랐지만 귀의 한 부분이 약간 잘려 있다. 이 녀석은 내가 구해주었다는 사실을 아는 걸까.

　"……."

　천천히 웅크려서 턱에 손을 가져다 댔다. 그러자 검은 고양이는 기분 좋다는 듯이 내 손가락에 얼굴을 비볐다. 검은 털에 동그란 눈―― 누군가가 떠오른다. 검은 머리에 늘 고양이처럼 새침한 눈을 하고 있던…….

　"미치겠네……."

　긴장을 풀면 금방 머릿속에 떠오르고 만다.

　이제 와서 결정을 바꿀 수도 없는데, 생각해 봐야 소용없는 일인데, 틈만 나면 그녀가 떠올랐다. 그럴 때마다 가슴이 찢어질 것만 같다.

그 탓에 표정이 험악해졌는지 고양이는 내 손을 떠나고 말았다.

녀석은 한 블록 앞의 모퉁이에서 걸음을 멈추더니 이쪽을 쳐다본 채 야옹, 하고 울었다.

따라오라고 하는 것처럼 보였다.

나는 목적지까지 가는 정확한 길을 모른다.

별 생각 없이 저 고양이를 뒤따라가기로 했다.

그 순간이 다가오고 있다는 것도 어느 정도 예감하고 있었다.

1분 1초라도 빨리 그녀를 만나고 싶기는 하다. 하지만 그런 마음만큼이나 무서웠다. 그녀가 나와의 재회를 바라지 않지는 않을까, 라는 생각 때문이다.

그렇게 꾸물꾸물 부정적인 생각을 하고 마는 점은 긴 세월이 흘렀는데도 변하지 않은 듯했다.

변덕스럽게 산책을 하는 고양이를 따라 시가지를 걸었다.

온 도시로 퍼져 있는 수로 옆 울타리를 따라 걷거나 건조물의 좁은 틈새를 지나는 등 꽤나 자유로운 코스를 거닐었다.

이 고양이는 딱히 목적지랄 것이 없을지도 모른다. 그럼에도 고양이를 따라 걷기를 그만두지 않았다. 분명 내 안에 아직 망설임이 있기 때문일 거다.

리나리아와 정면으로 마주하는 것이 망설여지는 것이다.

거리에 석양이 지기 시작했을 즈음, 고양이는 갑자기 속도를 높여 한적한 시가지를 달렸다. 허둥지둥 뒤를 쫓았지만 좁은 뒷골목에 들어서자마자 놓치고 말았다.

그대로 어두운 뒷골목을 지나자 붉게 물든 하늘이 훤히 보이는 광장이 나타났다.

그곳에서 하얀 건물이 휑뎅그렁한 평지에 오도카니 서 있는 것을 발견했다.

건물 주변은 잔디로 뒤덮여 있고, 입구 근처에는 테라스석이 몇 개 늘어서 있었다. 1층에는 쇼윈도처럼 창문이 커다랗게 나 있어서 가게 안의 모습이 들여다보였다. 안에서는 종업원들이 분주하게 오가고 있다.

레스토랑이다. 인접한 넓은 정원에는 '미치노'라 적힌 간판이 놓여 있었다.

드디어 나는 목적했던 장소에 도달하고 만 모양이다.

정원 잔디밭에서 그 검은 고양이가 햇볕을 쬐고 있었다.

"일단은 안내해 줬던 건가……?"

그쪽을 향해 걸어가자 고양이 옆에서 고른 숨소리를 내고 있는 여자아이가 보였다.

잔디밭 위에 드러누운 채 두꺼운 책 같은 것을 품에 안고 있다.

문득 석양으로 물들어 있던 소녀의 앞머리가 바람에 날려, 그 얼굴이 드러났다.

"어라……?"

그 얼굴은 본 적이 있었다.

불과 몇 시간 전, 마차에 치일 뻔했던 소녀다.

백발 머리지만 내가 찾고 있는 그녀와는 전혀 다른 사람이다.

그럼에도 그 애는 키도 나이도 내가 잘 아는 사람과 비슷했다.

하늘을, 산기슭 너머로 가라앉고 있는 해를 바라보았다.

이제 곧 해가 진다. 그러면 이 근처에는 싸늘한 바람이 불기 시작할 것이다.

"이봐, 감기 걸려."

소녀의 어깨를 흔들었다. 잠을 자던 그녀는 귀찮다는 듯이 눈을 꾹 감았다.

금방 일어날 낌새는 없다.

문득, 그녀가 든 책 사이에서 한 장의 메모지가 삐져나와 있는 것을 발견했다.

그것이 바람을 맞아 팔랑팔랑 흔들리고 있다. 당장에라도 날려가 버릴 것만 같다.

그렇게 되기 전에 메모지를 책 사이에서 빼내자, 하필 그 타이밍에 그녀가 눈을 번쩍 떴다.

나는 놀란 나머지 펄쩍 뛰며 손에 든 메모지를 순간적으로 주머니에 쑤셔 넣고 말았다.

그녀는 눈을 문지르며 일어나더니,

"손님이세요?"

잔뜩 졸린 투로 말했다.

"어라……?"

그런데 그 후에 보인 반응이 이상했다. 나를 보자마자 얼굴을 불쑥 들이민 것이다. 졸음이 가득했던 밝은 핑크색 눈을 번쩍 뜨고 보물이라도 발견한 듯 눈빛을 반짝이면서.

"뭐, 뭐야……."

가까이서 보니 그녀의 얼굴이 매우 단정하다는 것을 새삼 알 수 있었다. 눈 둘 곳이 없어서 허둥지둥 시선을 돌렸다. 그러다가 그녀가 입고 있는 옷이 눈에 들어와서 어라? 하고 생각했다. 외출복 같은 게 아니라 화사한 빨간색을 띤 에이프런 드레스를 입고 있었던 것이다.

아무래도 그녀는 이 레스토랑의 관계자인 듯했다.

아마도 입고 있는 게 지정 제복인 것이리라.

"나, 당신을 알아요."

뭐? 무슨 뜻이지?

그녀가 씨익, 대담한 미소를 지었다.

"당연히 그렇겠지, 아까 만났었잖아……?"

으스대는 얼굴로 할 말이 아니다.

" '미치노' 에 오셨어요? 아직 영업시간이니 그냥 들어가셔도 돼요. 아, 나는 휴식 중이에요. 슬슬 별이 보이기 시작할 시간이라 밖으로 나와서 별을 보고 있었죠."

묻지도 않았는데 소녀는 그런 소리를 하기 시작했다.

"별을 보고 있었다기보다는 아주 곯아 떨어져 있는 것처럼 보였는데…… 여기 점원이었구나."

"네."

"리나리아라는 점원이 일한다고 들었는데…… 혹시 알아?"

어쨌든 이 이상 소녀와 대화해 봐야 끝이 없을 것 같아서 목적을 우선시하기로 했다.

솔직히 말해서 헛걸음으로 끝날 것도 각오하고 있었다.

리나리아가 이렇게 사람이 많은 곳에서 계속 일을 할 수 있을 것 같지가 않았기 때문이다.

"선배한테 볼일이 있으세요?"

"선배?"

순간적으로 선배라는 호칭이 너무 안 어울리는 것 같아서 당황했다.

"선배라니, 리나리아라는 애가? 네…… 선배야?"

"맞아요. 나보다 여기서 반 년 정도 오래 일하고 있어요."

놀랐다.

그 리나리아가? 사람과의 교류를 극단적으로 꺼렸던 그 리나리아가? 이 레스토랑에서는 선배라 불릴 정도로 입지를 확립했다고?

정말로 내가 아는 리나리아가 맞을까…….

"당신은 선배의 뭔가요? 무진장 수상한데요."

어째서 그렇게 되는 걸까. 나는 허둥대며 해명했다.

"그, 그 애는 내 은인이야! 본인에게 물어보면 알 거야!"

빠르게 말을 쏟아내자 소녀는 눈을 동그랗게 뜨고 내 얼굴을 빤히 쳐다보기 시작했다.

또다. 또 얼굴을 들이대고 있다. 이 애, 거리감이 이상한데.

"리, 리나리아 씨는…… 그 애는 어디에 있어?"

몸을 뒤로 빼서 소녀와의 거리를 유지한 채 물었다.

"지금도 일하고 있어요. 아, 마침 저기 있네요."

소녀는 천천히 레스토랑 쪽을 가리키며 말했다.

그 방향에는 커다란 창문이 있었다. 그녀가 가리킨 곳, 창가 쪽 테이블에서 노인이 궐련 담배를 피우고 있었다.

초로의 남성 앞에는 점원으로 보이는 복장의 소녀도 서 있다. 남성에게 주문을 받고 있는 듯했다. 남자의 말에 두세 번 고개를 끄덕이더니 미소를 지어보였다.

다정한 표정이었다.

눈을 뗄 수가 없었다. 얼굴만 봐도 누구인지 알 수 있었다.

100년 동안 그 폐쇄 공간에 갇히고도 한시도 잊은 적이 없었다.

"스승님이다⋯⋯."

소문은 사실이었던 모양이다.

타인을 피해 사람이 얼씬도 않는 땅에 틀어박혀 살았던 소녀가 지금은 이렇게 큰 도시에서 나 이외의 사람과 평범하게 대화를 하고 있다. 일상에 녹아들려 하고 있는 것이다. 그런 광경을 앞에 두자 여러 가지 감정이 솟구쳤다.

눈을 감자 그 무렵의 기억이 하나둘씩 되살아났다.

이전에 리나리아에게 꽃을 선물했을 때의 일이 떠오른다. 그때 그녀는 그것만으로 엄청 겁을 냈다. 그녀의 눈에는 주변에 있는 모든 것이 정상적인 상태로 보이지 않는다. 그건 지금도 마찬가지일 거다.

그녀 나름대로 앞으로 나아가려 하고 있는 것일지도 모른다. 기쁨인지, 슬픔인지 잘 알 수 없는 감정이 가슴을 가득 메웠다.

"울어요?"

허둥지둥 얼굴을 훔쳤다. 어느샌가 꼴사납게 눈물을 흘리고 있었던 모양이다.

나이를 먹으면 눈물이 많아진다는 말이 정말이구나 싶었다.

애타게 기다렸던 순간이건만, 꼴이 말이 아니다.

애초에 이제 와서 어떤 얼굴로 만나면 될까.

100년—— 아니, 그녀에게는 1년 정도겠지만 그렇다 해도 짧은

시간이 아니다. 지금까지 연락 한 번 않고 그녀를 내팽개쳐 두었던 탓에 새삼 건넬 말이 떠오르질 않았다.

"어쩔까요? 선배, 불러올까요?"

"아니……."

이런 상태로, 대화를 제대로 나눌 수 있을 리가 없다.

어쩐지 날을 다시 잡는 게 좋을 것 같다는 생각이 들었다.

센스 있는 선물도 마련하고, 무슨 이야기를 할지도 제대로 생각해 오는 게 좋을 것 같다.

"다시 올게. 바빠 보이기도 하니, 시간이 날 때 다시 오는 게 좋겠어."

리나라아가 이곳에 있다는 사실은 알아냈다. 지금은 그거면 충분하다.

일하는 걸 방해하면서까지 행동해서는 안 된다. 그런 변명 같은 생각을 하며 나는 잽싸게 그 자리를 뜨기로 했다.

그런데 무언가가 주욱 몸을 잡아당기는 바람에 멈춰 설 수밖에 없었다.

"뭐야?"

꽉 붙들린 옷과 소녀의 얼굴을 번갈아 쳐다보았다.

어느샌가 에이프런 드레스 차림의 소녀가 자리에서 일어나 내 옷소매를 잡고 있었다.

"저 사람, 두 시간 정도 있으면 휴식 시간이에요."

"으응……."

불러 세운 의도를 알 수가 없어서 맥 빠진 목소리로 대꾸하고 말았다.

"그 후라도 괜찮다면 내가 가게에 이야기해 줄 수도 있어요. 느닷없이 들이닥치면 선배도 곤란할 거니까요."

과연. 여자아이의 제안은 매력적인 것 같았다.

느닷없이 들이닥치는 것보다는 나도 마음의 준비를 할 수 있을 테니까. 그건 이해가 되지만——

"만난 지 얼마 안 된 너한테 부탁하기는 좀……"

"아까 구해줬잖아요? 그걸 보답하게 해주세요."

마차에 치일 뻔한 일을 말하는 걸까.

하지만 그런 사정은 둘째 치고 나는 이 아이를 너무 모른다. 너무 모르는 사이인 것치고 대화를 나눌 때 바짝 다가서는 것도 신경 쓰이고——.

"그런고로, 여기서 잠깐 기다리세요."

"뭐——?"

"선배를 잘 잡아두지 않으면 나중에 엇갈릴 가능성도 있어요."

이미 소녀의 머릿속에서는 나와 리나리아가 오늘 대화하는 게 결정사항이 된 모양이다.

만류하려 했지만, 그녀는 내 입을 틀어막듯 무언가를 불쑥 내밀었다.

"이거, 갖고 계세요."

내 손에는 두꺼운 책이 들려 있었다. 그녀가 품에 안고 있던 물건이다.

"……"

내가 어리둥절한 사이에 소녀는 가게 쪽으로 달려가고 있었다.

"이봐!"

그렇게 외치자 그녀는 돌아보며 내게 뒤지지 않을 만큼 크게 소리쳤다.

"내 이름은 '너' 도 '이봐' 도 아니에요!"

들고양이처럼 도전적인 눈빛에 내 말투가 흐트러졌다.

"그럼 누군데!"

"샤스타!!"

여자아이는 그렇게 자신의 이름을 밝히더니 눈 깜짝할 새에 가게 안으로 사라졌다.

멀뚱히 서 있을 수밖에 없었다.

불꽃처럼 붉게 물든 세계에 두꺼운 책을 품에 낀 채 혼자 남겨졌다.

아무래도 나는 리나리아와 재회하기 전에 이상한 여자아이에게 찍히고 만 것 같다.

"뭐야, 이게."

조금 전에 억지로 떠맡은 책을 뒤집어 보았다.

『101년, 54일~』

표지에는 그렇게만 적혀 있었다. 무슨 책인지 알 수가 없었다.

문득 조금 전에 메모지를 빼냈던 것이 기억났다.

돌려줄 타이밍을 완전히 놓쳤다.

주머니에서 메모지를 꺼내 그것을 적당히 책에 끼우려 했다.

그런데 메모지의 필적이 눈에 들어와서 손동작이 정지했다.

그것은 눈에 익은 글씨였다. 수신인의 이름이 적혀 있는 것으로 보아, 그 사람에게 쓴 편지 같았다.

내용을 읽으려 하자 감정이 확 치밀어 오르려 했다.

진정해, 아무것도 느끼지 마, 라고 나 자신을 타일렀다.

"그거, 어느샌가 책에 끼워져 있더라고요."

소녀…… 샤스타가 어느샌가 옆에서 내 얼굴을 보고 있었다.

"으악." 하고 소리를 지르며 펄쩍 뛰었다.

벌써 돌아왔어……?

"또 울 뻔한 거예요?"

그녀는 웃으며 울보네요, 라고 말했다.

책에 끼워져 있던 메모지를 멋대로 읽으려 했던 남자에게 그런 소리나 하는 게 옳은 반응일까.

멋대로 읽지 말라고 화를 내야지.

"이거…… 어디서?"

정신을 차려보니 그렇게 묻고 있었다. 목소리가 떨리려는 걸 간신히 참았다.

메모지의 필적이 익숙했다.

하지만 그 필적의 주인공과 눈앞에 있는 소녀의 얼굴이 일치하지 않았다.

"이 글씨는…… 내가 잘 아는 사람이 쓴 건데……."

어떻게든 이 메모지의 출처에 관해 알고 싶었다.

아니, 알아야만 했다.

"그래요? 아하."

"하지만 여기 있을 리가 없어……."

"헤에?"

소녀는 손을 뒤로 돌려 손깍지를 낀 채 웃고 있다. 뭐가 재미있어서 그러는지 모르겠다.

"죽었으니까……."

아무 감정도 담지 않고 중얼거렸다. 중얼거린 순간, 차가운 공기가 몸속으로 들어오는 듯한 기분이 들었다.

봄철의 날씨는 좋지만, 저녁 바람에는 냉기가 섞여 있었다.

"내가 죽였으니까……."

아직도 그 감촉이 손에 남아있다.

나이프가 그녀의 가슴으로 파고들어, 살을 가르는 소리가 귀에 남아있다.

그렇게 말한 순간,

"조금만 더 어울려 주실래요?"

눈앞에 있는 소녀는 무서워하지도, 욕지거리를 하지도 않고 그저 의미심장한 미소를 띤 채 말했다.

"선배가 일을 마치려면 좀 더 있어야 하니까요. 괜찮죠, 알바 군?"

또 이해할 수 없는 일이 하나 늘었다.

나는 아직 그녀에게 내 이름을 말해준 적이 없다.

제3장
망각 레종 데트르

忘 却
망각

가엾은 당신은 홀로 여행을 떠나라.

누구의 기억에도 남지 않는 것은
당신이 시시한 존재이기 때문이다.
기억을 남길 수 없는 것은
당신이 가엾은 존재이기 때문이다.

그 어떤 슬픔도 당신과는 상관없는 일이다.
이제 당신은 이 말조차 기억하지 못하겠지만.

프롤로그

저녁 무렵. 나는 한 남자와 산스타웨이의 교외에 있는 산 정상으로 향하고 있었다.

뒤에서 그가 뭐라고 중얼거리는 게 들렸다.

뒤를 돌아보자 얼굴에 걸린 나뭇가지를 귀찮다는 듯이 떨쳐내고 있었다.

그곳은 도시 사람들도 거의 얼씬하지 않는, 좋지 않은 소문이 도는 땅이다.

산속을 걷던 중에 무언가가 바라보고 있는 것 같은 느낌이 든다거나, 길에서 스쳐 지나간 사람이 다시 앞에서 나타난다거나, 그런 괴기스러운 현상과 맞닥뜨리는 일이 있다는 모양이다.

중간중간 풀숲 속 나무 밑동에 위령비가 세워져 있는 걸 보면 아주 헛소문은 아닐지도 모른다.

"어디까지 가려고 그래?"

그의 목소리는 뒤틀려 있었다.

"혹시 무서워요?"

"그럴 리가 없잖아."

부루퉁한 얼굴로 반론했다. 의외로 행동과 말투가 어린애 같아서 웃음이 났다.

"뭐야……."

"이곳이 뭐라고 불리는 장소인지 알아요?"

"몰라."

"레드 소서라고 해요. 뭔가 필살기 같고 멋진 이름이죠?"

건너편 산으로 가라앉는 저녁해가 눈부시다. 산봉우리에 서면 새빨갛게 물든 도시를 내다볼 수 있다.

다른 사람의 기척은 없었다. 곧 해가 진다. 굳이 이 시간에 산에 들어올 사람은 나 정도뿐일 거다.

일대가 붉게 빛나는 광경은 마치 불이 난 보리밭 같아서 넋이 나갈 정도로 환상적이었다.

"지형 때문에 석양이 도시를 똑바로 비춰서 새빨개지거든요. 경치 엄청 좋죠?"

"그래서 레드 소서(빨간 접시)야?"

"그건 아니지만요."

등 뒤에 선 그에게 몸을 돌렸다. 그의 얼굴도 부끄러워하는 사람처럼 새빨갛게 물들어 있었다.

"저기 사는 사람이 그랬어요. 옛날에 이 대륙에 엄청 큰 전쟁이 있었고, 도시는 그 전쟁의 한복판에 있었다고. 그때 사람들이 도시에서 많이 달아나, 이 산으로 쫓겨 왔대요."

"헤에."

"레드 소서의 빨간색은 석양으로 화사하게 물든 산의 색을 가리키는 게 아니에요. 산으로 쫓겨와서 살해당한 사람들이 흘린 피가 너무 많은 나머지 산기슭이 빨갛게 물들었기 때문이래요."

"아아, 그래……"

맥 빠졌다는 듯한 그의 태도가 우스웠다.

결국 웃음을 터뜨린 나를 그는 귀찮다는 듯이 쳐다보고 있었다.

아무튼 나의 목적은 그런 경치를 그와 함께 보는 것이 아니다.

주머니에서 종잇조각을 꺼냈다. 그것은 손수 그린 지도였다. 목적지는 이곳에서 몇 분 정도 더 능선을 따라 올라간 곳에 있다.

"그러면, 보물을 파내러 가보자고요."

나는 앞장을 서듯 능선을 성큼성큼 걸어 나아갔다.

그—— 알바는 사람을 만나러 이곳을 찾았다고 한다.

그 대상은 놀랍게도 내가 일하고 있는 '미치노'의 점원인 모양이다. 이 무슨 운명의 장난인가 싶었지만 지금은 목적에 집중하기로 했다.

갈색 꽃들이 피어있는 곳을 피해 얼마간 나아가자 묘지처럼 둥그런 돌이 땅바닥에 놓여 있는 것이 보였다.

기억에 없는 것인데도 이상하게 그리운 기분이 들었다.

돌 주변을 파내자 나무상자의 윗부분이 고개를 내밀었다.

"어, 뭐야, 이게? 관? 겁나네……."

뒤에 선 그가 그런 소리를 했다.

"제게는 목숨보다도 소중한 건데요?"

"그래……?"

아니, 나는 목숨을 상당히 가볍게 생각하고 있으니 이 표현은 적절하지 않을지도 모르겠다.

흙을 털어내고 나무상자의 문을 당겨서 열었다.

안에는 책이 산더미처럼 쌓여 있었다. 적어도 썩은 시체 같은 것은 안 들어 있다.

그중 하나를 집어 들었다.

『66년, 194일~』

책의 표지에는 그렇게 적혀 있다. 안을 확인하자 많은 글씨와 그림이 눈으로 날아들었다.

첫 부분에는 이렇게 적혀 있었다.

『내일의 당신에게』

그 낯익은 한 문장을 발견하고 안심했다.

좌우간 직접 손에 들 때까지는 나도 이게 여기 있다는 걸 확신할 수 없었기 때문이다.

"뭐야, 이게?"

어느샌가 그가 뒤에서 들여다보고 있었다.

개의치 않고 종이 위를 손으로 쓸며 문자의 나열을 읽어나갔다.

내일의 당신에게.

여기 적혀 있는 내용을 기억한다면 이 일기는 필요 없습니다.

기억이 나지 않는다면 이 일기는 생명선입니다.

다음에 적힌 항목을 반드시 읽고, 절대로 잃어버리지 말도록 하세요.

1. 당신은 죽을 수 없습니다. 목숨을 잃어도 언젠가 소생합니다.
2. 당신의 기억은 24시간마다 사라집니다.
3. 출신과 이름을 비롯해서 당신이 지금까지 얻은 기억은 모두 사라집니다.

4. 그와 동시에 타인에게서도 당신에 관한 기억만 사라집니다.

5. 기억이 사라지는 타이밍은 낮 12시입니다.

6. 당신 개인에 관한 것 이외의 지식은 기억할 수 있습니다.

이상 1~6항으로 인해 당신의 경험은 이어지지 않습니다. 자살도 할 수 없습니다.

도움이 될 것 같은 사항은 간결하게 일기에 남겨 주세요.

끝으로, 당신이 좋은 하루를 보내기를 기도하겠습니다.

이러한 문장은 내가 소유하고 있는 같은 두께로 된 책의 첫 부분에 반드시 적혀 있었다.

정형문(定型文) 같은 것으로, 소유자가 바로 나라는 확실한 증거이기도 했다.

페이지를 넘기자 누군가가 꼬박꼬박 적은 일기의 내용이 보였다.

내가 기억을 잃게 되고서 66년, 194일 후부터의 일기다.

당시의 일은 전혀 기억나지 않지만, 이렇게 다시 읽어보니 흐뭇하기도 하고 가슴이 먹먹해지기도 했다.

머리는 잊었지만 가슴 한구석은 기억하고 있는 것일지도 모른다.

벌써 40년도 더 된 일기——.

그가 이 도시를 찾아오기 한참 전에, 나는 이 도시에서 생활한 적이 있었다.

나는 이곳에서 저곳으로 이동하고 다니는 유랑자로, 같은 장소에 눌러 사는 일은 거의 없었다. 기본적으로 토지나 사람에 대한 애착 같은 것이 없기 때문이다.

그저 여행을 계속하기 위한 돈이 필요했던 것뿐이다. 자금은 언제나 현지에서 일할 곳을 찾아 손에 넣고 있었다.

탄생제를 맞이한 산스타웨이는 일거리를 찾기에 좋은 장소였다. 그 시기가 되면 바다 너머에서도 사람들이 건너와서, 도시 전체가 들썩거린다. 광장에는 다종다양한 나라의 사람들이 오가고 성수기를 맞은 가게들은 어디 할 것 없이 일손이 부족했다.

그런 시기를 나는 '미치노' 의 점원으로 지내고 있었다.

두 부부가 운영했던 그곳은 지금처럼 커다란 레스토랑이 아니라 좁고 작은 카페였다.

고양이를 좋아하는 부인이 검은 고양이의 모습에서 힌트를 얻어서 새끼 고양이(미치노)라는 안일한 이름을 붙였다는 모양이다.

당시 부인은 출산을 앞둔 임산부였다. 남편은 그다지 요령이 좋은 타입이 아닌 데다 요리 이외의 일은 모두 부인이 혼자서 도맡아 했던 적도 있을 정도라 일손이 필요했던 것이다.

나는 오랫동안 일하지 못하는 부인 대신 가게에서 주문과 계산 등의 일을 맡아서 하고 있었다.

담담하게 일을 해나갔다. 붙임성이 없다고 주의를 받은 적도 있다……는 모양이다.

하지만 일하는 게 싫지는 않았다. 누군가가 나를 필요로 해 주는 것이 기쁘다는 고상한 생각을 한 건 아니었지만, 일하는 동안에는 마음을 비울 수 있었기 때문이다.

그런 나를, 두 사람은 매일 흔쾌히 점원으로 맞이해 주었다. 셋이서 나눈 하잘 것 없는 대화는 그럭저럭 재미있었던 것 같다. 모두가 결국에는 잊으니 비슷한 화제가 몇 번이나 입에 올랐을 가능성도 있지만, 아마도 불편하지는 않았을 거다.

그래서 당시의 나도 이 장소에 머무르며 뻔질나게 그들의 곁을 오갔던 것이리라.

일기에는 가게에서 일할 때 조심해야 할 주의점 등이 세세하게 적혀 있었다. 부인이 어떤 사람이고 남편분이 무엇을 중요하다고 여기는 사람인지. 어떤 단골손님이 있는지. 어떤 식으로 움직이는 게 효율적인지.

그날의 실패를 반복하지 않도록 다음의 나를 위해 메시지를 남긴 거다.

'미치노'의 현재 동료들이 이 사실을 알면 어떻게 생각할까.

사실은 신입 같은 게 아니라 대선배라고 말한들 믿어줄 리가 없지만…….

일기 끝에 아기를 안은 부인에 관한 이야기가 적혀 있었다.

출산 후, 부인은 현장에 복귀해서 점원을 모집할 필요가 없어졌다. 다시 말해서 내가 할 일도 없어진 것이다.

조건 좋은 일자리를 잃은 셈이었지만 당시에는 아쉽다는 생각 정도밖에 안 했던 것 같다.

하지만 부인이 품에 안고 있던 아기를 당시의 나에게 딱 한 번 안게 해준 적이 있었다.

아기의 온기가 어땠다느니, 신기한 냄새가 난다느니 하는 이야기가 줄줄이 적혀 있다.

작은 생명에 대한 감상이라거나, 그렇게 해서 피를 이어간다는 것에 나는 별다른 느낌을 받지 못한 모양이다. 그런 것과는 인연이 없는 인생이라고 당시에는 생각했기 때문이다.

하지만 지금은 어떠한 느낌인지 대충 알겠다. 그 일련의 일기를 읽고 나니 흐뭇해졌다. 이 무렵과는 상당히 사고방식이 바뀌었는지 감회가 깊기도 하다.

아기의 이름은 미네── 지금 '미치노'를 관리하고 있는 여성의 이름과 같았다.

내가 그 미네를 어머니 다음으로 안아 준 적이 있다는 사실은, 그야말로 아무도 모를 거다.

알바는 나무상자 안을 들여다보다가 몇 개의 일기를 집어 들어서는 표지를 확인하고 있다.

"양이 엄청나네……."

"대충 100년 치니 이 정도는 되죠."

그는 못 마땅하다는 듯한 표정을 지었다.

"100년이라……."

"보통 사람이라면 비웃을 부분인데요?"

"또 엮였다고 생각하니 넌더리만 나."

지긋지긋하다는 투였다.

"어째서요?"

"또 귀찮은 일에 휘말릴 것 같아서."

"그러면 어째서 여기까지 따라와 준 거예요?"

웃는 얼굴로 묻자 그는 의아하다는 듯한 눈으로 나를 쳐다봤다.

"너, 나한테는 효과가 없다는 걸 아는 거야……?"

나는 무슨 소리이신지 모르겠네요, 라고 말하며 그에게 미소 지어 보였다.

그는 말을 그치고 입을 다물어 버렸다.

그런 반응이 어째서인지 그립게 느껴졌다.

안다. 사실은 알고 있다.

"기억이 사라지는 타이밍은 낮 12시예요."

조금 전 일기의 첫 부분에 적혀 있던 문장을 복창했다. 그러자 그는 뭐라고? 하고 고개를 갸웃했다.

"나랑 당신이 처음 만난 게 몇 시였죠?"

"……."

"맞아요. 점심시간 전이에요."

"아무 말도 안 했어……."

그럼에도 나는 그를 제대로 인식하고 있다. 다시 말해서——

"당신, 저주의 영향을 받지 않는 체질이죠?"

내 답변에 만족했는지는 모르겠다.

하지만 그는 구겼던 얼굴을 펴고 어깨에서 힘도 풀었다. 지금까지의 대화로 나와 그 사이에서 일어난 이해할 수 없는 현상에 관한 정보를 공유하는 데 성공한 것이다. 나는 그를 잊지 않고, 그도 나를 잊지 않는다.

매우 굉장한 일일 텐데 신기하게도 마음은 차분했다.

아마 이전에도 비슷한 일이 있었기 때문일 거다.

그는 잠시 내가 들고 있는 책에 꽂힌 메모지를 쳐다보았다.

"이게 신경 쓰여요?"

그걸 손가락에 끼우고 그의 앞에서 흔들어 보였다. 그러자 알바의 얼굴이 고양이처럼 내 손을 따라서 살며시 움직였다.

"그거 어디서 났어……?"

조금 전과 같은 말을 하며 나를 노려보았다.

"알고 싶어요?"

순간, 험악한 표정을 지었지만 금방 고개를 홱 돌렸다.

"말하기 싫으면…… 됐어. 너한테는 빚지고 싶지 않아."

"내가 불로불사의 마녀라서요?"

그는 딱히 놀라지 않았다. 그저 엄청 지긋지긋하다는 표정을 지을 뿐이었다.

"왜 따라오고 만 거람……."

"딱히 두 분을 방해할 생각은 없어요."

경계심을 높인 그를 달래듯이 나는 그렇게 덧붙여 말했다.

"당신은 아주 소중한 사람을 만나러 '미치노'를 찾았고. 이건 그 상대를 만나기 전의 시간 죽이기잖아요?"

"……."

석양이 지평선에 번지고 녹아드는 광경을 보았다.

고개를 돌려서 보니 그도 눈이 부신지 오렌지 빛으로 물든 얼굴을 찌푸리고 있었다.

"내 이야기를 끝까지 들어주면, 이 메모지를 드릴게요."

그렇게 제안하자 그는 또 한 번 한숨을 내쉬었다.

파냈던 흙더미를 허물어서 상자에 뿌리기 시작했다.

아무런 애착도 없을 텐데 흙에 묻히는 일기를 보고 있자 또 가슴이 욱신거렸다.

다 묻은 후에는 가지고 있던 가방에서 두 권의 일기를 꺼냈다.

하나는 비교적 새 것인, 며칠 전에 쓰기 시작한 물건이었다.

그리고 또 하나는 그가 흥미를 보인 메모지가 꽂혀 있는 일기다.

"일기를 적지 않으면 모든 걸 잊고 말아요. 나도, 다른 사람들도. 그래서 이렇게 다 쓴 일기를 이 나무 상자 안에 넣고, 새 걸로 교환하죠. 지금까지 몇 번이나 그걸 반복해 왔어요."

두꺼운 일기는 1년 정도면 다 쓴다.

일기는 과거와 나를 연결하기 위한 생명줄이었다. 이 일기가 끊기면 나는 내가 놓인 상황을 정확히 인식하지도 못하게 된다.

과거의 나는 그런 나날에 고통스러워했다.

하지만 그것도 과거의 일이다.

"이건 당신한테 드릴게요."

품에 끼고 있던, 메모지가 든 쪽을 그에게 건넸다.

"아니, 남의 일기를 받을 수는 없어. 메모지만 주면 돼."

"일기 쪽은 내가 드리고 싶어서 그래요."

당황한 그에게 그것을 떠안겼다.

"그건, 부적 같은 거예요. 1년 치를 다 채우고도 계속 가지고 다녔어요. 나날을 타성적으로 살아온 내가 크게 변하는 계기가 된 한 권이에요. 그 사정을 알아주셨으면 해요."

"어째서……?"

그는 난감하다는 표정을 지었다.

"사과하고 싶어서요."

지금으로부터 1년 전에 있었던 일이 적혀 있는 일기다.

하지만 내용은 금방 기억할 수 있다.

첫 부분에는 다른 것과 마찬가지로 그 규칙이 쓰여 있다.

그리고 본문에는 모르는 누군가의 일기가 줄줄 적혀 있다.

어느 며칠 치의 내용이 특히나 인상적이다.

그날은 인적 없는 숲속에서, 어느 소년과 만나는 부분에서 시작됐다.

시작하며

『기억이 사라지는 병을 고칠 방법을 찾아낼 것.

혹은, 죽음을 통해 이 허무한 나날을 끝낼 방법을 찾아낼 것.』

우리가 여행하는 목적은 이 두 가지입니다.

이 둘 중 어느 것의 해답을 발견하는 순간, 우리의 여행은 끝납니다.

부디 머릿속에 똑똑히 새겨두세요.

부디 희망을 버리지 마세요.

재미없는, 아침의 시작

배고파 죽을 것 같았다.

등에 느껴지는 차가운 흙의 감촉이 기분 좋네, 따위의 느긋한 생각을 한 것도 잠시뿐. 너무도 배가 고픈 나머지 마구 소리를 치고 싶어졌다. 실제로는 그런 기력조차 없었지만.

몸에 힘이 안 들어간다. 강한 공복감 말고도 식은땀이 나고 몸이 떨리고, 심장도 빨리 뛴다. 이대로 가면 곧 의식을 잃을 거다. 절망적인 상황이었다.

딱히 이런 상황이 아니더라도 내 처지에 매우 절망하고 있었건만, 그야말로 엎친 데 덮친 격이다.

조금 전, 최근에 쓴 일기를 다시 읽어봤는데 정말이지 심각했다.

날씨밖에 안 적혀 있었다. 달리 쓸 게 없었던 것이리라. 보아하니 도시에서 일거리를 찾지 못하고 숲에서 먹을 것을 찾던 중에 조난당한 게 분명해 보였다.

애초에 아무것도 안 쓴 일기는 내게 재앙이나 다름없다.

평범한 사람이 느끼는 아무 일도 없는 하루와는 의미가 전혀 다르다.

내 기억은 하루면 사라진다.

동시에 다른 누군가의 기억에서도 사라지고 만다.

왜냐고? 나야말로 묻고 싶다.

나 자신도 모르는 이유로 이래저래 100년 이상 그런 기묘한 사건으로 골머리를 썩고 있다.

하루, 24시간, 1440분, 그게 지나면 세계에서 내가 있었다는 흔적이 완전히 소멸하는 것이다.

그러니 내가 할 수 있는 일은 일기에 그날 있었던 일을 기록하는 것밖에 없다. 고민을 털어놓을 만한 지인이나 친구를 만들 수는 없으니까. 아무런 생산성도 없는 일기의 문장을 보고 있자면 너무도 처량하고 무서워진다.

딱히 일기에 남길 만한 일도 없이 하루가 끝났다는 것이 매우 비참하고 슬픈 일처럼 느껴진다.

지금 일기를 읽고 있는 나도 곧 그렇게 될지도 모른다는 불안감에 짜부라질 것만 같다.

배에 손을 대고서 깊은 한숨을 내쉬었다.

몸은 숨이 끊어져도 되살아나지만 혼은 사라진다. 그리고 다음에 내가 활동을 재개할 즈음에는 다른 내가 나타나 이 몸을 이어받는다.

기억은, 예를 들어 하루가 지나지 않더라도 심장이 멈추면 그 순간 사라진다.

다음에 눈을 뜨면 지금 이렇게 끙끙대고 있는 나는 없어져버리는 셈이다.

다시 말해서 잊는다는 것——— 기억을 잃는다는 것은 죽는 것과 다름이 없다.

왜냐고? 제발 부탁이니 누가 나한테 좀 알려줬으면.

시야에는 대자연이 펼쳐져 있다.

어느 숲속이다. 근처에서 사람의 기척은 안 느껴진다.

어디를 보아도 절망적인 상황이라는 데는 변함이 없다.

온몸이 떨리기 시작했다. 기억은 없어도 과거에 비슷한 일을 겪은 몸이 조건반사적으로 지금의 상황을 위험하다고 판단해 겁을 내고 있는 것일지도 모른다.

문득 어디선가 누군가의 신음소리 같은 것이 들려왔다.

내 배에서 난 소리였다. 순간적으로 누가 근처를 지나가는 줄 알았다. 자기 배에서 난 소리를 듣고 기대를 품다니, 드디어 정신적인 면에도 이상이 생기기 시작한 것 같다.

"나, 나 죽어……."

우선은 어떻게 이 위기를 벗어날지를 생각했다.

이런 데서 혼자 쓸쓸하게 목숨을 잃는 것만은 되도록 피하고 싶었다…….

나 자신을 다독이듯 한껏 숨을 들이쉬었다. 후, 하고 숨을 내쉬며 상체를 일으키려 했지만 가녀린 날숨이 새어나올 따름이었다.

무리다. 이제 틀렸다. 기력으로 어떻게 할 수 있는 상황이 아니다.

나는 여기서 죽어 생을 마칠 거다. 짧은 인생이었다.

배고픔으로 의식을 잃으려던 바로 그 순간.

"살아있어요?"

누워 있던 내 시야에 누군가의 손이 보였다.

몽롱한 상태였던 내 귀에는 그 목소리가 황홀하게만 느껴졌다. 시선을 옮겨보니 한 소년이 웅크려 앉아 나를 내려다보고 있었다.

"살아 있나?"

이번에는 눈이 마주쳤다. 고개를 갸웃한 그의 얼굴이 내 눈에는 거대한 빵처럼 보였다. 정말 죽을 때가 다 된 모양이다.

"괜찮은 것처럼 보여요?"

나는 말을 쥐어짜냈다. 그는 눈썹 하나 까딱하지 않고 "일단 살아는 있네요."라고 담담하게 답했다.

아하, 이 빵은 내 위기에 그다지 관심이 없는 모양이다.

"배가 고파서, 죽을 것 같아요……."

정신이 아득해져서 하아, 하고 한숨이 새어나왔다.

"그러니까…… 먹을 것을 베풀어주시면 고맙겠어요……."

"헤에."

간신히 끝까지 말했다. 그가 등 뒤를 돌아보더니 그 방향을 향해 "어쩔까?"하고 말을 붙였다.

유감스럽게도 시야가 흐릿해서 잘 보이지 않았지만 그쪽에 동료가 있는 것일지도 모른다.

누구든 좋다, 어쨌든 한 사람의 도움이 절실한 상황이니 손을 뻗어줄 사람은 많을수록 좋다.

풀숲이 부스럭부스럭 흔들리기 시작했다. 뭐가 나오려는 걸까.

개나 말, 아니면 사나워 보이는 야수라 해도 그다지 놀라지 않을 마음의 준비는 되어 있었다. 그렇게 생각했다.

"꺄아아아아악!"

하지만 예상은 빗나갔다.

"괴, 괴물이야!"

그걸 가리키며 외쳤다. 누구라도 그렇게 소리칠 거다. 배가 고파 움직이지 않았던 몸이 벼락이라도 맞은 듯이 펄쩍 뛰어오를 정도로 충격적이었다.

"기운이 넘치네."

눈앞에 나타난 그것은 그런 생각이 들 정도로 사람이 아닌 무언가였다.

꼬물꼬물 움직이는 몸에는 윤곽이란 것이 없고, 짓무른 살 같은 덩어리가 입처럼 생긴 구멍을 꾸물거리며 생물이라는 게 믿기지 않을 정도로 추악한 목소리를 내고 있다.

직후, 그것이 끔찍한 신음소리를 내며 내 쪽으로 질퍽질퍽 소리와 함께 조금씩 다가왔다. 꼭 거대한 민달팽이 같다. 너무너무 무서워서 목소리도 나오지 않았다.

"루피?! 진정해!"

소년이 나를 감싸듯 사이에 끼어들었다. 본능적으로 그의 등 뒤에 숨었다. 그러지 않았다면 아마도 정신을 잃었을 거다.

"우왁."

괴물이 달라붙자 그가 소리쳤다.

"히이이이이익!"

질척질척 불쾌한 소리가 들리기만 해도 온몸에 소름이 돋았다.

"아야야야얏!"

소년이 비명을 지르는 바람에 정신이 날아갈 것만 같았다.

"진정해! 나는 친구라고 생각하니까!"

친구? 친구란 무엇일까.

괴물과 뒤엉켜 있는 그가 보였다. 뱀에게 포식당하는 쥐 같았다. 배도 고프다.

그 직후, 공포와 배고픔이 각축전을 벌이는 가운데 서서히 시야가 흐려지기 시작했다.

"으음~~~~!!"

빵을 입에 머금은 순간, 나의 의식은 하늘로 올라 그대로 얼마간 내려오지 않았다.

"맛있어요!"

"그것 참, 다행이네……."

원망스럽게 말하는 그의 뺨에, 어린애에게 물린 듯한 작은 자국이 나 있다. 조금 전까지만 해도 그런 것이 없었던 지라 순간적으로 어라, 싶었지만 사흘 만에 먹은 빵이 너무 맛있어서 금방 흥미가 식었다.

자비롭게도 그는 내게 런치박스에 들어 있던 빵을 나눠주었다. 얇게 썬 빵에 저민 고기와 삶은 달걀, 양상추, 토마토 등이 끼워져 있었다.

일단 굶어죽는다는 최악의 전개는 피한 것 같다.

배고픔에서 해방되자 이번에는 눈앞에 서 있는 괴물의 존재가 신경 쓰이기 시작했다.

얼굴이 어디로 향해 있는지는 모르겠지만 썩 기분이 좋아 보이지는 않았다. 나를 적대시하고 있는 듯한 느낌마저 들었다.

솔직히 말해서 시야에 넣는 것조차 괴로워서 빵을 먹으면서도 시선을 돌려 먼 곳을 쳐다보고 있었다.

"그래서, 넌 누구야? 왜 이런 숲속에 쓰러져 있던 거야?"

소년이 언짢은 투로 묻기에 나는 그제야 생각이 났다는 듯이 외쳤다.

"다무어보벼떠효오!"

"입에 든 거나 삼키고 말해."

열심히 씹어서 물과 함께 빵을 삼켰다.

그러고 나서야 좀 살 것 같았다.

"잘 물어보셨어요!"

"……."

이럴 때, 어떻게 행동해야 하는 지는 안다.

우선 상대가 적이라고 생각하게 해서는 안 된다.

상대가 경계심을 품지 않도록 하려면 우선 나는 위험하지 않아, 착한 애야, 라는 것을 상대에게 이해시켜야만 한다.

기나긴 경험을 통해 얻어낸 노하우는 내 일기에도 자세히 기록되어 있다. 주로 대실패담이라는 모양새로.

"내 이름은! 이름…… 어라아?"

이름이, 뭐였더라? 아직 덜 읽었던 모양이다.

가방에서 한 권의 책을 꺼냈다. 표지에 날짜만 적힌 이 두꺼운 책은 내게 목숨보다 소중하다. 그것만은 안다. 좋아, 다음.

"……?"

소년이 뿜어내고 있는 무언의 압박감에 굴하지 않고 처음 몇 페이지를 넘긴 참에 찾고 있던 글씨를 발견했다.

일기를 덮고서 나는 어흠, 하고 헛기침을 했다.

"내 이름은 샤스타 데이지예요!"

가슴에 손을 얹고서 큰소리로 선언했다. 숲에는 인기척이 없어서 내 목소리가 잘 울려 퍼졌다.

샤스타 데이지. 나쁘지 않은 이름이라고 생각한다. 그게 정말로 내 이름인지 확신할 수 없다는 게 아쉽기는 하지만.

"뭐야, 정말······."

그는 진심으로 어이가 없다는 표정을 지었다.

소년의 이름은 알바라고 한다.

남들이 모르게 이 주변 땅에서 조용히 살고 있는데, 오늘은 우연히 산책을 하러 숲을 걷고 있었다는 모양이다.

"그래서? 왜 이런 곳에 쓰러져 있었던 거야?"

그는 다시 한번 물었다.

나는 그런 그의 얼굴을 빤히 쳐다보았다.

"왜 그래······?"

생판 남인 내게 먹을 것을 베풀어주었다. 나쁜 사람······은 아닐 거다.

겉모습으로 미루어 나이는 나랑 그다지 차이가 없어 보인다. 같거나 조금 어린 것 같다. 어쩐지 맹한 얼굴을 하고 있지만, 적어도 뭔가를 해주고 대가로 비열한 요구를 해올 듯한 타입으로는 보이지 않았다.

나는 고개를 끄덕이고서 빙긋 웃어 보였다.

"온 대륙을 저 혼자 여행하고 있어요. 견문을 넓히기 위한 여행이에요. 아, 이 가방은 파트너인 쿠로라고 해요."

등에 짊어진 커다란 가방을 보란 듯이 내밀었다. 여행 도중에 구입한 아끼는 가방, 이라는 모양이다.

여행자—— 그것은 처음 만나는 사람과 대화할 때 반드시 사용하는 상투적인 말 같은 것이다. 보통은 납득해 준다, 는 모양이다. 일기에 그렇게 적혀 있었다.

"그 가방에 이름도 있었구나……."

"잠금쇠가 살짝 눈 같아서 귀엽죠?"

"어엉."

불쑥 내밀어 보았지만 그다지 관심이 없는 듯했다.

그런데 등 뒤에 있는 검은 덩어리 괴물은 붉게 빛나는 눈동자 같은 것을 내게로 돌렸다.

어째서인지 그와 말을 나눌 때마다 나에 대한 괴물의 적대심이 증폭되고 있는 것 같은 느낌이 든다.

그것의 감정은 알 수 없었지만, 심장에 좋지 않은 시선이었다. 비명이라도 지르면 이번에야말로 추악한 이빨을 내게 들이댈 듯한 낌새가 느껴진다.

억지로 미소를 지으며 괴물의 시선을 흘려 넘겼다. 보고 있을 뿐인데 옷 아래가 땀으로 흥건해졌다.

그의 애완동물 같은 걸까. 정체를 알 수 없으니 되도록 얽히지 않는 게 좋을 것 같다.

"저기, 고맙습니다. 큰 도움이 됐어요. 하마터면 목숨을 잃을 뻔했어요."

그보다 지금은 그에게 집중하기로 하자.

"아니, 눈앞에서 죽기라도 하면 꿈자리가 사나울 테니까."

담백한 반응이 돌아왔다.

하지만 그 말에 거짓은 없는 듯 보였다. 무언가 꿍꿍이가 있어서 나를 해칠 걱정은 안 해도 될 것 같다.

문득 어떤 생각이 머리를 스쳤다.

"그런데, 염치없는 부탁처럼 들릴 것 같아 매우 송구하기는 하지만……."

"갑자기 왜 그래?"

내가 입을 열자 노골적으로 싫은 표정을 지었다.

"사실 제가, 오늘 묵을 곳이 없어서……."

"아니, 무리야."

"아직 아무 부탁도 안 했는데요?!"

방금 고민하는 척조차 안 한 것 같은데?

"아까 샌드위치를 주셨잖아요. 도와주는 김에 따뜻한 잠자리와 오늘 저녁 식사까지 베풀어주시면 안 될까요? 벌써 며칠이나 침대에서 자질 못했어요. 불쌍하지도 않아요?"

"뻔뻔한 녀석이라고는 생각해."

"어라아……."

직설적인 비난을 받고 말았다.

확실히 뻔뻔한 부탁이다. 자각은 하고 있다.

하지만 조금쯤 다정함을 베푼다고 천벌을 받지는 않을 텐데.

"먹이로 길들이고 나서 내팽개치는 건 무책임하잖아요……."

풀이 죽은 척 해봤다.

"길고양이라도 돼?! 아니, 아무튼 무리라니까. 우리 집에는 고양이를 엄청 싫어하는 사람이 있어서 말이야——."

"옷깃만 스쳐도 인연이라잖아요!!"

있는 힘껏 항의하자 알바가 펄쩍 뛰듯 몸을 움찔했다.

"목소리 좀 낮춰……."

"이렇게 인기척 없는 숲에서 숨을 거둘 것 같은 상태인 나와 당신이 만난 것도 분명 귀한 인연일 거예요. 뭔가 중대한 의미가 있을 거라고요."

"그냥 우연이야."

맞는 말이지만, 너무 매정하다.

역시 어려우려나. 사실상 지금의 내가 의지할 만한 사람은 이 소년뿐인데.

이런 숲에 혼자 남겨지는 날에는 햇볕도 쐬지 못하고 하루가 지나고 말 거다. 아무것도 이루지 못하고 끝나고 말 거다.

그것만은 피하고 싶은데——.

"무리, 겠죠……?"

알바가 거북하다는 듯 시선을 피하는 것을 보고 나니 의욕이 쑥 꺼졌다. 체념이라는 것이 눈 깜짝할 새 가슴 속에 퍼졌다. 왜 이렇게 급격하게 마음이 식어버리는 걸까.

아아, 아마도 내가 이럴 때 물고 늘어지는 인간이 아닌 탓일 거다. 잘 생각해 보니 어떤 식으로 다른 사람과 얽히게 되건 결국 다음 날에는 기억이 사라지고 만다. 상대가 다정하건 말건 상관없이, 무의미해진다.

자연스럽게 비굴한 미소가 지어졌다.

그렇게 깔끔하게 포기하자고 생각하기 시작했을 즈음——.

"하아……."

그는 어깨를 늘어뜨리고서 한숨을 내쉬었다.

"약속은 못 해. 그러니 기대하지 마."

갑자기 그가 뭐라고 하더니 내게 등을 돌리고 걷기 시작했다.

"네?"

순간적으로 방금 들은 말을 어떻게 받아들여야 하나 싶어 망설여졌다.

하지만 그대로 가버리는 게 아닐까 싶었던 그는 멈춰서더니 다시 내 쪽을 돌아보며 말했다.

"뭐야, 안 와? 옷깃만 스쳐도 인연이라며."

"묵게 해주시는 거예요?"

나도 모르게 되묻고 말았다.

"기대는 하지 말라고 했잖아! 데려가 봐야 알 수 있어."

"내가 드릴 건 아무것도 없는데요……?"

"굶어 죽을 뻔한 녀석한테 뭘 기대하겠어."

그는 코웃음을 쳤다. 퉁명스러운 태도였지만 거짓말을 하고 있는 것 같지는 않았다.

"아무것도 필요 없다고요……?"

"필요 없어."

속을 떠보려는 듯한 질문을 거듭하고 있음에도 그는 기분이 상한 듯한 낌새조차 없었다.

내가 입을 다물자 그는 다시 등을 돌리고 걷기 시작했다.

따라오라는 소리도 안 했다. 이대로 이곳을 떠나도 분명 그는 쫓아오지 않을 것이다.

하지만——

"기다려요!"

나도 허둥지둥 그의 뒷모습을 쫓아 달려 나갔다.

결론부터 말하자면 알바는 '엄청' 이라는 말이 붙을 정도로 착해빠진 사람이었던 것 같다.

뒤를 따라 걷는 내 쪽을 연신 돌아보고 그때마다 땅이 꺼져라 한숨을 내쉬고는 있지만.

"왜 이런 녀석을 주워버린 걸까, 나는……."

그의 뒷모습에서는 애수(哀愁)가 느껴졌다.

어쩐지 후회하고 있는 것 같았지만, 그래도 아까 했던 말을 취소할 생각은 없는 모양이다.

그나저나——

"꽤 낡아빠…… 오래된 곳이네요."

그의 안내에 따라 숲에서 빠져나와 비교적 걷기 쉬운 평지에 도착했다. 숲속에 이런 장소가 있었나, 싶을 정도로 돌과 목재로 된 건물들이 눈앞에 잔뜩 펼쳐져 있었다.

하지만 조금 전부터 인기척은 전혀 느껴지지 않았다. 폐허 같은 풍경만이 눈에 들어올 따름이다.

"설마…… 은근슬쩍 사람이 없는 장소로 유도하고 있는 거예요……?"

"그럴 생각이었으면 뭐하러 숲에서 나왔겠어……."

옳은 말이다.

"불만 있으면 안 따라와도 돼."

"엄청 기대돼요! 빨리 가죠."

나는 그의 등을 손으로 밀며 걸음 속도를 높였다.

얼마쯤 걷자 검은 건물이 눈에 들어왔다. 벽과 지붕은 허물어져 있었다. 망가진 집은 폐허에서 실컷 보았지만, 그래도 지금까지 보아온 것들보다는 집의 형태를 유지하고 있었다.

여기가 그의 보금자리인 걸까.

대놓고 말은 못 하겠지만 사람이 살 만한 장소로는 보이지 않았다. 안에서 짐승이라도 뛰쳐나올 듯했다.

그때 그가 불온한 말을 입에 담았다.

"우선 집주인의 허락을 받아야 해."

아무래도 그보다 높은 사람이 안에 있는 모양이다.

아마도 그 인물에게서 허락을 받을 수 있을지 어떨지 모르니 기대하지 말라는 뜻인 것 같다.

갑자기 불안해졌다. 이런 외진 곳에 살고 있는 걸로 보아 아주 별종일 것 같아서이다.

성질이 까다로운 노인일까. 군이 이렇게 인적이 없는 장소를 골라서 살고 있을 정도니 사람을 싫어할 가능성도 있다.

옆에서 폐가를 올려다보는 알바를 쳐다보니, 우뚝 선 적의 성을 앞에 둔 듯 진지한 표정을 짓고 있었다.

"다녀왔습니다!"

현관에서 그가 그렇게 외쳤다.

안으로 들어갈 때까지 이렇게 낡은 집에 정말로 사람이 살기는 할지 의심하고 있었다. 하지만 허름해 보였던 건 겉모습뿐이고 안은 비교적 깨끗했다. 바닥의 나뭇결이 선명히 보일 정도로 말끔한 석조 건축물이라고나 할까. 햇볕을 실내로 들이기 위한 창문에는 유리가 끼워져 있다. 바닥은 얼룩 한 점 없어서, 누군가가 자주 청소와 관리를 하고 있다는 사실을 알 수 있었다.

사람이 사는 곳이라는 느낌이 들기 시작하자 긴장감으로 몸이 굳어지기 시작했다.

구석구석까지 관리가 된 집 안의 모습을 보니 깔끔한 걸 좋아하고, 착실한 인물이 연상되었다. 거절당하면 그 숲으로 돌아가서, 어디로 가면 좋을까.

실패했을 때의 계획은 없다. 그렇게 벌써부터 거절당했을 경우 어떻게 할지를 생각하기 시작했다.

긴장감을 억지로 꾹꾹 억누르며 나는 집주인이 나타나기를 기다렸다.

안쪽에서 타박타박, 누군가의 발소리가 다가왔다.

엄청, 무진장 귀여운 여자아이가 나타났다.

비취색 눈동자에 길고 윤기 나는 머리카락은 눈처럼 하얘서, 가녀린 소녀의 분위기와 매우 잘 어우러졌다.

그런 애가 방긋방긋 미소를 지은 채 고개를 내밀기에, 나도 엉겁결에 같이 미소를 지어버릴 뻔했다.

소녀의 어깨에는 그녀가 아끼는 물건인지 갈색 봉제인형이 얹어져 있었다. 너무 어린애 같은 취미가 아닐까 싶었지만, 그것이 그녀의 천진난만한 마음을 나타내는 상징처럼 느껴져서 나는 속으로 안도의 한숨을 내쉬었다.

내 눈에는 도무지 그녀가 곤경에 처한 사람을 내칠 사람으로 보이지가 않았기 때문이다.

"지금 당장 버리고 와."

"어?"

하얗고 아름다운 머리카락을 지닌 그 소녀는 그의 옆에 있던 내 얼굴을 보자마자 순식간에 미소를 거두었다. 마치 길 한복판에 널브러진 똥을 보는 듯한 눈빛이었다.

"그렇게 말하실 줄 알았어요……."

"엑?!"

믿기지 않게도 알바는 머리를 긁적이며 거북하다는 듯이 말했다.

"유감이지만 여기에는 폐기물을 둘 곳이 더 이상 없어. 그러니까 버리고 와."

아주 맑은 목소리로, 노래라도 부르듯이 엄청나게 신랄한 소리를 했다. 나한테는 눈길도 주지 않았다.

그녀의 얼굴에는 조금 전 그에게 보이던 것과는 완전히 다른, 한기마저 느껴지는 미소가 자리 잡고 있었다.

"그렇게 말하실 줄 알았어요……."

할 말이 그것밖에 없는 걸까?

"저기, 교섭 같은 걸 할 방법은 없을까요……?"

"잠깐, 수군수군 무슨 소릴 하는 거야!"

그의 귀에 대고 작은 목소리로 속삭이자 그 즉시 소녀가 흥분해

서 소리쳤다. 내게는 이곳에서 발언할 권리가 없는 모양이다. 입을
다물 수밖에 없었다.

그런 그녀의 옆에는 조금 전 숲에서 보았던 괴물도 서 있었다. 나
를 목 졸라 죽일 듯한 낌새를 풍기면서.

소녀와 괴물의 눈이 나에게 싸늘한 눈빛을 날려대고 있다.

가시방석이 따로 없다…….

하지만 처음 보는 사이일 텐데 어째서 그녀는 이렇게까지 나한테
화가 난 걸까.

"저, 저기요……."

정에 호소해 보기로 했다. 하지만 금세 그게 실수였다는 걸 깨닫
게 되었다.

"입 다물어! 날려버린다?!"

정말로 날려버릴 것 같은 서슬로 소리쳤다.

나를 꿸 듯 날카로운 눈빛과 그 한마디가 내 말을 정면에서 격추
시켰다.

"……."

이런 취급을 받은 적이 과거에 한 번이라도 있었을까?

조금 전에 보았던 소녀의 미소 때문에 기대를 배신당한 탓일지도
모르겠지만.

소녀에 대한 악감정이 부글부글 끓어오르기 시작했다.

그때.

"저, 저기, 스승님."

그제야 알바가 입을 열었다.

숲에서 괴물이 내게 다가오던 때처럼 사이에 끼어들면서.

그 등 뒤에 숨듯이 이동하자 어째서인지 그녀의 살기가 증폭된 것 같은 기분이 들었다.

"이 녀석은 숲에서 죽기 직전이었는데…… 잠을 잘 곳도 없는 모양이에요."

응응. 그를 방패삼아 힘껏 고개를 끄덕였다.

"너, 그 녀석 편을 들 셈이야?!"

히익, 비명을 지르며 소녀의 눈빛으로부터 몸을 숨겼다.

알바가 그런 말을 할 줄은 몰랐는지, 그녀는 충격을 받은 듯했다. 악을 쓰고 어깨에 있던 봉제인형을 붙잡아 바닥에 내던졌다. 이어서 발로 밟기까지 했다. 끄엑. 무언가의 신음 같은 게 들린 기분이 들었다.

"말해 봐!"

무섭다. 그의 등 뒤에 숨어 있는데도 그녀의 불편한 심기가 고스란히 전해졌다.

"그, 그럴 생각은 없어요! 무슨 일이 있어도 스승님보다 얘를 우선시하진 않아요. 스승님이 첫 번째라고요."

새삼 알아챈 거지만, 알바는 딴사람이 된 듯 말투가 정중해졌다. 나랑 이야기할 때와는 완전히 딴판이다.

그리고 있는 힘껏 내 편을 들 생각은 없다고 말하고 있는 것처럼 들렸다.

"내가, 첫 번째라고?"

"네!"

분위기가 아주 조금 바뀐 것이 느껴졌다.

"사실 여기에는 보고하러 온 것뿐이에요. 이 녀석은 절대로 이 집의 문턱을 못 넘게 할게요."

그렇게까지 말할 필요는 없지 않아⋯⋯?

"무슨 뜻이야?"

"으음, 이 녀석은 떨어져 있는 별가(別家) 쪽으로 안내할게요. 그곳이라면 이 집과도 거리가 있으니 스승님의 생활을 위협할 일은 없을 거예요."

알바가 몸짓을 써서 필사적으로 소녀를 설득하고 있다. 소녀의 눈치를 보려고 고개를 내밀어보니 고민하듯 입가에 손가락을 대고 있었다.

조금 전까지만 해도 거절할 의지로 가득했던 백발 소녀의 언짢은 얼굴이 믿기지 않게도 조금 풀어진 것처럼 보였다.

"그러니 하룻밤만 먹을 것과 잠자리를 내줘도 될까요? 이 녀석, 돈도 먹을 것도 없어서 진짜 위기 상황인 것 같거든요."

두 사람이 대화를 나누는 모습을, 마른침을 삼키며 지켜보았다.

내가 입만 열면 호통을 쳤던 소녀가 알바와 대화를 나눌 때만은 망설이거나 고민하거나 했다.

신기한 관계라는 생각이 들었다.

나도 모르게 두 사람을 빤히 쳐다보게 되었다.

긴 침묵 끝에 그녀가 무언가를 포기한 듯 깊은 한숨을 내쉬는 소리가 들렸다.

"요즘 들어 툭하면 나한테 부탁하는 것 같은데⋯⋯."

"스승님도 뭔가 부탁하시면 열심히 노력할게요."

"아니⋯⋯ 나는 그냥, 네가 곁에 있어 주기만 하면⋯⋯."

소녀의 목소리는 점차 작아져서 이윽고 끊기고 말았다.

"아무것도 아니야."

무슨 말을 하려던 소녀의 얼굴이 불그스름해졌다.

"어, 어쨌든 네가 무슨 말을 하고 싶은지는 알겠어. 이번에는 그 폐기물이 머무르는 걸…… 허가해 줄게."

결국 계속 쓰레기로 취급할 모양이다.

"오, 가, 감사합니다."

"단, 절대로 이 집에는 가까이 오게 하지 마. 그리고 내일은 반드시 버리고 오고!"

"알겠어요."

그는 이쪽으로 고개를 돌리며 말했다.

"자, 허락받았어!"

폐기물이라느니, 버리고 오라느니, 이래저래 심한 말을 듣기는 했지만.

"고, 고맙습니다! 당신을 믿고 있었어요!"

그가 알지도 못하는 내 편을 들어준 것 같다는 사실에, 오랜만에 마음이 조금이나마 따뜻해졌다.

기쁜 나머지 끌어안고자 두 팔을 벌리며 그에게로 다가갔다.

"그런 건 됐으니까, 스승님의 마음이 바뀌기 전에 얼른 이동하자."

슥 피하는 바람에 하마터면 넘어질 뻔했다. 뭐야, 라고 불평을 할 새도 없이 그는 방에서 나가려 하고 있었다. 허겁지겁 알바를 쫓아가려 했다.

하지만 문득 어떤 사실을 알아채고 걸음을 멈췄다.

그의 스승—— 이곳의 주인인 소녀 쪽으로 몸을 돌렸다.

이곳에 하룻밤 묵게 해주었으니 다시 한번 감사인사를 해야 하지 않을까, 라는 생각이 들었던 것이다.

머무는 걸 허락해주셨으니 이야기 정도는——

"저기요!"

소녀에게 다가갔다.

"아, 이봐!"

제지하는 알바의 목소리가 들려왔을 즈음, 나는 소녀의 눈동자에 부정적인 빛이 돌아와 있다는 사실을 알아챘다.

실수했음을 깨달았다.

"저, 저기…… 제 소개를……."

내디뎠던 발이 멈추고 몸이 꼼짝도 하지 않았다.

명백하게 거절의 빛을 띤 그녀의 눈이 무서웠다.

그럼에도 나는 멍청하게 감사 인사 정도는 할 수 있지 않을까, 라고 생각하고 있었다.

한 걸음 그녀에게 다가갔다.

"신세를 지게 되었으니, 제 소개를 하고 싶어서……."

소녀는 말이 없었다. 싸늘하기 그지없는 눈빛으로 나를 계속 쳐다볼 뿐이었다.

"아, 나는 샤스타 데이지라고 해요! 모, 모쪼록 잘 부탁드립니다——."

그렇게 말하며 손을 내밀었다. 감사의 뜻을 전하고 싶었다.

어차피 잊을 거란 이유로 예의를 어기고 싶지는 않았다.

게다가 그녀는 싫은데도 나를 이곳에 맞아들여 주었다.

일시적이기는 해도, 성의를 담아 감사의 뜻을 보일 필요가 있다

고 생각했다. 그녀와도 좋은 인간관계를 구축할 수 있다고 믿었던
거다.

하지만.

"윽……."

찰싹, 날카로운 소리가 울렸다. 소녀가 내 손을 떨쳐낸 것이다.

손에서 느껴지는 통증이 선명해지자 울고 싶은 마음이 부풀어
올랐다. 그 마음을, 이를 악 물어 참아냈다.

"손 치워."

얻어맞기라도 한 듯이 소녀의 매몰찬 한마디가 내 머릿속에 묵직
하게 울렸다.

조금 전과 같은, 더러운 것을 보는 듯한 거절의 뜻이 담긴 눈빛이
날아들었다.

그것만으로 그녀와 나 사이에 깊은 골이 있다는 것을 알 수 있었
다.

단순히 짜증이 난 것이 아니라 혐오감을 품고 있는 것이다. 그녀
는 나를 혐오하고 있다.

"죄송해요……."

그렇게 말할 수밖에 없었다. 불쾌하게 해서 죄송해요. 말을 걸어
서 죄송해요.

대답은 없었다. 소녀는 이미 고개를 홱 돌리고 있었다.

"알바, 빨리 이 녀석을 데리고 가. 더는 나한테 다가오지 못하게
하고."

소녀는 사무적인 목소리로 알바에게 그렇게 지시했다. 그는 거북
한 듯이 고개를 숙이더니 내 손을 잡아끌고 걷기 시작했다.

나 때문이다.

그의 손에 이끌려 걷는 동안 그런 생각이 머릿속을 가득 메웠다.

다시 한번 소녀 쪽으로 눈길을 돌리자, 그녀는 근처에 있던 괴물에게 뭐라고 말을 걸고 있었다.

소녀에게는 나보다 괴물이 더 편안한 존재일지도 모른다.

앞으로 신세를 질 곳의 사람인데…….

그런 감정을 품어서는 안 되는데, 엄청나게 무시를 당한 것 같아서 굴욕적인 기분이 들었다.

집에서 멀어져서도 스승님이라 불렸던 여자아이의 목소리가 머릿속에서 울려 퍼졌다.

그녀는 끝까지 차가운 눈빛으로 날 쳐다봤다.

알바를 바라보던 부드러운 표정은 결국 끝까지 내게 지어주지 않았다.

나한테만.

"기분이 안 좋았던 걸까요?"

이동하던 도중, 나는 웃으면서 알바에게 물어보았다.

분노나 슬픔 따위의 감정을 무마하기 위해서다.

"스승님은 사람을 싫어하니 어쩔 수 없어. 누구한테든 저런 식이니까."

그러니까 신경 쓰지 말라고 그는 말했다.

말투는 쌀쌀맞았지만, 앞장서서 걷는 그의 목소리는 좀 전보다 다정하게 들렸다. 마음을 써주고 있는 것이다.

그저 그뿐이었지만——.

"내가 너무 끈질기게 들러붙는 것처럼 보인 걸까요?"

그 소녀에게 품었던 어두운 감정이 어느 정도 풀어진 듯한 기분이 들었다.

"뭐야, 그런 줄은 알았나 보네."

"너, 너무해."

알바는 코웃음을 쳤다.

나는 기본적으로 사람과의 교류에 집착하지 않는 편이라고 생각한다.

기억이 하루밖에 지속되지 않으니 당연한 일이다.

하지만 알바는 이렇다 할 목표도 없이 살고 있는, 만난 지 얼마되지도 않은 내게 잘해 주었다.

나를 쓰레기 취급한 소녀는 마음에 안 들었지만…… 필사적으로 감싸준 그의 체면을 지켜주기 위해서라도 이곳에서 조금은 도움이 되는 일을 하자.

그냥 문득, 그런 생각이 들었다.

별가는 소녀가 있던 집에서 상당히 떨어진 장소에 있었다.

편도로도 수십 분이 걸릴 만큼 멀어서, 폐허 지역의 끄트머리라 할 수 있는 곳이었다.

문득 궁금해졌다. 이렇게 먼데 별가는 대체 어떤 용도로 사용하고 있는 걸까.

어쨌든 눈앞에는 직사각형의 목조 건물이 세워져 있었다.

"뭔가 식빵처럼 생긴 집이네요."

보고 떠오른 이미지를 중얼거리듯 말한 순간, 옆에서 알바가 작은 소리로 웃었다.

"치, 칭찬인데요? 맛있어 보이는 색이라서……."

"아직도 배고파?"

아무래도 식탐이 많은 여자라고 생각한 모양이다…….

변명을 입 밖에 낼 새도 없이 그는 문을 열고 집 안을 확인했다.

나는 다시 한번 건물을 바라보았다.

"이건 새로 지은 건물 같네요."

다른 폐가에 비해 명백하게 새로운 목재가 사용됐다는 것을 알 수 있었다.

아주 허름한 집으로 안내해 줄 줄 알았더니, 겉모습은 생각했던 것보다 말끔했다.

"이런 걸 만들 수 있는 장인분이 있나 봐요?"

"그렇게 호들갑을 떨 만한 건물은 아니잖아. 그냥 집이라고."

"쉬운 일처럼 말하시네요."

집을 지으려면 나무를 베고 가공하는 등, 그럭저럭 일손이 필요할 것이다. 적어도 이런 폐허에 뚝딱 지어낼 수 있는 것은 아니다.

문득 그를 보니 어째서인지 주변을 두리번거리고 있었다.

"안에 안 들어가요?"

"그 녀석들이 안 보여서……."

"뭐가요?"

"이 집을 지은 녀석들. 널 돌봐달라고 부탁하려고 했는데."

"돌봐달라니……."

보살핌이 필요할 나이는…… 아마도 아닐 텐데.

"나를 툭하면 우는 어리광쟁이라고 생각한다면, 그건 큰 착각이에요!"

"호의로 먹을 걸 줬더니 뻔뻔하게 저녁 식사랑 잠자리도 마련해 달라고 부탁했으면서?"

"죄송합니다."

그는 반론할 여지가 없는 말을 내뱉었다.

"뭐, 없으면 됐어……. 저녁 시간이 되면 음식을 가져올 테니 여기서 적당히 쉬고 있어."

안내를 마쳤다는 사실에 만족했는지 그는 그런 무난한 말을 하고서 자리를 뜨려 했다. 나는 순간적으로 그 손을 붙잡았다.

"또 뭐야?"

귀찮다는 얼굴이다.

나를 툭하면 어리광을 부리는 녀석이라고 생각하는 듯한 표정을 하고 있다.

만난 지 얼마 되지도 않았는데 그렇게 단정할 필요는 없잖아.

"여기서 제가 할 수 있는 일이 뭐 없을까요?!"

그 순간, 알바는 엄청나게 짜증스러운 표정을 지었다.

사람이 모처럼 의욕적으로 말을 했더니, 반응이 그게 뭐야.

알바는 이곳에 관해 대충 설명해 주었다.

살고 있는 것은 달랑 여섯 명뿐이라든지.

그 여섯 명은 알바와 조금 전에 봤던 소녀, 괴물, 집을 지은 세 명의 장인이라든지.

외부에서 사람이 오는 일은 거의 없다든지. 아닌 게 아니라 알바가 이곳에 살기 시작한 지 1년 정도가 되었지만, 손님이 온 건 이번이 처음이라는 모양이다.

얼마나 외진 곳이기에······.

"영차, 영차."

별가에서 그리 멀지 않은 거리에 있는 공터에서 그런 소리가 들려오기 시작했다.

나는 그곳에서 수수께끼의 생물을 목격하게 됐다.

한 마리는 둥글둥글한 곰의 귀를 지닌 하얀 인형. 또 한 마리는 개의 귀가 돋아난 갈색 인형. 또 한 마리는 고양이처럼 생긴 검은 인형이었다.

자세히 보니 그중 하나인 갈색 인형은 눈에 익었다. 조금 전 소녀가 땅바닥에 내동댕이쳤던 것과 디자인이 같았다.

세 마리의 인형이 흙 위를 두 다리로 돌아다니고 있었다.

으음, 어쩌지? 매우 반응하기 애매한 광경이다.

"살려줘! 농땡이 피웠던 게 아니라고!"

절박한 목소리가 들려왔다. 2등신으로 된 검은 고양이 인형이 괭이를 든 다른 두 마리에게 쫓기고 있었다.

혹시 방금, 저게 말한 걸까?

"저건 뭘 하고 있는 건가요······?"

옆에서 멀뚱히 서 있는 알바에게 물어보았다.

"그냥 농사를 짓는 거야."

따라잡혀서 백곰 아래에 깔린 검은 고양이가 비명을 지른다.

"복잡하게 생각할 것 없어. 저런 것들도 있다고 생각하면 돼."

"하지만 말을 하는데요?"

"마법이 있는 세계니 인형이 말을 할 수도 있지."

마법—— 인간의 마력과 눈에 보이지 않는 마소가 합쳐짐으로 인해 일어나는 여러 가지 기적. 분명 그런 것이 있다는 사실은 알 았다. 하지만 사용할 수 있는 인간은 그리 많지 않다. 하물며 저런 식으로 인형에게 자아를 부여하는 고도의 마법은 숙련자에게도 어려울 거다.

어째서 그런 숙련자가 이렇게 외진 곳에 있는 걸까.

움직이는 인형에 관한 설명을 대충한 후, 알바는 그대로 나를 그 들이 있는 채소밭 안으로 안내했다. 울타리 안으로 들어가자 인형 들이 일제히 이쪽으로 고개를 돌렸다. 괴기현상 같아 보여서 나도 모르게 몸이 굳어졌다.

"다들 집합!"

알바의 목소리에 반응한 것인지, 그들은 농기구를 두고 타박타 박 모여들었다.

"무슨 일이야~?"

"왜 불러!"

반응은 제각각이었다. 아무래도 개성 같은 것도 있는 모양이다. 볼수록 이해가 안 되는 생물—— 애초에 생물은 맞는 걸까?

"소개하고 싶은 녀석이 있어."

알바가 내게 눈짓했다. 자기소개를 하라는 뜻인 것 같다.

자연스럽게 인형들의 시선이 내게 집중되었다. 넋을 놓고 있었던 탓에 미리 준비해 놨던 말이 머릿속에서 증발해 버린 상태였다.

"아, 안녕하세요."

일단 인사해 보았다. 그러자 곧장 한 마리가 "안녕!" 하고 손을 들며 힘차게 인사를 해주었다. 갈색 인형이다. 살짝 기뻤다.

"뭐야, 신입이야?"

"심심해서 일하고 싶대."

검은 고양이와 알바가 잡담을 나누는 소리가 귀에 들어왔다. 그렇게 가벼운 이유는 아닌데, 라는 생각을 하며 나는 마음을 가라앉히고자 심호흡했다.

상대가 인형이라 해도 말을 나눌 수 있다면 좋은 관계를 구축할 수 있도록 노력할 따름이다.

"오늘 하루 이곳에 신세를 지게 된 샤스타 데이지라고 합니다! 공짜로 묵으려니 죄송해서 이곳에서 일하기로 했어요. 모쪼록 잘 부탁드립니다!"

소녀에게 거절당했을 때처럼 되지 않고자, 나는 최선을 다해 미소를 지어 보였다.

이곳은 채소밭이라기보다는 황무지였다. 한적한 전원 풍경과는 거리가 멀다. 원래는 허물어진 집 같은 게 세워져 있던 장소로 보였다.

흙 속에는 아직도 잔해가 널려 있어서 채소밭으로 기능하려면 한참 걸릴 것 같다. 그런 장소에서 작업을 하고 있자, 재해를 겪은 마을에서 부흥 작업이라도 하는 듯한 기분이 들었다.

그래도 나는 체력에 자신이 있었다. 오랫동안 계속 혼자서 여행한 데다, 여행 도중에 여러 가지 경험을 했을 테니까. 하지만——

"허억, 허억……."

헉헉대며 밭을 갈고 있다. 작업을 시작하자마자 어라, 이상하네? 라는 생각이 들기 시작했다. 그 옆에서는 인형들이 부지런히 일을 하고 있었다.

인형들은 일사불란하게 작은 몸을 움직여서 척척 작업을 계속해 나갔다. 그에 반해 나는 숨을 몰아쉬며, 조금 전에 그런 말을 하는 게 아니었다며 후회하고 있었다.

『무슨 일이든 할 수 있어요!』

무슨 일이든 할 수 있다고? 노동이 우습냐?! 불과 세 시간 정도 전의 내게 그렇게 말해주고 싶었다.

인형들의 작업 속도를 따라갈 수가 없었다.

쉬지도 않고 계속 일하고 있다. 육체를 혹사하면서 주변을 둘러보니 해가 저물고 있었다.

아까만 해도 굶어 죽기 직전이었는데.

그런데도 일하고 싶다고 말을 꺼낸 건 나였다.

이 바보, 멍청이.

후회해 봐야 소용없는데, 머릿속으로 시답잖은 질책을 해대고 있었다.

인형들은 그 작은 몸과 팔다리로 강철로 된 농기구를 휘두르거나 커다란 바위 등을 파내서 밭 밖으로 가볍게 던지고 있었다. 그것도 몇 시간 동안 계속.

대체 천과 솜으로 된 몸의 어디에서 그런 힘이 나는 걸까.

하지만 일이 고되다고 해서 작업을 팽개칠 수는 없었다.

그 남자—— 나한테는 눈곱만큼도 기대하지 않겠다는 듯한, 불쌍한 사람을 보는 듯한 눈으로 나를 쳐다보던 알바라는 남자에게 본때를 보여주고 싶었기 때문이다.

그런 생각을 했던가……?

너무 피곤하다 보니 이제 그에 관한 기억도 애매했다.

하지만 노동은 최고다. 일하는 거 좋아하잖아, 샤스타? 일하는 동안에는 우울한 생각을 하지 않아도 되니까. 무언가에 필사적으로 몰두하는 건 아주 좋은 일이다. 지금 나는 일에 정열을 쏟는 기쁨에 몸을 떨고 있다. ……아마도.

"쉬는 거야?"

엉거주춤한 자세로 작업을 하는 내 어깨를, 그런 무심한 말이 내리눌렀다.

"이래 봬도 가까스로 일하고 있는 건데요."

"너무 굼떠서 농땡이 피우는 것처럼 보이는데."

인형이 귓가에 대고 속삭였다. 악마가 따로 없다. 정말 피도 눈물도 없다. 고양이……처럼 보이는 머리를 지닌 검은 인형이 나를 질타, 혹은 격려하러 온 모양이다. 고마워서 눈물이 날 것 같다.

"괜찮아?"

하얀 인형과 갈색 인형은 좀 전에 말한 검은 녀석과 달리 위로를 해주었다. 그 마음은 고마웠지만, 이런 식으로 걱정 섞인 말을 듣는 것도 벌써 다섯 번째였다.

"괘……괜찮아요……!"

흙에 괭이를 내리쳤다.

무엇을 위해서냐고? 나는 왜 괭이질을 하는 것일까.

일단 나를 구해준 알바의 얼굴이 머리에 떠올랐다.

하지만 나는 안다. 내가 하는 일의 성과가 눈에 보이는 형태로 누군가의 기억에 남을 일은 없다는 사실을 안다. 아무 의미도 없는 일이다.

그저 일기에 좋은 내용을 남기기 위해 억지로 긍정적으로 생각하려는 것뿐이다.

"정말 괜찮은 거야?"

생각하다가 손이 멈춘 모양이다. 여섯 번째 격려의 말을 들었다.

쓸데없는 생각을 할 시간이 있으면 몸이나 움직이자.

"어~이!"

멀리서 귀에 익은 목소리가 들리기에 손을 멈췄다.

동시에 향긋한 냄새가 나서 의식이 훅 날아가 버릴 뻔했다. 두 손으로 쟁반을 든 알바의 모습이 내 시야에 들어왔다.

"간식 가져왔어."

쟁반 위에는 몇 명이 마실 물이 든 그릇과 고운 다갈색으로 구워진 과자가 놓여 있었다.

"사, 살았다……."

나는 맥이 풀려서 그 자리에 주저앉았다.

그러자 누군가가 불만스러운 목소리로 말했다.

"간식? 갑자기 왜 그런 짓을 하는 건데."

얄미운 검은 고양이 인형이다.

"아무래도 좋잖아."

키 차이가 나는 검은 인형과 그가 눈싸움을 벌이고 있다. 이 한 사람과 한 마리는 딱 봐도 사이가 나빠 보였다.

"그런 관습은 지금까지 없지 않았어?"

"무슨 바람이 분 거야?"

갈색 개와 흰 곰이 저마다 말했다. 그나저나…….

"평소에는 안 쉬어요……?"

어떻게 된 일일까. 갈색 개를 보고 묻자 그는 고개를 절레절레 흔들며 말했다.

"그도 그럴 게 우린 안 지치니까 그럴 필요가 없거든."

"뭐예요, 그게……."

말도 안 되는 소리라고 생각했지만 실제로 장시간 노동했음에도 그들은 지친 듯한 낌새조차 보이지 않았다.

그럼 이런 뜻인가? 지금까지 지칠 줄 모르는 인형을 따라서 그렇게 필사적으로 일했다?

"그렇다면 어째서 간식을?"

"나도 몰라. 저 녀석이 갑자기 그러고 싶었나 보지."

어째서? 라는 뜻을 담아 알바를 쳐다봤다가 시선이 딱 마주쳤다. 그는 언짢은 듯 눈살을 찌푸렸다.

"착각하지 마, 신입. 너 좋으라고 가져온 게 아니고, 열심히 일하는 모두를 위해서 가져온 거니까."

아직 아무 말도 하지 않았건만 알바는 갑자기 열변을 토했다.

"뭐야, 안 먹어? 안 먹을 거면 내가 먹어버린다?"

그의 말에 세 마리가 나란히 쟁반에 놓인 과자와 물로 손을 뻗기 시작했다. 그런데 먹을 수 있는 걸까? 인형인데…….

그나저나 참 이상했다.

알바가 쓸데없이 착한 사람이라는 건 대충 알고 있었지만.

나한테 잘해 주는 사람은 대부분 가족이 없는 노인이나 아이가 없는 부부와 같은 타입이었던 것 같다. 같은 또래의 남자애 중에 이런 타입의 착한 사람이 있다는 기록은 일기에 거의 없었다.

여러모로 신경이 쓰여서 눈으로 그를 좇고 말았다.

"아니, 진짜 안 먹을 거야?"

내가 계속 과자에 손을 대지 않고 있자 알바가 말했다.

"아뇨, 먹을게요. 고맙습니다."

그는 여전히 고개를 돌리고 있었다. 뭔가 꿍꿍이가 있는 것 같지도 않다.

좋지 않은 감정은 느껴지지 않는다.

아무 생각 없이 입에 머금은 과자는 살짝 달콤하면서도 정성이 담겨 있어서 푸근한 맛이 났다.

지친 몸을 달래기 위해 나무 그늘에서 무릎을 끌어안고 가만히 있다.

시선을 위로 옮기자 상쾌한 푸른 하늘이 펼쳐져 있었다.

바람도 시원하게 불어서 노동으로 거칠어졌던 호흡도 어느 정도 진정되었을 즈음.

여러 명의 웃음소리가 들려왔다. 세 마리의 인형이 알바가 가져온 과자를 두고 싸우는 광경이 눈에 들어왔다. 평화롭네, 따위의 생각이 들었다.

거기에는 비아냥거림에 가까운 감정도 섞여 있었다.

알바 일행이 온화한 일상을 보내는 한편, 나는 지금 이 순간에도 귀중한 시간을 낭비하고 있는 것이다.

하늘을 흘러가는 구름을 싸늘한 마음으로 바라보았다.

아마 이곳에 있는 이들 중 그 누구도 내 속은 모를 거다. 무모한 노동 끝에 지쳐서 쉬고 있는, 외부에서 온 여자로만 보고 있을 것이다.

하지만 그건 당연한 일이었다.

나를 걱정할 수 있는 사람은 나밖에 없다.

내일이면 전부 잊어버릴 거다. 다른 사람들도 나를 잊고 말 거다.

기억을 잃는다는 현상을 관측할 수 있는 것도 일기를 가진 나뿐이다.

슬프지도, 괴롭지도 않지만.

"이게 뭐 하는 짓이람……."

기어들어갈 듯한 목소리로 투덜댔다. 얼굴을 무릎에 묻고 아무 생각도 하지 않으려 애썼다.

기억이 사라짐으로 인해 발생하는 상실을 몸이 기억해서, 세상 모든 일이 무의미하게 생각되어 견딜 수 없을 때가 있다. 하지만 아무리 한탄해도 현실은 변하지 않고 계속된다. 내가 할 수 있는 일은 그런 현실 속에서도 다른 사람을 불쾌하게 만들지 않기 위해 아무렇지도 않은 얼굴로 계속 살아가는 것뿐이었다.

어디로도 도망칠 수 없으니까.

문득 고개를 들어 멀리서 인형들과 대화를 나누는 알바를 쳐다보았다.

일상을 살고 있는 그를 보고 있자, 생명의 은인임에도 불구하고 그도 원망스럽다는 생각이 들기 시작했다.

진심으로 웃으며 저 무리에 낄 수 있으면 좋겠다.

그러려면 내 병을 고쳐야만 한다.

세상에는 사람들의 소망만큼 많은 마법이 존재한다고, 예전에 누군가가 말했다.

마법 중에는 사람의 기억을 작은 돌에 담는 것도 존재한다.

헤리네링—— 회상석(回想石).

일기에서 가끔 눈에 띄던 단어가 머리에 떠올랐다.

여행하는 동안 찾고 있는, 매우 정교한 법진이 새겨진 마도구다.

지금의 내게 매우 필요한 물건이었다.

먼 옛날의 마법사들은 위대해서 그런 편리한 마법을 잔뜩 만들어냈다.

이제는 문헌으로만 남은, 거짓인지 사실인지도 모를 이야기지만, 내게는 여행의 동기가 되어주었다.

소망의 숫자만큼 마법이 존재한다면, 언젠가 내 소망을 이루어줄 마법과 맞닥뜨릴 날도 올지 모른다.

억지로 그런 생각을 해서 어두운 마음을 밀어내려 했다.

"좀 적응은 됐어?"

어느샌가 알바가 옆에 서 있었다.

생각하고 있었던 탓에 그가 다가온 것을 전혀 알아채지 못했다.

"전혀요. 하나도 이해가 안 돼요. 저 인형들은 뭔가요……."

"저 녀석들이 좀 특이하긴 하지~."

"뭐…… 나쁜 인형들은 아닌 것 같지만요."

내가 그렇게 덧붙여 말하자 그런가? 하고 그는 웃었다.

나쁘지는 않지만 좋지도 않다. 참고로 좋은 인형은 말하지 않고 선반 위에 얌전히 장식되어 있는 타입의 인형일 거다.

"하지만 일하고 싶다고 말한 건 너야."

그의 말을 들으니 갑자기 목이 메는 것 같았다.

"이렇게까지 도움이 안 될 줄은 몰랐어요……."

스스로도 느껴질 만큼 침울한 목소리가 나왔다.

"아아, 미안해……."

"아뇨…… 틀린 말을 하신 것도 아니잖아요……."

"뭐 그렇게 기죽을 것 없어. 저 녀석들은 마력만 있으면 끝도 한도 없이 움직일 수 있는 모양이야. 인간이 말하는 체력이라는 게 존재하지 않는 거지."

아무래도 또 마음을 써주고 있는 모양이다. 그런 이해가 안 되는 이야기를 해준들 전혀 위로는 안 되지만.

"저 인형들은 좀 이따가 또 일하기 시작하겠죠?"

"그렇겠지."

무자비해, 라고 나는 생각했다.

"나는 어떡하면 좋을까요……."

"다 먹고 방으로 돌아가서 쉬면 되지 않을까?"

"싫어요! 그러면 쓸모없는 인간이라는 오명을 씻을 수가 없잖아요! 좀 더 버텨볼래요!"

그는 양쪽 귀를 손으로 막았다.

"왜 그렇게 목소리가 큰 거야……."

힘껏 치켜들었던 손을 쭈뼛거리며 가슴께로 다시 내렸다.

곰곰이 생각해 보니 나는 헛수고만 했다. 도움의 손길을 뻗어준 그를 난감하게만 했다. 문득 든 생각이라지만 그에게 도움이 되는 일을 하기로 결심했는데도⋯⋯.

"일하고 싶다면 계속해도 돼. 저 녀석들도 샤스타가 일을 못 한다고 화내지는 않잖아?"

"그야⋯⋯ 그렇지만요."

"뭐 아무튼, 무리하진 마. 쓰러지기라도 하면 귀찮아지니까."

"네에⋯⋯."

알바도 악의가 있어서 그런 건 아니겠지만, 귀찮아진다는 말이 이상하게 귀에 남았다.

하지만 이렇게까지 한심한 모습을 보였는데도 나를 대하는 태도가 변하지 않는다는 게 신기할 따름이었다.

"어째서 알바 군은 나한테 잘해 주는 거예요?"

직설적으로 물어보기로 했다.

알바는 고개를 갸웃했다.

"왜 잘해주냐니⋯⋯ 그런 적 없는데?"

"자각이 없는 건가요⋯⋯."

나는 앞으로 고꾸라져 버릴 뻔했다. 아까 그 소녀와 대화할 때도 그렇고, 알바는 생각했던 것보다 훨씬 주변 사람들의 마음에 둔감한 모양이었다.

"평소에도 그렇게 주변 사람들이 헷갈리게 하고 다닌다면, 그 여자애가 불쌍하네요⋯⋯."

"여자애? 스승님 말이야? 어째서?"

하아. 어이가 없어서 한숨이 흘러나왔다.

"그 스승님인가 하는 사람을 내버려 둬도 되냐는 말이에요."

다소 언짢은 투로 말했다.

솔직히 말해서 나를 폐기물 취급한 그녀가 딱히 곱게 보이지는 않았다. 그런 그녀의 편을 들어주고 있는 나 자신이 우습게 느껴졌다.

하지만 두 사람은 분명 특별한 관계일 거다. 아까 봤던 소녀와 알바가 대화하는 모습은 마음을 터놓은 특별한 관계인 사람들처럼 보였다. 적어도 소녀 쪽은 그를 특별하게 보고 있었다.

알바는 한숨을 내쉬더니 어이가 없다는 듯이 웃었다.

"스승님은 그렇게 속이 좁은 사람이 아니야."

태평한 얼굴.

이해할 수 없는 신뢰감.

하지만 진심으로 그렇게 생각하고 있다는 것은 알 수 있었다. 느껴졌다.

나는 결코 쌓을 수 없는 유대라는 것이 두 사람 사이에는 있는 것이다.

"왜 토라진 거야?"

"네? 아니, 그런 거 아닌데요……."

얼굴에 드러났던 걸까.

그렇다 쳐도 짜증이 난다거나 하는 것은 아니다.

그와는 오늘 만났을 뿐이고, 오늘이 지나면 전부 잊을 테니까.

"그런데 그 사람, 정말로 나한테만 매정하네요. 납득이 안 돼요."

"나한테도 매정하게 굴 때는 있어."

알바는 가슴을 펴고서 말했다.

"스승님은 내가 저택 밖으로 나가기만 해도 투덜대고, 이유도 없이 내 뺨을 손가락으로 쿡쿡 찌르기도 해."

"그건 그냥 장난치는 것뿐이잖아요. 그 애가 나한테 그런 식으로 장난을 칠 것 같아요?"

"조금이라도 쌀쌀맞게 굴면 울면서 주먹으로 때리는데?"

"그런가요……?"

하긴 주먹으로 때릴 정도면 사적인 원한이 쌓였을 가능성도——

"뭐, 하나도 안 아프지만."

"그냥 서운해서 그러는 거잖아요! 심술을 부리는 축에도 못 낀다고요!"

'뭐야, 염장 지르는 거였어?!' 라고 소리치고 싶어졌다.

알바와의 대화 때문에 괜히 더 피곤해진 것 같다.

한숨을 내쉬는 나를, 그는 걱정스러운 눈으로 쳐다보고 있었다.

들으면 들을수록 그 소녀는 확실히 알바에게 마음이 있다.

되도록 좋아하는 사람 곁에 있고 싶다. 그런데 뜻대로 되지 않아서 자꾸만 툭툭거리게 된다. 나는 그런 타입의 사람이 아닌 것 같지만, 그런 여자의 마음은 그럭저럭 아는 편이라고 생각한다. 일단은 여자니까.

"애초에 두 분은 어떤 관계예요?"

궁금해져서 물어보았다. 그러자 그는 거의 조건반사적으로 대답했다.

"그 사람은 내 마법 선생님이야."

"……."

마법을 쓸 줄 아는 사람이었나, 싶어서 깜짝 놀랐다. 왜냐하면 그가 가진 마력은 너무도 적어서 미덥지 않았기 때문이다.

"어떻게 만나서 그런 관계가 된 건데요?"

거듭 묻자 그는 거북하다는 듯이 시선을 피했다.

"아……."

갑자기 복잡한 표정을 짓더니 대답할 말을 찾는 것처럼 보였다.

누구에게나 캐묻지 않았으면 하는 화제는 있기 마련이다. 문득 그런 생각이 떠올라서 나는 덧붙여 말했다.

"말하고 싶지 않으면 안 해도 괜찮아요……."

"아니, 딱히 그런 건 아니지만……."

그렇게 말하더니 그는 망설이면서도 이야기해주었다.

"1년 정도 전에 큰 도시를 혼자서 헤매고 있었어. 그러다가 길바닥에 쓰러져 죽을 뻔했고. 그때 나를 거두어 준 게 스승님이야. 그게 계기가 되어서 여기 얹혀살고 있고."

단지 그뿐이야, 라고 강조하듯 덧붙여 말하기도 했다.

헤에, 그렇구나, 하고 나는 수긍하는 척했다. 가볍게 흘려 넘길 만한 이야기는 아니었지만, 생각 외로 그의 표정이 괴로워 보였기 때문이다.

"생명의 은인이네요."

"그런 셈이지."

그도 내 생명의 은인이다.

"어릴 적의 추억 같은 건 없어요?"

"아니, 몰라."

마치 아무 일도 아니라는 듯이 말했다.

"스승님을 만나기 전의 기억이 없거든."

"네?"

순간적으로 내 이야기인 것 같아서 가슴이 철렁했다.

"무슨 뜻이에요?"

"기억상실이라고 해야 하나? 정신이 들어보니 그 커다란 도시에 돈도 없이 혼자 방치되어 있었어."

기억상실······.

"스승님이 거두어 주지 않았다면 큰일 났겠지. 최악의 경우에는 죽었을 테고."

알바는 웃고 있었다. 전혀 우스운 이야기가 아니었지만, 그 말을 들은 순간, 가벼운 흥분감과 감동으로 눈시울이 붉어졌다. 동료를 찾은 듯한 기분이 들었기 때문이다.

"그러니 지금의 내 목표는 스승님한테 은혜를 갚는 거야. 뭐······ 내가 할 수 있는 일이라고는 집안일 정도뿐이고, 위험할 땐 보호만 받고 있지만."

하지만 금방 그것도 착각임을 깨달았다.

그와 함께 있을 때 행복해 보이던 소녀의 얼굴을 떠올려 보니, 은혜를 전혀 못 갚고 있는 것 같지는 않았다.

나와 비슷한 처지 같아도 그에게는 지금 자신의 자리가 있고, 자신을 소중히 여겨주는 존재가 가까이에 있다.

그는 내가 아무리 바라도 손에 넣을 수 없는 것을 가지고 있다.

나는 땅을 짚고 있던 손으로 잔디를 움켜쥐었다.

"그렇구나······."

간식으로 받은 과자를 우물우물 먹으며 내게도 제자가 있으면 어떨까 상상해 보았다.

하지만 그런 상상은 무의미하다는 사실을 금방 깨달았다.

설령 누군가와 사제 관계가 되더라도 내일이면 서로가 누구인지 까맣게 잊고 말 테니까. 그렇게 되면 금방 헤어지고 말 거다.

"우연히 만난 사람과 좋은 관계를 쌓을 수 있다는 건, 아주 좋은 일이죠. 그 관계는, 소중히 여기는 게 좋을 거예요."

"갑자기 무슨 소리야?"

"오랫동안 여행한 내가 드리는 조언이에요."

나는 앉은 채로 하늘을 향해 기지개를 켰다.

목숨을 구해준 그에게 도움이 되는 일을 하는 것. 그것이 오늘 내가 할 수 있는 최선의 일이다.

그 이상은 없다. 성가신 감정은 버린다. 지금까지 그렇게 타협을 해왔다. 앞으로도 그럴 거다.

"그러고 보니 샤스타는 여기 오기 전까지 여행했지?"

"네?"

생각지 못했던 질문에 나는 순간적으로 굳어졌다.

그에 반해 알바는 어린애처럼 눈을 반짝이고 있었다.

이야기가 그런 쪽으로 흘러갈 줄은 몰랐다.

"그런데요?"

"괜찮으면 여행 이야기 같은 걸 좀 들려줄래? 난 여기서 나가본 적이 없거든."

밖에 나가본 적이 없다? 어째서일까.

그는 기대로 가득한 눈빛을 하고 있었다.

"근처에 있는 마을이나 바다 같은 데는 자주 혼자서 구경하러 다니지만, 그 정도밖에 몰라. 이 근처에는 작은 벌레 같은 것도 거의

없거든. 마을에 가면 갑자기 벌레가 많아져서 벌에 쏘여 놀라는
일도 있지만."

그는 당시의 일이 떠올랐는지 싱글벙글 웃으며 이야기했다.

"그런 게, 즐겁거든. 그런 일들을 잔뜩 겪었을 것 아냐."

"그렇죠, 뭐."

"딱히 여기서 나가고 싶다는 건 아니야. 하지만 그게, 스승님이
있으니까 그럴 수는 없고, 그러니 하다못해 이야기만이라도 들을
수 있으면 좋겠다 싶어서."

조르듯이 그런 소리를 하기에 나는 입을 다물었다. 그러자 그는
쭈뼛거리며 안 될까? 라고 물었다.

솔직히 말해서 썩 나쁘지 않은 기분이었다.

"나라도 괜찮다면——."

그렇게 입을 연 순간,

"알바——!"

내 말을 가로막듯 다른 누군가의 목소리가 들려왔다.

석양이 깔린 경치를 배경으로, 소녀가 이쪽을 향해 손을 흔드는
모습이 보였다.

"스승님이랑 약속했었지, 참."

알바는 그렇게 중얼거렸다.

"가 봐요."

"저녁 식사는 별가 쪽으로 가져갈 테니까 일은 적당히 끝내."

"네."

나는 고개를 끄덕인 후, 아무 일도 없었던 것처럼 내 힘으로 일어
났다.

"아까도 말했지만, 무리하진 말고!"

알바는 당부하듯 그렇게 말하더니 멀리 보이는 소녀를 향해 달려나갔다. 그의 뒷모습은 점차 작아졌고, 소녀와 합류하더니 웃음소리를 주고받으며 나란히 걷기 시작했다.

그런 두 사람의 뒷모습을 나는 보이지 않게 될 때까지 바라보고 있었다.

여행 이야기——

누군가가 그런 것에 관심을 보인 건 처음일지도 모른다.

그가 떠나자 어째서인지 갑자기 쓸쓸함이 밀려들었다.

성가신 감정은 버려야 한다고 생각했으면서 이제 와서 쓸쓸하다고 하다니, 참 줏대 없는 머리다 싶어서 나 자신에게 어이가 없어졌다.

어느샌가 구름이 걷혀서 군청색으로 변하기 시작한 하늘에 성질 급한 달이 떠올라 있었다.

저녁 식사를 가져와 준 것은 알바가 아니라 인형 중 한 마리였다. 겉모습이 다른 두 마리와 비슷해서 순간적으로 구분이 안 됐지만, 식사가 담긴 쟁반을 건네받을 때 "여어, 굼벵이."라고 못된 말을 하기에 알 수 있었다. 얄미운 성격의 검은 고양이 인형이다.

"신입치고 근성이 있지만, 아직 멀었어. 내일은 더 열심히 해."

"내일은 여기서 떠날 건데요?"

"뭐? 정말이야?"

"정말이에요."라고 쓴웃음을 지은 채 답했다.

가벼운 태도가 조금 신경 쓰였지만, 그와 나는 오늘 처음 본 사이일 뿐이다. 내가 내일 떠나건 말건 그리 중요한 일이 아닐 거다.

하지만 내게는 몇 안 되는 지인이다. 이런 인형이라도 목소리를 들을 시간이 얼마 안 남았다고 생각하자 또다시 쓸쓸해졌다.

"뭐야. 이것저것 가르쳐 줬는데 벌써 잘린 거야?"

"잘려서 나가는 건 아니에요."

아니, 역시 그냥 얼른 딴 데로 가줬으면 좋겠다.

"그런데 알바 군은요?"

"밤에는 바빠서 못 빠져나온대. 그래서 내가 대신 온 거고."

"그런가요."

그렇다면 알바와 대화할 기회는 이제 없을 거다. 여행 이야기가 나와서 몰래 일기를 꼼꼼히 다시 읽어뒀는데 헛수고가 될 것 같다.

"그럼 간다."

검은 고양이는 그렇게 말하더니 냉큼 방을 뒤로하려 했다.

알바 대신 이야기 상대라도 해줬으면 좋겠는데.

"당신들도 할 일이 있나요?"

"밤에는 교대로 순찰을 돌아. 주인님이 그러라고 명령했거든."

"그런가요……."

아쉽다. 이것도 귀한 만남인데.

검은 인형은 씩씩하게 방에서 뛰쳐나갔다.

다시 봐도 도무지 이해가 안 되는 생물이라는 생각이 들었다.

홀로 남겨진 방에 이상할 정도의 적막이 깔렸다.

가져다준 식사는 채소 스프와 구운 생선을 넣은 토르티야였다.

두 손을 모으고서 만들어 준 사람의 얼굴을 떠올리며 감사의 말을 입에 담았다. 머릿속에서 그 소년이 히죽히죽 웃었다. 나를 무시하는 것처럼. '이게 정말.' 이라는 생각이 들었지만, 식사를 입에 넣자 그런 것은 아무래도 좋아졌다. 모든 음식이 따뜻하고 눈물이 날 만큼 맛있었다.

지금쯤 알바는 그 소녀와 둘이서 식탁을 둘러싸고 있을까.

문득 그런 상상이 머릿속에 떠올랐다.

식사를 마치고 나자 딱히 할 일이 없었다.

침대에 앉아 오늘 있었던 일들을 떠올리며 가방에서 일기를 끄집어냈다. 일기를 펼쳤지만, 어째서인지 글이 써지지 않아서 이불 위에 벌렁 드러누웠다.

내일 쓰지 뭐, 라고 생각하며 눈을 감았다.

몸이 피곤하니 금방 잠기운이 올 거라고 생각하며.

별가 주변은 놀라울 정도로 순순히 어둠에 삼켜졌다. 그러자 좀 전에 먹었던 따뜻한 식사가 위장 속에서 기어다니는, 불쾌한 무언가로 변한 듯한 기분이 들었다.

나는 밤이 싫다.

세계가 깜깜해지고 멈추어 가는 모습을 보고 있자면 기억을 빼앗길 거라는 불안감과 공포 같은 것이 밀려들기 때문이다.

혼자뿐인 실내. 하나뿐인 창문에서는 달빛이 들이쳐 이불 위를 어렴풋이 밝히고 있다. 그것을 보고 한숨을 흘렸다. 나의 오늘은 이제 절반밖에 남지 않았다는 사실을 깨달았기 때문이다.

낮에 일을 해서 녹초가 되었을 텐데도 좀처럼 잠이 오지 않았다.

내일에 관한 생각, 나에 관한 생각, 여러 가지 생각이 들었다.

기억이 없어지는 순간이 다가오고 있다는 사실을 의식할 수밖에 없었다. 죽음이 다가오고 있는 것 같아서 무서운 거다. 평소 같았으면 감정을 죽이고 아무렇지도 않은 얼굴로 잠들 수 있었을 텐데……

기억을 잃은 소년의 얼굴이 떠올랐다. 나를 폐기물이라고 욕하던 소녀의 얼굴도——.

한기가 들어서 나는 떨리는 것을 억누르고자 몸을 웅크렸다.

한참 전의 내가 일기에 이렇게 적었다.

기억을 잃어도 감정까지 사라지지는 않는다고. 이 무섭다는 감정은 분명 눈에 보이지 않는 곳에 조금씩 축적되고 있을 것이라고. 우연한 계기로 자극을 받으면, 쌓였던 공포가 닫힌 문에서 넘쳐 나오는 일이 있다고.

매일 기억을 잃는 나는 그것이 사실인지 어떤지 알 수 없었다. 착각에 불과할지도 모른다. 하지만 기억이 없는데도 솟아나는 정체 모를 감정이 그런 억측을 뒷받침해 주는 듯해서 무서웠다.

그럼에도 분명 나는 지금처럼 살아갈 수밖에 없을 거다. 일기를 들고 혼자서 여행하는 수밖에 없는 것이다.

언젠가 이 상황이 극적으로 바뀔 날이 올까.

모르겠다. 그런 날이 오면 좋겠다고는 생각하지만, 한편으로는 포기하고 있는 나도 있다.

나 자신도 이미 그 누구의 기억에도 남지 않는, 비참한 나날에 넌더리가 났기 때문이다.

일기를 써서 내일의 내게 당부하고, 여행하고, 사람들과 계속 얽히고는 있지만 타성적인 삶을 두려워하고 있는 것에 불과하다.

언젠가 이 병을 고칠 방법에 도달할 것이라는 기대는 사라진 지 오래다.

나는 죽지 못해 여기 있는 거다.

좋지 않은 징후였다.

평소 같았으면 담담하게 있을 수 있었을 텐데, 오늘은 그렇지 않은 것 같다.

현실에 좌절하는 일이 있다. 숨이 막히고 눈물이 흘러넘치는 일이 있다.

헤리네링에 관해 생각했다. 예전에는 그런 마도구를 찾는 데 정열을 쏟아붓고, 분발할 수 있었던 시기도 있었다. 하지만 어느 순간 깨달았다.

나를 구해줄, 그런 편리한 만남은 분명 앞으로도 없을 거다. 수십 년 반복되었던 일이 어느 날 갑자기 바뀔 리가 없다. 앞으로도 계속될 뿐이다.

내일의 내게 당부하지만, 기대는 하지 않는다.

내일의 나는 사실 아무래도 좋다. 그딴 것보다 지금의 내게서 아무것도 빼앗지 말았으면 좋겠다. 지금은 내가 이곳에 있고, 살아 있으니까. 그것이 내일 사라진다는 사실은 믿고 싶지 않다.

그런 비관적인 생각이 들어서 눈물이 흘렀다.

어슴푸레한 방에서 무릎을 끌어안고 몸을 움츠린다. 잠을 자려고 노력했지만 조금 전부터 몸이 떨리는 게 멈추질 않는다.

계속, 쉬지 않고 앞으로 한나절 동안 할 수 있는 일을 생각했다.

"어라?"

느닷없이 귀에 익은 목소리가 실내에 울렸다.

이제는 낯이 익은 소년이 문을 열고 고개를 들이밀어 나를 보고 있다.

"왜 깨어 있으면서 불을 안 켰어?"

알바였다. 나는 순간적으로 울어서 부은 얼굴을 손가락으로 훔치고 방금 이불에서 일어난 것처럼 졸린 듯이 하품을 해보였다.

"우는 거야?"

왜 알아채는 거야, 라는 생각에 알바를 원망하며 나는 물었다.

"뭐, 뭐 하러 왔어요?"

한심하게도 울음 섞인 목소리가 나왔다.

"아니, 오후에 헤어지고 못 봤잖아. 듣고 싶었던 이야기도 못 들은 데다, 대화할 수 있는 건 오늘 밤이 마지막일 것 같아서……."

빠른 말투로 대꾸했다.

"그게 노크도 안 하고 들어온 것의 변명이에요?"

"불이 안 켜져 있어서 자고 있는지 어떤지만 확인하려 한 거야. 혼자서 훌쩍훌쩍 울고 있을 줄은 몰랐어."

"이 대가는 비쌀 줄 아세요!"

베개를 집어던졌다.

"일부러 그런 게 아니야!"

그는 허둥지둥 밖으로 뛰쳐나갔다.

나는 자신을 질타해 어두운 마음을 날려버리려고 애썼다. 평소처럼 이야기하지 않으면 엉엉 울어버릴 것만 같았다.

되도록 그에게 우는 얼굴을 보이지 않기 위해 눈물이 마르기를 기다렸다. 코훌쩍이는 소리가, 내가 이 공간에서 울고 있다는 사실을 짜증날 정도로 부각시켰다.

슬픔과 부끄러움이 뒤섞여서 속이 터질 것만 같았다.

"밖으로."

알바가 다시 문으로 고개를 내밀더니 나를 불렀다.

"밖으로 나와, 샤스타."

나는 잠시 침묵했다.

"왜요?"

"이런 곳에 혼자 있으니 울고 싶어지는 거야. 밤바람이라도 쐬면 조금은 마음이 가라앉지 않을까."

이상한 소리를 다 한다고 생각했다.

어서. 어느샌가 그가 다가와 내게 손을 내밀고 있었다.

현재 상황에 납득하지 못한 탓에 나는 그 손을 순순히 잡을 수가 없었다.

오히려 달빛 때문에 그가 내 우는 얼굴을 또렷하게 볼지도 모른다는 생각이 들어서 망설여지기까지 했다. 그러자 답답했는지 그가 내 손을 잡았다.

"뭐예요?!"

"손을 잡은 것뿐이잖아!"

그대로 억지로 일으켜 세웠다.

"사람 부를 거예요?!"

"손은 아까도 잡지 않았어?!"

손을 잡아끌어 별가까지 안내해 줬을 때의 일을 말하는 것 같다.

"아까와는 상황이 달라요!"

내가 초조하게 소리치자 그는 "알 게 뭐야!"라고 대꾸했다. 그러고는 차갑고 어두컴컴한 물속에서 물가로 끌어올리듯이 나를 그대로 밖으로 끌고 나갔다.

인공적인 불빛이 없는 폐허에서 보는 별하늘은 유독 밝아서, 무서울 정도로 아름다웠다.

거대한 구멍으로 빨려들 것만 같은, 그런 느낌에 사로잡힐 정도다.

누군가가 손을 잡아끌고 있다는 상황도 한몫 거들어서, 나는 혹시 이불 속에서 내가 원하는 꿈이라도 꾸고 있는 게 아닐까 하는 착각이 들었다.

지금까지 나는 남자와 손을 잡아본 적이 있었을까.

이럴 때 어쩌면 좋을지 모르겠다. 일기에도 쓰여 있지 않은 전개다.

별하늘 아래서, 남자가 내 손을 잡고 어딘가로 안내해주고 있다.

나는 가만히 붙잡힌 손을 마주잡았다.

"이제 혼자서 걸을 수 있겠어?"

문득 그가 앞을 본 채로 중얼거렸다.

나는 대답하지 않았다.

손을 잡은 채 인적이 없는 숲속을 걷다 보니 탁 트인 장소가 나왔다.

완만한 언덕을 오른다. 그곳은 차폐물이 없는 언덕 위였고, 머리 위에는 별의 바다가 펼쳐져 있었다.

내가 별하늘에 정신이 팔린 사이, 알바는 "영차." 하고 땅바닥에 주저앉았다.

정신을 차리고 보니 그곳은 산기슭 근처로 별을 보기에는 제격인 장소였다.

하늘을 올려다보는 그의 눈동자에 반짝이는 별빛이 보였다.

"별이 참 예쁘지?"

그는 팔을 활짝 벌리며 말했다.

마치 자신이 준비했다는 듯한, 의기양양한 표정이었다.

"밤인데도, 엄청 밝네요."

듣고 보니 흩뿌려 놓은 듯이 총총한 별들이 밤하늘을 놀라울 만큼 밝게 비추고 있었다.

"당연하지."

그는 우습다는 듯이 말했다.

"지금까지 별을 볼 여유도 없었던 거야?"

듣고 보니 없었다.

내게 밤은 무서운 것이었다.

소중한 시간은 잠이 들면 눈 깜짝할 새에 지나가고 만다.

그 사실에 정신이 팔려서 사실상 하늘을 올려다볼 여유 같은 것은 없었다.

"가끔 밤바람을 쐬러 여기에 와."

입을 다물고 있자 그가 중얼거렸다.

"스승님은 밖에 나오는 걸 싫어해서, 이곳을 아는 건 나뿐이야."

그렇게 말하는 알바의 표정이 내 눈에는 조금 씁쓸해 보였다.

의외였다. 알바와 소녀는 서로 친애(親愛)의 정이나 신뢰감 같은 것으로 이어져 있을 줄 알았기 때문이다.

내가 알지 못하는 사정이라도 있는 것일지 모른다.

분위기를 바꾸려는 듯이 그는 있잖아, 하고 입을 열며 나를 쳐다보았다.

"낮에 했던 이야기를 계속 듣고 싶은데."

저녁에 보여주었던, 기대로 가득한 소년의 얼굴이 있었다.

"여행 이야기, 말이에요?"

그는 고개를 끄덕였다.

"어떤 여행을 했어? 대충이라도 좋으니 네 이야기를 해줄래?"

조금 전까지 들여다보고 있던 일기의 내용은 머리에 들어 있다.

이제 대화할 기회는 오지 않을 줄 알았다.

"사실 이런 기회가 올 것 같아서 일기 내용을 복습하긴 했어요."

나는 마음을 다잡고 의기양양하게 말했다.

"정말로?"

눈을 빛내는 알바의 얼굴을, 나는 무의식중에 물끄러미 쳐다보고 말았다.

일기의 내용은 기억이 났다. 하지만 그것들은 내가 쓴 것이 아니고 모두 다 남의 일이다. 일기에 적힌 고뇌는 과거의 내가 경험한 것이지, 내 경험이 아니다.

잘 이야기할 수 있을까.

"미리 말해두겠는데, 재미있는 이야기는 없어요……."

미지의 경험이었다.

내일을 살아가는 데 필요할 뿐, 누군가에게 들려줄 걸 전제로 쓴 것이 아니기 때문이다.

"그래도 들려줘."

늘 소지하고 다니는 책을 품에서 꺼냈다.

"정 그러시다면."

솔직히 말해서 조금 설레기 시작했다. 이런 이야기를 누군가에게 들려준 적은, 아마도 없을 것이기 때문이다.

희한한 상황이기는 하지만 그가 나를 보고, 내 말에 귀를 기울이고 있다는 것은 알 수 있었다.

기분이 썩 나쁘지는 않았다.

일기를 펼쳐 문자의 나열로 시선을 떨구었다.

"그럼 시작할게요."

그의 표정이 환해졌다. 무언가에 흥분한 모양이다. 그런 모습이 우습다는 생각을 하며 복습했던 일기의 내용을 술술 풀어놓기 시작했다.

유성이 꼬리를 그리며 좌측으로 사라져 가는 모습이 까마득히 먼 곳에 보였다.

여행에서 가장 중요한 것은, 만남이다.

좋은 만남이 아닌 것들은 일기에도 남지 않을 사소한 일로 구분된다.

혹은 위험해질 만남은 실패나 교훈으로써 일기에 남겨진다.

나는 그중 어느 것도 아닌, 즐겁고 예쁜 부분만을 이야기했다.

어떤 노부부는 길가에 웅크려 앉아 울고 있던 내게 말을 붙였다. 모두가 본 체 만 체 지나가던 도중에, 그 두 사람은 나를 발견하고 걱정해 주었다.

"나는 나이 든 분들이 좋아요."

"어째서?"

"어리광을 부리게 해주니까요."

내가 기쁜 듯이 말하자 그는 어이가 없다는 듯한 표정을 지었다.

"어딜 가나 어리광쟁이구나……."

"반대로 어린애들은 싫어요. 좋은 기억이 별로 없거든요."

그것만은 양보하지 않겠다는 투로 단호하게 말했다.

어느 유복한 집에서 보모 같은 일을 떠맡은 적이 있다.

머리가 희다고 무시하고, 머리카락과 스커트를 잡아당기고, 물감으로 얼굴에 낙서하고, 아주 지독한 일을 당했다. 심지어 부모 앞에서는 착한 아이인 척하고, 나중에 나만 골탕을 먹이거나 해서 그 애한테 휘둘리는 일이 많았다……는 모양이다.

"애들은 내가 좋은지 싫은지 알 수가 없는 짓을 하거든요."

"샤스타는 누나라기보다는 같이 놀고 싶은 부류니까."

"그건 그것대로 무시하는 거 아닌가요?"

일기에 적힌 내용을 이야기하기 시작하고서 수십 분 정도가 지났다. 알바와 대화하다 보면 이런 식으로 이야기가 옆길로 새고는 했다.

솔직히 말하자면 이야기를 하느라 정신이 없어서 뭔가 재미있다는 건지 모르겠다. 하지만 알바는 흥미로운지 계속해서 귀를 기울여주었다.

"아무튼, 특히 남자애들이 이해가 안 돼요. 이유도 없이 때린다고요."

"흔한 일이네."

알바는 어쩐지 먼 곳을 쳐다보는 듯한 눈을 하고서 말했다.

"흔한 일이라뇨?"

"좋아하는 애일수록 괴롭히고 싶다잖아."

"좋아서 그럴 리가 없잖아요."

"싫었으면 애초에 신경도 안 썼을걸?"

그는 즐거운 듯이 말했다. 나는 도무지 이해가 안 됐다.

그 후에도 즉흥적으로 대화를 이어 나갔다.

"커다란 짐승한테 쫓겨서 며칠 동안 숲속을 헤맸을 때는 이제 틀렸구나 싶더라고요……."

신기하게도 괴롭지는 않았다.

당시의 내 심정은 알 수 없는데도 유창하게 말이 이어졌다.

듣고 있는 그가 즐거워 보였기 때문일지도 모른다.

"세계에서 제일 높은 산에 올라가서, 그 정상에서 아름다운 경치를 봤어요."

무언가를 해냈다는 달성감은 내 안에 없을 텐데도.

"불법입국으로 국경경비대에 쫓긴 적도——."

전혀 기억에 없는 말로 구축된 이야기가 흘러나왔다.

여행 도중에 만난 사람과 동물, 운이 따라줬던 이벤트며 각종 문제들——.

결코 즐거운 일만 있었던 것은 아니었다.

그럼에도 일기에 남기고, 해서는 안 될 일을 명확하게 해두고, 조금씩 나 자신의 행동을 보정해 나갔다. 그리고 사무적으로 만들어낸 일기가 지금은 누군가를 즐겁게 해주고 있다. 그걸 실감할 수 있었다.

문득 이런 생각이 들었다. 일기를 쓴 이전의 나는 무슨 생각을 하며 사라져 갔을까.

희망을 품었을까. 지금의 나처럼 절망하고 있었을까.

지금까지의 내 여행은 정말로 무가치하고 무의미한 것이었을까?

줄곧 가치가 없다고 생각하며, 무감동하게 살아왔다. 앞으로도 그럴 생각이었다.

그런데 지금은 그런 마음으로 썼을 일기의 내용을 즐거운 듯이 이야기하고 있다.

이상한 위화감이 느껴졌다.

"왜 여행하는 거야?"

다음 이야기로 넘어가려던 참에 그가 물었다.

"처음 만났을 때 말했잖아요. 견문을 넓히기 위해서라고요."

그 답은 미리 준비해 둔 형식적인 것이었다.

그렇게 말하자 그는 조금 놀란 표정을 지었다.

"그래? 그런 것치고 역사나 문화에 관한 이야기는 거의 없는 것 같은데."

말문이 막혔다.

"좀 더 딱딱한 이야기를 할 줄 알았거든."

순조롭게 이야기를 풀어냈던 좀 전까지와 달리, 생각에 잠기지 않을 수 없었다.

알바가 깊은 것과 달리, 과거의 나는 사람과의 관계를 우선시할 생각이 없었을 것이다.

하지만 그렇게 생각하자 타성적으로 살뿐인, 무의미한 나날이었다는 식으로 느껴졌다.

"뭐, 그게 나쁘다는 건 아니야! 어려운 이야기를 해봐야 못 알아들었을 테니까……."

갑자기 그의 기대가 담긴 눈빛이 무서워졌다.

단 하루뿐인 인생에 의미를 가져서는 안 된다.

왜냐하면 거기에 의미가 있다면, 잃었을 때 슬플 테니까.

"샤스타?"

입을 다문 나를, 알바가 의아하다는 얼굴로 쳐다보고 있다. 모든 것을 꿰뚫어 보는 것 같아서 무서워졌다.

나는 잽싸게 미소를 지어 보였다.

"그러면 이번에는 내가 아껴뒀던 이야기를 할게요!"

화제를 바꾸자는 생각이 들었다. 쓸데없는 잡념을 떨쳐내고자.

일기를 덮고 호들갑스럽게 이야기를 시작했다.

이 세계 어딘가에 존재하는, 위대한 마법사가 남긴 전설의 유물에 관한 이야기를——.

헤리네링—— 그것은 사람의 기억을 작은 돌에 담아둘 수 있는, 내게 꼭 필요한 환상의 마도구.

전설이라는 단어에 알바는 자고 있다가 일어난 고양이처럼 눈을 동그랗게 떴다.

"전설의 아이템이란 단어에서는 로망이 느껴지죠?"

호기심이 동했는지 알바는 앞으로 몸을 내민 자세로 내 말에 귀를 기울였다.

그에게 이야기를 해주면서도 한편으로는 알고 있었다.

이 이야기가 즐거울수록, 괴로워질 뿐이라는 걸.

"그리고 전설의 마도구는 발견되지 않아, 여행은 계속되고 있다고 합니다……."

겨우 이야기를 마친 순간, 알바가 가볍게 박수를 쳤다.

어땠어요? 그에게 물었다.

"재미있었어."

그 말을 들은 순간, 눈앞이 환해진 것 같았다. 복잡한 심정이긴 해도 기쁜 평가였다.

"막 밖에 나가고 싶어졌나요?"

"그럭저럭, 무리지만."

상당히 오랫동안 이야기를 했다.

주변은 여전히 깜깜하지만, 슬슬 날짜가 바뀌어도 이상하지 않을 시간이다.

"그나저나 마지막 부분은 어쩐지 일기라기보다는 창작 이야기처럼 들리던데?"

이상한 쪽으로 예리하다는 생각을 하며 나는 쓴웃음을 지었다.

"적절하게 각색하는 것도 이야기를 돋보이게 하는 데 필요한 일이랍니다."

내가 능청스럽게 대꾸하자 그는 "샤스타답지 않은걸."이라면서 웃었다.

"하지만 여행기를 쓰는 건 재미있을 것 같아."

"부지런한 사람이 아니면 분명 사흘도 못 갈 걸요?"

"샤스타가 할 수 있다면 나도 할 수 있을 것 같아."

"이제 아주 대놓고 비아냥거리시네요!"

일기를 품에 안고서 그를 노려보았다.

친구 사이 같은 대화는 즐거웠지만 내심 복잡한 기분이었다.

왜냐하면 이렇게 사이좋게 장난을 쳐도 전부 없었던 일이 될 것이기 때문이다.

우리가 동시에 입을 다물자 풀숲이 밤바람에 흔들리는 소리만이 들려왔다.

이야기를 마쳤다는 달성감과 여운은 어느샌가 사라지고 말았다.

알바는 문득 생각이 났다는 듯이 입을 열었다.

"샤스타가 어째서 울고 있었는지는 모르겠지만 말이야."

물도 안 마셨는데 사레가 들릴 뻔했다. 그런 한심한 모습은 얼른 잊어줬으면 좋겠다.

"뭐, 기운을 차린 것 같아 다행이야."

"네, 덕분에 다시 기운이 났어요."

확실히 눈물은 가셨지만, 지금은 부끄러워서 몸부림을 치고 싶은 심정이다.

맞아, 하고 말하며 그는 좋은 생각이 났다는 듯이 눈을 동그랗게 떴다.

"슬플 때는 베개를 적실 게 아니라 고개를 들어서 하늘이라도 보지 그래?"

"하늘을요?"

알바는 힘껏 고개를 끄덕였다.

"하늘을 보고 있으면 아무래도 좋아지지 않아?"

그는 의기양양하게 하늘을 향해 두 팔을 펼치며 말했다.

"검은 하늘을 배경으로 무한한 빛이 반짝이고 있잖아. 어디에 있건 분명 같은 광경을 볼 수 있을 거야. 하늘은 어디로도 도망치지 않으니까."

나는 머리 위를 올려다보았다. 별들이 반짝이는 하늘의 중심에서 둥그런 달이 빛나고 있다. 그것을 바라보며 지금, 그가 뭐라고 했는지를 곱씹어보기 시작했다.

"왜 아무 말도 안 해?"

뚱한 눈으로 노려보기에 허둥지둥 고개를 확 돌렸다. 그가 하늘을 올려다보며 한 소리를 듣고, 참 안 어울린다는 생각을 하고 말았기 때문이다.

"아무것도 아녜요, 베개를 적실 바에는 하늘을 봐라, 이거죠?"

"반응이 그게 뭐야……."

"어쩐지 로맨티시스트 같은 말이다 싶어서요."

"역시 방금 한 말은, 잊어……."

그는 후회스러운 투로 말하며 얼굴을 손으로 가렸다.

"뭐, 뭐어, 구름이 껴서 별이 안 보일 때도 있으니까."

다시 입을 열어 그런 변명 같은 말을 하는 것도 어쩐지 그답다고 생각했다.

"기껏 멋진 말을 해놓고 다 망쳤네요."

"시, 시끄러……."

토라진 듯이 내게서 고개를 돌렸다.

"애초에 이런 건 누구나 떠올릴 수 있는 말이잖아."

저렇게 야유하듯 말하는 것도 쑥스러움을 감추기 위해서일까.

"그렇지 않아요."

하늘을 보았다. 빨려들 듯한 별들을 향해 손을 뻗었다.

지금의 내게 별을 보는 습관이 없는 것은, 그 방법을 알려준 사람은 알바가 처음이기 때문이다.

반짝이는 별빛을 보고 있자 신기하게도 마음이 차분해지기 시작했다. 자세히 관찰해보니 별들 하나하나가 반짝반짝 빛나고 있어서, 어쩐지 그것만으로 만족스러운 기분이 들었다.

내일 이후로도 나는 모든 것을 잊으며 살아가겠지만, 이렇게 별하늘을 바라보면 지금과 같은 기분을 느낄 수 있을까. 그럴지도 모른다.

그러한 발견이, 매우 귀중한 것처럼 느껴지기 시작했다.

"뭐, 그건 그렇고."

문득 욕심이 생겼다. 사소한 욕심이다.

알바에게 바짝 다가갔다. 얼굴을 조금 들이대기만 해도 그는 요란스럽게 놀라고 얼굴을 붉혔다.

"알바 군은 왜 저한테 잘해 주는 거예요?"

"아까도 그렇게 묻지 않았어⋯⋯? 그런 적 없다니까."

"겸손도 참~."

새침스러운 표정을 짓고는 있지만 얼굴은 여전히 빨갰다.

나는 그런 그의 반응을 즐기고 있었다.

어차피 다 사라져 버릴 텐데, 어째서일까.

애착이 강할수록, 없어졌을 때, 슬플 뿐일 텐데.

"당신은 지금의 생활에 만족하나요?"

욕구가 커져서, 땅바닥에 스며드는 물처럼 어떠한 생각이 머릿속에 퍼져나갔다.

"그럭저럭……?"

답변은 그렇게까지 중요하지 않았다.

"밖에 나가고 싶어요?"

"어? 아니 뭐, 나가고는 싶지만 무리야."

그는 난감하게 됐다는 듯이 웃었다.

나갈 수 없는 이유는 이미 안다.

그 소녀의 존재다. 알바에게 은혜를 베푼 그 소녀가 그를 이 땅에 묶어두고 있다.

남의 사정이다. 참견할 일도 아니다.

하지만——

"알바 군."

"왜?"

똑바로 마주 보고서 축 늘어진 그의 오른손을 잡아 악수했다.

문득 생각했다. 어쩌면 그의 바람을 억누르는 그녀보다 내가 더 그를 미소 짓게 해 줄 수 있을지도 모른다고.

"오늘은 고마웠어요."

"갑자기 왜 그래."

바라본 채 몇 초 동안 내가 침묵하자 분위기가 심상치 않다는 것을 느꼈는지. 숨을 죽이는 게 느껴졌다. 막힘없이 이어지던 대화가 끊기고 그의 눈에 당황한 듯한 기색이 떠오르기 시작했다.

이윽고 나는 비어있던 왼손으로 그의 손을 감쌌다.

"그런데, 나랑 같이 여행할 마음은 없나요?"

그의 눈이 휘둥그레졌다.

"엉?"

"내 여행에 따라와요."

어이가 없다는 표정을 짓고 있던 그의 얼굴이 그 순간 전류라도 흐른 듯이 뻣뻣해졌다.

"어어어, 어째서 얘기가 그렇게 되는 건데."

"안 될까요?"

"갑자기 그런 소릴 한들 무리라고. 스승님이 있으니까."

스승님── 화가 난 얼굴로 나를 쳐다보던 소녀의 얼굴이 머리에 떠올랐다.

욕심── 그를 이 땅에 묶어두고 있는 소녀보다 내가 더 그를 미소 짓게 해 줄 수 있지 않을까 하는 욕심.

그런 마음에 목소리를 내자,

"하지만 밖으로 나가고 싶잖아요?"

나도 모르게 그런 말이 튀어나왔다. 그 물음에 알바는 복잡한 표정을 지었다.

하지만 부정은 하지 않았다. 말을 그치고 무슨 말을 해야 할지 생각에 잠겼다.

내 말을 듣고 고민에 빠진 것이다. 그런 그에게 속삭였다.

"당신이, 좋아요."

"뭐……?"

제대로 듣지 못할 거리는 아니다. 못 들은 척하는 건 좋지 않다.

"나는 당신이 좋아요. 그러니 같이 와줬으면 해요."

다시 한번 소리 내어 말하자 그의 입술이 움찔움찔 떨렸다.

지근거리에서 그의 본심을 떠보려 했다. 정말 귀찮다는 얼굴처럼도 보이고, 엄청 동요한 것처럼도 보였다. 시선은 허공을 헤매고 있고, 약간 몸을 뒤로 빼서 도망치려는 듯한 자세를 취하고 있다. 하지만 내가 그의 두 팔을 단단히 잡고 있어서 떨어질 수가 없는 모양이다.

여자에게 별로 익숙하지 않은 듯한 반응이다.

나는 어떨까. 긴장은 됐지만 어째서인지 머리는 냉정했다.

분명 내일이면 둘 다 모두 잊을 거라는 사실을 알기 때문일까.

그래…… 이건 그냥 장난이다.

아무 의미도 없는 행위다.

"에이~ 농담이에요."

잡고 있던 손을 떼서 그를 놓아주었다.

그는 반동으로 엉덩방아를 찧고 말았다.

"……."

알바는 넋이 나가서 얼마간 움직이지 않았다.

"까……."

몇 초가 지나서야 내가 한 말을 이해한 눈치였다.

"깜짝이야……."

멈추었던 숨을 토해내듯이 하아아, 하고 긴 한숨을 내쉬었다.

"진짜로, 심장이 멈추는 줄 알았다고……."

"아하하, 진심인 줄 알았어요?"

"너 진짜……."

얼굴이 새빨개져서 거친 투로 말했다.

새삼스럽지만 한 박자 늦게 내 심장소리가 무서울 정도로 크고 빨라졌다는 사실을 알아챘다. 지금도 콩닥거리고 있다. 그걸 들키지 않고자 나는 의식적으로 작은 소리로 숨을 쉬며 흐트러진 호흡을 가다듬었다.

"하아, 갑자기 확 피곤하네……."

그의 맥 빠진 소리에 정신이 들었다.

나는 한숨을 내쉬는 그를 그저 말없이 지켜보았다.

"슬슬 돌아갈까 하는데, 샤스타는 어쩔 거야……?"

그렇게 말하며 알바는 시선을 부자연스럽게 이리저리 옮겼다.

"조금 더 별을 보다가 돌아갈게요."

"그, 그래?"

그때의 그는 조금 쓸쓸해 보이기도, 안심한 듯 보이기도 했다.

"감기 걸리기 전에 방으로 돌아가."

그가 자리에서 일어날 때까지 나는 그의 그런 얼굴을 물끄러미 쳐다보고 있었다.

아쉽다는 생각이 들었다.

"그럼, 잘 자."

"네, 안녕히 주무세요."

그는 등을 돌려 걷기 시작했다.

그리고 몇 번인가 뒤를 돌아보며 숲속으로 사라졌다.

그로부터 얼마나 지났을까.

"안녕히……."

아무도 듣지 못할 정도의 목소리로, 그런 말을 무의식적으로 중 얼거렸다.

하늘에 걸린 구름이 이번에는 달빛을 어스름하게 만들었다.

장난의 시간은 그렇게 끝났다.

별가에서 다시 이불을 뒤집어써도 좀처럼 잠이 오지 않았다.

내게 좋아한다는 말을 들은 그는, 아주 싫지는 않았던 걸까. 혹 시 내가 농담이라고 둘러대지 않았다면 더 좋은 답변을 들을 수 있었을까.

바보 같으니. 나는 나 자신을 비웃었다.

그런 일에 아무 의미도 없다는 사실은 내가 가장 잘 알았다.

전부 부질없는 짓이다. 전부 사라져 버릴 테니.

게다가 그에게는 그 백발 소녀도 있다.

부럽다고는 생각했다. 하지만 어쩔 수 없는 일이란 것도 안다.

쌓아올린 시간이 다르다. 게다가 나는 그를 미소 짓게 만들 조건 이 안 된다.

전부 잊고 마는 이 병이 있는 한, 아무리 두 사람의 관계를 부러 워하고 소녀에게 질투해도 소용이 없다. 무의미하다.

내가 안일한 생각으로 어지럽혀도 될 관계가 아니다.

함께 행복해지는 미래를 상상해 봤다. 잘 풀리지 않는 미래만이 보였다.

그러니 내 손에 쥐어서는 안 된다.

어쩐지 좀 전과는 다른 의미에서 정신이 맑아졌다.

자연스럽게 잠들기는 어려울 것 같다. 양이라도 세어볼까. 그런 생각이 들었지만 머릿속에는 건방진 태도로 나를 놀리는 남자의 모습만 떠올랐다.

머리가 어떻게 된 것 같다. 이런 마음은 분명 내일 이후에도 계속될 거다.

그게 기쁘기도, 쑥스럽기도 했다.

무섭기도 했다.

태어나서 처음으로 누군가에게 집착하고, 누군가에게 질투하고 있는 듯한 기분이 든다.

그것들은 매우 폭력적인 감정이라 너무도 괴롭다. 하지만 당사자인 알바에 관해 생각하자 어느 정도 마음이 평온해졌다.

나는 베개에 얼굴을 묻고 소리가 밖으로 새어나가지 않도록 소리쳤다. 가슴에 들어찬 답답함을, 목소리에 실어 토해내고 싶어서 소리쳤다.

하지만 결국 그 감정은 가슴에 들러붙은 채 떨어지지 않았다.

"뭐야, 이게……."

기억이 하루밖에 가지 않는 사람이 품은 감정을, 사랑이라 할 수 있을까.

창문에서 들이친 햇볕에 잠에서 깼다. 나른하게 일어나서 혼자 남은 방을 보고서야 내 의식은 현실로 돌아오기 시작했다.

"일기…… 써야지……."

문득 그 생각이 머리를 스쳤다.

눈꺼풀이 무거워 꾸벅거리면서도 머리맡에 널브러진 가방으로 손을 뻗었다. 두꺼운 일기장을 꺼낸 순간, 조금만 더 있으면 나를 이 세계에 묶어두고 있는 것이 사라질 것이라는 예감이 들었다.

어쩌면 나의 존재 자체가 기적 같은 것이고, 마법이 풀리듯 나는 이 세계에서 사라져 버릴지도 모른다.

현실감은 없다. 하지만 그 순간이 찾아오는 감각은 몸이 기억하고 있다. 그러니 준비를 해두어야만 한다.

기억이 사라졌을 때, 모르는 사람이 집에 있으면 집주인이 당황할 거다. 아니면 상황을 파악하지 못한 내가 냉정함을 잃을지도 모른다.

언젠가의 나는 그 때문에 실수를 저지르고, 누군가를 상처 입히고 또 상처 입었다.

같은 실수를 반복하지 않도록, 기억이 망각되기 전에 준비할 것들이 조금 있다.

일기에 끼워진 작은 메모지를 집어 가슴 쪽 주머니에 쑤셔 넣었다.

세수하고, 뻗친 머리를 다듬고, 이런저런 준비를 마치고서 짐을 챙겨 별가에서 빠져나왔다.

내가 하룻밤을 보낸 집을 돌아보았다.

평범하기 그지없는 목조 건물이지만 하룻밤을 보내고 나자 이상하게 정이 갔다.

문 앞에서 고개를 꾸벅 숙였다. '신세 많이 졌습니다.' 라고 속으로 중얼거리면서.

누군가의 얼굴이 머리에 떠올라서, 기쁨인지 슬픔인지 모를 감정에 집어삼켜질 뻔했다.

　모두 다 어쩔 수 없는 일이라고, 억지로 결론을 냈다.

　결국 그와 나는 서로 공존할 수 없는 세계의 주민이니 고민해 봐야 달라질 건 없다.

　아랫입술을 꽉 깨물고서 마지막으로 한 번만 그에 관해 생각하며 고개를 숙였다.

　자아, 가자.

　이제 남은 일은 조용히 이곳을 떠나는 것뿐이다.

　그러자 갑자기 그릉그릉, 등 뒤에서 기괴한 소리가 들려서 온몸을 떨었다.

　뒤를 돌아본 나는 또 그때처럼 비명을 지를 뻔했다.

　"얻이 그아?"

　그것은 기괴한 목소리로 울었다. 윤곽이 또렷치 않은, 무형(無形)의 검붉은 덩어리가 그곳에 있었다. 질척대는 소리를 내며 꼬물꼬물 몸을 흔들고 있다. 알바를 처음 만난 그 숲에서 본 괴물이었다.

　울적했던 마음을 순식간에 공포가 집어삼키려 했다.

　그것이 나타난 이유를 몰라서 나는 경계심에 거리를 벌렸다.

　『자, 잠끄안.』

　"어?"

　머릿속에 노이즈 섞인 목소리가 울려서 걸음을 멈췄다.

　『어드이 가닌 거야?』

　괴물이, 말하고 있다.

　정확히는 목소리가 아니라 모종의 특수한 의사소통을 시도하고 있는 듯하다. 간신히 들리는 그 노이즈는 필사적으로 무언가를 호소하고 있는 것 같아서, 무섭기는 했지만 어쩐지 불쌍하게 느껴지기 시작했다.

괴물의 표정을 통해 감정을 읽어낼 수는 없었다. 하지만 그 백발 소녀의 집에서 그녀와 나란히 서 있던 괴물의 모습이 떠올랐다.

그것은 섣불리 거리를 좁히려 하지는 않고, 가만히 내 말을 기다리고 있는 듯했다.

이전 같았으면 비명을 지르며 달아났을지도 모른다.

"여길 떠나려고요."

대답을 한 게 의외였는지 검은 덩어리에 들러붙은 붉은 눈동자가 살짝 흔들려, 놀란 마음을 표현하고 있는 것처럼 보였다.

"저기, 다른 분들한테도 그렇게 전해주시면 좋겠어요."

괴물을 상대로 대체 뭘 하는 건지 싶었지만, 어차피 조금만 더 있으면 사라져 버릴 운명이다. 부탁을 들어주건 그렇지 않건 결과는 크게 달라지지 않을 거다. 조용히 이곳을 떠나는 것에 대한 자책감을 조금이나마 얼버무릴 의도로 한 말이었다.

『알바가, 배웅알 준비 하고 있더어.』

알바, 배웅—— 간신히 알아들었다. 괴물의 입에서 그런 말이 흘러나온 순간, 뭐라 형용할 수 없는 감정이 느껴졌다.

나를 배웅한다고? 나는 고개를 가로저었다.

"이별이 괴로워질 테니, 그냥 갈게요."

내가 말해놓고도 서글퍼졌다.

괴물은 얼마 동안 나를 쳐다보고 있었지만, 흥미를 잃은 것처럼 폐허 쪽으로 천천히 이동하기 시작했다. 괴물이 지나간 땅바닥에 작은 신발 자국이 보였다.

그, 혹은 그녀와 다른 방향으로 걸어 나갔다.

마지막 배웅을 해준 게 저거라니, 영 떨떠름하네. 따위의 생각이 들었지만 이별에 대한 불안감이 아주 조금은 줄어든 듯했다.

떨리는 입술을 깨물어, 슬픔이 목소리를 타고 흘러나오려는 걸 막았다.

이러는 게 낫다고 나 자신을 타이르면서.

102년, 21일.

날씨 좋음. 배고픔을 참으며 계속 숲을 걸었다.

딱히 적을 내용은 없다.

102년, 22일.

오늘도 사람의 흔적을 찾지 못했다. 어두운 숲에 홀로 있다. 누군가의 목소리를 듣고 싶었다.

102년, 23일.

근사한 만남이 있었던 날.

숲에 쓰러져 있던 중에 운 좋게 알바라는 소년을 만났다.

나를 사는 곳으로 안내하고, 내게 잠자리와 저녁 식사를 주었다.

말하는 인형과 조우했다. 별로 도움은 안 됐어도 밭일을 도왔다. 관계는 좋았다.

밤에 알바와 별하늘을 보러 갔다———.

걸으면서 종이에 쓰던 것을 멈추고, 뭐라고 적을지 고민했다.

나에게 할당된 일기의 지면은 한 페이지뿐이다.

쓸데없는 이야기를 줄줄 적을 수는 없다.

그렇다면 역시 '밤하늘을 보는' 습관에 관해 적어야겠다.

그가 한 말을 곁들여, 밤에 있었던 일을 재미있게 적어 나갔다.

밤에 나누었던 대화를 떠올렸을 때는 자연스럽게 작은 웃음소리가 새어나왔다.

폐허 지역을 지나 다시 숲의 입구로 돌아왔다.

나는 일기에 적힌 글씨를 훑어보며, 가슴 쪽 주머니에 넣어둔 메모지를 손가락으로 집어냈다.

『우선은 일기를 펼쳐.』

적혀 있는 글씨를 본 순간, 참지 못하고 그것을 움켜쥐었다.

다음의 나는 어디로 갈까.

일기를 읽고, 저 폐허로 되돌아갈까.

하지만 다음의 내가 그와 얽히게 된다 해도 나와는 상관없는 일이다.

전부 부질없는 일인데도, 이렇게 사라져 버릴 순간까지 이런저런 생각이 머리를 떠나지 않았다.

하다못해 마음은 다잡아 두어야만 한다. 안 그러면 다음에 눈을 뜰 내가 당황할 테니까.

조용히 마음을 진정시키는 데 집중한다.

시간이 멈춘 듯한 침묵이 흘렀다.

그런 시간이 얼마나 계속되었는지는 모르겠다. 그저 눈을 감고, 모든 것이 끝나기를, 숨을 죽인 채 기다렸다.

무언가의 징후인지 두통 같은 것이 느껴졌다.

이제 곧, 끝난다. 기억이 사라지는 것이다.

눈물을 만드는 기관이 망가져 버린 것 같다.

이제 곧 기억과 함께 잊힐 소년의 이름을 중얼거렸다.

지금까지 나누었던 대화를 돌이켜보았다. 한마디 한마디가 새삼 그 무엇보다도 사랑스럽게 느껴졌다.

그러고 나서야 후회했다. 깊이 얽히는 게 아니었다. 평소처럼 담담하게 지낼 걸 그랬다.

직접 고맙다고 말하고 싶었다.

나는 바보라서, 잃기 직전까지 알아채질 못한다.

그는 나와의 대화가 즐겁다고 말해주었다. 그 말을 떠올리자 기뻐서 저절로 미소가 지어졌다.

머리 꼭대기 근처부터, 하얀 무언가가 나를 감싸는 듯한 느낌이 밀려들었다.

새하얘졌다. 전부 새하얗게——

"……."

새하얀 세계에, 아직 누군가가 서 있었다.

기억과 행복과 꿈의 시작

이 세계에는 마소란 것이 존재한다. 불과 물, 빛과 어둠 등도 마소로 형성되어 있다. 사람의 기억도 예외가 아니다.

마소는 너무도 작아서 사람의 눈으로는 볼 수 없고, 특수한 공정을 거쳐야만 그 존재를 관찰할 수 있다.

모든 마소는 사람이 지닌 마력을 부여함으로써 변질시킬 수 있고, 새로 만들 수도 있으며 없앨 수도 있다. 이 사실을 아는 것은 마법을 다룰 수 있는 극히 한정적인 인간들뿐이다.

마법사는 별로 많지 않다. 마력의 양은 날 때부터 정해져 있고, 인간은 대부분 적은 마력만 보유하고 있어서 만족스럽게 마법을 다룰 수가 없기 때문이다.

그리고 설령 마법사라 해도 육대원소——불, 물, 바람, 흙, 어둠, 빛——이외의 마소를 관측할 수 있는 이는 드물다.

과거에 펜을 들고 일기를 쓰기 시작한 소녀가 있었다.

그녀는 사람의 기억에 관심이 있었다.

그녀는 기억의 마소를 관장하는 마법사를 지향했다.

그리고 그녀는 현자가 되었다.

현자는 온 세상의 마법사가 모이는 왕도(王都)에서 선택된 열세 명에게만 주어지는 칭호였다.

하지만 소녀는 어떠한 불행으로 인해 그 기술의 대부분을 잊고 말았다. 그 대신 그녀에게 주어진 것은 죽을 수 없는 불사의 저주였다.

기억을 자유롭게 다룰 수 있는 마법사가 그 기술 중 대부분을 잊고 말았다. 참으로 얄궂은 일이라고 나는 생각한다.

그렇게 현자였던 시절에 관해 생각하며 폐허에 발을 들였다.

정오가 지난 시간. 기억에 없는 풍경이 눈에 비치고 있다.

하지만 신기하게도 나아가고 있는 방향이 맞을지에 대한 불안감은 없었다. 머릿속이 새하얘진 가운데서도 누군가의 존재를 계속 의식할 수 있었기 때문이다.

원래대로라면 이 순간, 나는 기억을 잃고 심각한 혼란에 빠져 있어야 했다. 절망감에 몸부림치고 있어야 했다.

무엇을 하면 좋을지 알 수 없어서 일기를 뚫어져라 들여다보고 있어야 했다——.

그리고 대략적인 사정을 이해하고 나면, 타성적으로 하루를 살아내는 것만을 목표로 하는 불쌍한 여행자가 되어야 했다.

이번에는 어째서인지 그렇게 되지 않았다.

명확한 목표를 가지고 걷고 있다.

오히려 그 목적이 아닌 것에 사고를 할애하는 일 자체가 무의미하게 느껴졌다.

목적했던 인물은 금방 찾을 수 있었다.

시야 끝에 그가 나타난 것은 폐허 안에 있는 논두렁길을 걷던 때였다. 어깨를 늘어뜨리고서 터벅터벅 걷는 뒷모습이 보였다.

눈에 들어온 순간, 갑자기 내 안에 있던 무언가가 열기를 뿜으며 날뛰기 시작했다.

그 뒷모습을 나는 잘 안다.

그날 밤에는 깜깜해서 그렇게까지 또렷하게 보이지 않았지만, 기억을 더듬어 보자 내 손을 잡아끌며 걷던 누군가의 모습을 선명하게 떠올릴 수 있었다. 그날 밤, 그는 내가 한 바깥세상의 이야기를 열심히 들어주었다.

그때의 기억이 기포를 두른 깃털처럼 밑바닥에서 물 위로 둥실 떠올랐다.

더 가까이 가야 한다는 마음이 부풀어 올라서 몸이 자연스럽게 앞으로 나아갔다.

"알바 군."

등에 대고 말을 붙였다. 이름도 금방 떠올랐다.

그는 목소리에 반응해 뒤로 고개를 돌려, 놀란 눈으로 나를 바라보았다.

"샤스타?!"

외친 후, 그는 종종걸음으로 내게 다가왔다. 나도 힘차게 발을 내디뎌 두 팔을 벌려서 그의 몸을 끌어안았다.

"잠깐, 왜 끌어안는 거야?!"

얼굴을 새빨갛게 물들이며 떨어지고 말았다.

"아니! 어딜 돌아다니고 있었던 거야!"

호통도 쳤다. 그러는 그의 두 손에는 커다란 천 꾸러미가 안겨 있었다.

"벌써 가버린 줄 알았잖아……."

알바는 어깻숨을 쉬고 있어서 이리저리 뛰어다녔다는 사실을 알 수 있었다.

"나 말고 다른 사람들은 다들 네가 누구인지 모르겠다고 해서, 어제 있었던 일이 다 환상이었나 했다고⋯⋯."

다른 사람들에게는 평소처럼 망각 현상이 일어났나 보다.

그래서 멋대로 이곳을 떠난 나를 애타게 찾아다녔던 모양이다.

저절로 미소가 지어졌다. 기쁨과 정체 모를 감정이 뒤섞이기 시작했다.

문득 그가 들고 있는 꾸러미 안에서 구수한 냄새가 나고 있는 것 같아서 나는 물었다.

"뭘 들고 있는 거예요?"

"아아, 이거?"

그가 꾸러미를 열자, 안에서 갈색으로 노릇하게 구워진 빵이 고개를 내밀었다.

"네가 또 길바닥에서 쓰러져 죽지 않을까 해서⋯⋯."

"나를 위해서 만든 거예요?"

"뭐, 뭐 그런 셈이지."

그는 뺨을 긁적이며 쑥스러운 듯 고개를 홱 돌렸다.

그런 그의 얼굴에 시선을 고정한 채, 표정과 눈동자의 움직임을 물끄러미 응시했다.

"난 당신을 알아요."

응? 그는 의아한 얼굴로 말했다.

"무슨 소리야?"

"내가 좋아하는 사람이에요."

"갑자기 무슨 소릴 하는 거야?!"

그의 뺨이 순식간에 빨개졌다.

그러고 보니 이전의 나는 이걸 농담이라고 둘러댔었다.

"또 놀리는 거야? 더는 안 속아!"

그는 얼굴이 새빨개져서 소리쳤다. 그런 반응조차도 사랑스럽게 느껴졌다.

시야가 좁아지기라도 했는지 그의 표정 변화를 자세히 관찰하게 되었다.

내 말을 듣고 허둥대는 그의 반응이, 몸짓과 목소리가, 지금도 머릿속에 남아있는 추억과 같았다. 그 사실에 온몸이 떨렸다.

믿을 수 없는 일이 일어나서 나 자신도 이 마음을 어떻게 표현하면 좋을지 모르겠다.

"어째서, 알고 있는 거예요?"

그 표정과 몸짓을 하나도 놓치고 싶지 않아서 얼굴을 들이댔다. 그는 눈살을 찌푸리며 나를 쳐다보고 있었다.

"너, 어디서 머리라도 부딪힌 거야?"

"내 이름, 알겠어요?"

"뭐? 아니, 샤스타잖아……."

"그랬던가요?"

만약을 위해 일기장을 펼쳐 확인해 보았다.

"정답인 것 같아요."

"아니, 대체 무슨 소릴 하는 거야?"

나를 다정하게 대해주었던 그가, 바깥세상을 동경하고 있던 그가, 자신의 스승에게 은혜를 갚고 싶다고 말하던 그가 그때 그 모습으로 눈앞에 있다. 나를 기억하고 있다.

"당신에 관한 것만 기억이 나요."

조용히, 천천히 그 사실을 곱씹듯 이야기했다.

진심으로 행복했다. 진심으로 웃으며 말할 수 있었다.

이전의 나에게는 상상도 할 수 없었던 일이다.

"하지만 다른 건, 내 이름조차도 잊고 말았어요. 다소 정합성이 떨어지는 상태라고 할 수 있죠."

"무슨 소리야?"

새하얘진 머릿속에 그에 관한 정보만 또렷하게 남아있다니, 참으로 기묘한 일이다. 새까만 어둠 속에 한 줄기 빛이 쏟아져 내 얼굴을 비추고 있는 것 같다. 혹은 진흙으로 가득한 늪지에서 아름다운 꽃 한 송이를 발견한 것처럼 감동스럽다. 기쁘다는 마음이 물밑으로 가라앉지 않고 떠오르고 있다.

"당신이 했던 말도, 당신이 가르쳐 주었던 것도, 그 얼굴도, 목소리도 전부 기억이 나는데, 다른 건 전부 잊어버린 것 같아요."

"무슨 소릴 하는 건지 모르겠거든?"

모든 것의 기점인 것이다.

"너, 아무리 봐도 이상한 것 같은데……?"

"이상했던 건, 당신을 만나기 전까지의 나예요."

이전의 나는 평범하지 않았다. 기반이 없는 결함품 같은 것이었다. 그 누구도 기억하지 못하고, 누군가의 마음에 남지도 못하고 삶의 의미조차 찾을 수 없는 데다, 그런 인생을 끝낼 수도 없었다. 그 앞에서는 내가 얼마나 나태하고 무의미한 나날을 보내왔는지를 너무도 잘 알 수 있었다.

"뭐, 어쨌든 오늘은 여행을 떠나는 날이지?"

눈앞에서 그가 뭐라고 말했다. 매우 사랑스러운 목소리로.

"어디로 나가야 하는지는 알겠어?"

앞으로는 달라질 수 있을 거라 생각했다.

"이왕 만났으니 배웅할게."

그를 위해서, 앞으로 나아가자고 생각했다.

"알바 군."

밤에 그랬던 것처럼 그와의 거리를 좁혔다. 그의 손을 감싸듯이 잡았다.

"샤스타?"

두 손으로 조심스럽게 그걸 가슴께로 끌어당겼다. 놀란 그는 들고 있던 짐을 땅에 떨어뜨리고 말았다. 당황한 듯 눈을 이리저리 돌리면서.

나는 얼굴을 가까이 대고 속삭였다.

"나랑 같이 넓은 세계를 보러 가요."

원래부터 나는 기억을 다루는 마법에 능한, 현자였다.

아쉽게도 구름이 껴서 날씨는 좋지 않았다.

하늘에서 내려다보고 있는 누군가가 내가 불행해지기를 바라고 있는 것 같다.

하지만 수십 년이나 쳐다보고만 있었던 누군가 따위는 날개를 잃고 대지에 곤두박질쳐 버리라지.

어깨에 가방을 메고 등에는 소년을 업고 있다. 여자 혼자서 남자를 업고 숲에 들어오다니, 정말이지 무모하다는 생각이 들었다.

"잘도 자네요."

하지만 고개를 돌리면 뺨이 닿을 정도로 가까운 거리에 그가 있다.

이 거리감은 위험하다. 등에서 느껴지는 무게는 전혀 신경 쓰이지 않았지만, 그의 숨결이 닿는 것만으로 미쳐버릴 것만 같았다.

무방비한 상태로 곯아떨어진 그를 보고 있기만 해도 행복했다.

그렇다, 나는 지금 행복하다. 이게 행복이구나——.

"알바 군도 똑같이 행복하게 해 줄게요."

등에서 온기를 느끼며, 콧노래를 흥얼거리고 다시 걸었다.

앞으로 그와 어떤 곳에 갈지 생각하며.

기억을 붙들어두기 위한 마도구—— 헤리네링은 엄지손가락 정도 되는 크기에 타원형으로 된, 반투명한 푸른색 돌이다. 마력이 잘 정착되는 보석 안에 기적을 발동하기 위한 작은 법진이 그려져 있다.

그와 밤하늘을 올려다봤던 밤, 나는 헤리네링을 찾고자 여행하고 있다고 그에게 말했다.

하지만 사실은 이미 내 손에 있었다.

기억의 마소에 간섭하는 그 마도구는 원래 내가 만든 것이었다.

현자의 지위도, 기억도 잃기 전에. 그 보관 장소만 일기에 적고서, 다음의 내게 찾게 했던 것이다.

과거 현자였던 내가 한 가닥 희망을 담아, 스스로 만들어낸 마도구의 행방을 첫 번째 일기에 적어두었다.

헤리네링을 찾는 일은 그럭저럭 힘들었다. 작은 돌인 데다 당시의 내 연구 성과는 대부분 국가 측 인간들에게 빼앗긴 뒤였다. 단서를 더듬어 소실된 마도구를 찾아내는 일은 그리 쉬운 것이 아니었다.

하지만 목표를 세우는 일 자체에는 의미가 있었다.

내가 여행을 계속하는 이유는 되어 주었으니까.

그 목적도 꽤 오래전에 달성했다.

하지만 결국 돌은 나를 구원해 주지 않았다. 돌에 담긴 나의 기억도 예외 없이 소실되어 버리는, 무의미한 것이었기 때문이다.

그런 목적이라도 내게 삶의 보람이 되어주었다는 사실을 찾고 나서야 깨달았다.

내일을 살아내기 위한 양식으로 삼았던 것이 무가치하다는 사실을 깨달은 순간, 살아갈 목적을 완전히 잃고 말았다.

그 후로는 허무한 나날이 끝없이 이어졌다.

아무런 희망도 없이 타성적으로 여행을 계속할 수밖에 없었다.

그것이 그와 만나기 전의 나다.

하지만 지금은 새로운 희망의 빛이 눈앞에 있는 길을 비추고 있었다.

이전에는 밤이 싫었다. 내게서 한정된 소중한 시간을 앗아가기 때문이다.

하지만 이제 불안해서 잠들지 못하는 일은 없을 거다.

낮부터 계속 날씨가 안 좋았던 탓에 별은 보이지 않는다. 하지만 눈앞에서 모닥불의 불꽃이 흔들리고 있는 광경을 차분한 마음으로 바라볼 수 있었다.

불꽃을 사이에 낀 맞은편에 정신을 잃은 알바가 누워 있었다.

모포를 두르고 눈을 감고 있다. 잠든 그의 얼굴을 보자, 아직도 내가 꾸고 싶은 꿈이라도 꾸고 있는 게 아닐까 싶었다.

기억을 잃는 체질이 되고서부터 미래에는 희망을 품지 않은 지 오래다.

희망을 품지 않으면 비관적인 기분은 어느 정도 얼버무릴 수 있었고, 다른 사람 앞에서도 밝게 행동할 수 있었다.

하지만 마음속으로는, 모든 사람이 원망스러웠다. 즐거운 듯한 누군가의 모습을 복잡한 심정으로 바라보고 있었다.

어째서 나는 평범하게 웃을 수 없는 걸까, 하고 한탄했다.

내 기억은 하루밖에 가지 않는다. 단 하루다.

모든 사람의 기억에서도 사라지고 만다. 아무 의미도 없는 나날이다. 그럼에도 그런 무의미한 나날을 내 손으로 끝낼 수가 없다.

하루 단위로 반복되는 기억의 손실, 무슨 짓을 해도 죽을 수 없는 몸, 그런 숙명에 사로잡힌 내게는 타성적으로 산다는 선택지밖에 없었다.

나날이 무언가가 마모되어 가는 듯한 느낌은 있었다. 인간으로서 소중한 무언가가 떨어져 나가는 듯한 느낌이——.

타닥타닥, 불꽃이 튀었다. 그때 그의 눈꺼풀이 살짝 들려 올라갔다. 꼬물꼬물 몸을 움직이더니 어둠 속에서 그가 천천히 몸을 일으키는 것이 보였다.

"아, 좋은 아침, 이에요."

정신을 차린 그에게 그렇게 말했다. 주변이 완전히 깜깜해졌으니 '좋은 아침'이라는 인사는 적절치 않을지도 모르지만……

"어……?"

그는 영문을 모르겠다는 얼굴로 주변을 두리번두리번 둘러보기 시작했다.

"미안해요, 이런 곳에서 하룻밤을 보내게 되었어요."

알바에게 이곳까지 업고 걸어왔다는 사실을 전달했다.

그는 당황스럽다는 듯이 눈만 껌벅거렸다.

"아침에는 출발해야 하는데, 그때는 같이 걸어주실래요? 또 내가 업고 가도 딱히 상관은 없지만 아무래도 속도가 느려서."

"아니, 괜찮아……."

"그래요? 무리해서 사양할 필요는 없는데."

"혼자 걸을 수 있어…… 그보다……."

두통을 참듯 이마를 손으로 짚으며 그는 물었다.

"어디야, 여긴……? 대체 뭐가 어떻게 된 거야……."

"확인차 묻겠는데…… 내가 누군지 아시겠어요?"

그는 눈이 휘둥그레져서 답했다.

"샤스타잖아……?"

"정답이에요! 뭐야, 다 기억하시잖아요."

나는 손뼉을 치며 기쁨을 표했다. 그는 계속해서 복잡한 얼굴로 나를 쳐다보았다. 그러한 태도의 차이에 나는 쓴웃음을 지었다.

"어디야, 여긴……?"

"폐허에서 남서쪽으로 이동 중이고, 지금은 숲속에 있어요."

"어째서 이동하고 있는 거였더라……?"

그는 그 자리에 책상다리로 앉고 나와 마찬가지로 모닥불을 쳐다보았다.

날뛸 낌새는 없다. 눈살을 잔뜩 찌푸리고서 척 봐도 난감한 듯한 표정을 짓고 있다.

"여기 오기 전까지 어디에 있었는지 기억나요?"

나는 만약을 위해 그렇게 물었다.

마법이 제대로 걸렸는지를 확인하기 위해서다.

"너랑 같이 별을 봤어."

"그거 말고는요?"

거듭 묻자 그는 고개를 갸웃하더니 자신 없게 답했다.

"모르겠어……. 어쩐지, 누가 한 명 더 있었던 것 같은데……."

잠시 입을 다물었다. 그리고 곧장 그를 달래듯이 전해야 할 말을 입밖에 냈다.

"나랑 둘이서 쭉 여행하고 있었어요. 다른 일행은 없고요. 어제 같이 별하늘을 봤던 거, 기억하죠?"

"기억이 나……."

"그 후에 언덕 위에서 발이 미끄러져서…… 네, 머리를 세게 부딪힌 것 같아요."

그는 심각한 얼굴로 내 말에 귀를 기울이고 있었다.

거짓말이었다. 나는 그에게 거짓말을 하고 있다.

한참 동안 궁리해서 짜낸 대본대로 말했을 뿐, 사실이 아니다.

이런 창작에는 자신이 있었다.

마법으로 그에게서 기억을 빼앗고 내게 유리한 기억을 주입해 두었다.

지금의 그에게는 나와 별하늘을 보았던 그 밤 이전의 기억이 없다. 어떻게 보면 전부 잊어버린 직후의 나와 비슷한 상태다.

"일종의 기억장애인 것 같아요."

"그래서 여기까지 옮겨 준 거구나……."

눈치가 빨라서 다행이다.

고개를 끄덕이며 그를 그 땅에 묶어두고 있던 소녀에 관한 생각을 했다.

조금 전에 그는 '누가 한 명 더 있었다'고 말했다. 완전히 잊지 않은 것은 밤에 나와 헤어진 후, 그가 잠시라도 그 소녀와 얼굴을 마주친 탓일지도 모른다.

그렇게 상상하자 가볍게 질투가 났다. 알바의 향후를 생각하면 쓸데없는 정보는 배제해야 한다. 하지만 너무 빈번하게 그의 기억에 손을 대려니 꺼림칙했다.

얼굴을 아는 정도는 크게 문제가 되지 않을 거라고 판단을 내렸다. 나와의 기억으로 머릿속을 가득 채우면, 언젠가 다른 여자에 관한 기억 같은 건 하찮은 것으로 여기게 될 것이다.

알바를 그 땅에 묶어두었던 여자에 관한 생각은 일단 접어두기로 했다.

"아무것도 알 수 없어서 불안하시겠지만, 뭐 일단은!"

나는 알바에게 바짝 다가가서 손을 잡고 끌어당겼다.

"지금까지 그랬듯이 내 곁에 있어 주세요. 기억은 조만간 돌아올 테니까요."

그 말에는 함께 행복해지자는 의미도 담겨 있었다.

"뭔가, 사랑의 고백 같은데……?"

"그런 셈이에요."

"그런 거야?!"

놀라는 알바를 나는 가만히 쳐다보았다. 입을 벌린 채 얼마간 멍하니 있던 그는 갑자기 으으~음, 하고 신음하며 두 눈을 손으로 문지르기 시작했다.

"뭐 아무럼 어때……."

무언가를 포기한 모양이다.

"실제로 기억도 안 나는데."

그는 나른한 투로 말했다.

"정말요? 나랑 같이 가 줄 거예요?"

"여기 혼자 남겨져 봐야, 어떻게 하면 좋을지 모르겠으니까."

이건 내 사랑의 고백이 성공했다고 봐도 되는 걸까.

자연스럽게 웃음이 났다.

역시 그는 내 운명의 사람이라는 생각이 들었다.

그렇게 미소를 지은 채, 내가 움켜쥐고 있던 돌을 가방 속에 집어넣었다는 사실을 그는 알지 못했다.

다음 날 아침, 나는 그의 손을 잡고 숲속을 걷고 있다.

그는 손을 잡은 상황에 당황한 눈치였다. 별하늘을 바라보던 날과는 입장이 바뀐 것 같아서 어쩐지 기분이 이상했다.

그는 말수가 적었고 잡은 손에는 땀이 배어 있었다. 틈만 나면 손을 놓으려 했지만 나는 몇 번이고 다시 잡았다.

"왜 싫어해요? 전에는 알바 군이 먼저 잡아놓고."

"그건 네가 울어서 그런 거고……."

지겹다는 말투다.

"울고 있는 여자가 아니면 손도 안 잡아주는 거예요?"

"뭐가 좋다고 그래야 하는지 모르겠는데?"

남자라면 이럴 때 기뻐하기 마련 아닌가?

"뭐, 참으세요. 떨어지기라도 하면 큰일이니까요."

"내가 무슨 개야……?"

나는 이 상황을 은근히 즐기고 있었다.

부루퉁한 그의 얼굴마저도 곁에서 지그시 쳐다보고 싶을 정도다. 그런 생각을 하며 그의 얼굴을 바라보고 있었더니 또 시선을 피하고 말았다.

"나는 알바 군을 좋아해요."

"계속 그 말만 하네."

갑작스럽게 느껴지겠지만 손을 잡으며 알바에게 고백의 말을 속삭이자 그는 눈을 가늘게 뜨고서 나를 노려보았다.

"진심이에요."

잡은 손의 엄지손가락만 움직여서 그의 팔을 쓰다듬었다.

"손가락 비비지 마."

"소심한 애정 표현이에요."

그는 얼굴이 새빨개졌다. 그런 반응을 보고 있기만 해도 사랑스러워 견딜 수가 없다. 더 만지고 싶다, 가까이 있고 싶다는 생각이 들었다.

알바는 납득이 안 된다는 듯이 투덜거렸다.

"애초에 어떤 관계인데……?"

"나랑 알바 군이요? 글쎄, 쭉 같이 여행하고 있었다니까요."

말하면서 팔짱을 끼었다.

"자, 가요."

앞을 본 채 잡은 손을 끌어당기며 걸음 속도를 높였다.

등 뒤에서 그가 체념 섞인 한숨을 내쉬었다.

만난 지 얼마 안 됐으니까, 사실은 확고한 관계라고 할 수 없다.

하지만 이 마음에 거짓은 없다.

앞으로 하기에 따라서는 어떤 관계든 될 수 있다고 나는 믿어 의심치 않았다.

그를 데리고 나온 지 이틀째 되는 날의 저녁.

숲을 지나 그럭저럭 정돈된 길로 나오자 목조 가옥이 늘어선 마을이 나타났다. 후줄근하다는 인상을 풍기는 곳이었지만 그와 처음으로 온, 사람이 오고가는 장소였다.

길을 걷는 사람들이 우리를 쳐다보고 있다.

처음에는 외지인이라 눈에 띄는 걸까, 정도로만 생각하고 그다지 신경을 쓰지 않았지만 아무래도 그들의 시선은 주로 알바에게 집중되어 있는 듯했다.

그 사실을 알아채고 나자 모든 사람들이 그를 노리고 있는 것처럼 보였다.

알바에게 쏟아지는 시선을 피하듯이 걸었다.

"왜 다들 이쪽을 보는 거야……?"

"이상하네요…… 알바 군은 딱히 그렇게까지 눈길을 끌 만큼 잘생기지 않았는데."

"이봐."

자연스럽게 그와 잡은 손에 힘이 실렸다.

그의 손을 잡아끌고 그 시선의 화살을 피했다.

지금의 그에게는 나와 만나기 이전의 기억이 없다.

분명 폐허로 안내를 받았을 때, 찾아온 외부인은 내가 처음이라고 그는 말했다.

그 말을 곧이곧대로 믿자면 폐허의 존재를 아는 인간은 이 마을에 없을 거다.

그럼 이 시선은 대체 뭘까.

"어라?"

마을을 지나치려던 그때였다.

누군가가 우리를 따라잡더니 우리 쪽을 돌아보며 말했다.

갈색 머리의 소녀다. 그녀는 그 자리에 서서 명백하게 이쪽을, 알바를 쳐다보았다. 나보다 다소 어린 그 아이의 손에는 채소가 든 바구니가 들려 있었다.

"알바잖아? 이 늦은 시간에 어쩐 일이야?"

그의 이름이 나온 순간, 자연스럽게 몸이 앞으로 나갔다.

"누구시죠?"

경계심 때문인지 내 입에서는 생각보다 낮게 깔린 목소리가 흘러나왔다.

"어, 누구야?"

갑자기 내가 사이에 끼어들자 소녀가 놀란 듯이 몸을 움츠렸다.

…………

상대는 아이인데, 이건 좀 어른스럽지 못하지 않나? 라는 생각이 들어서 조금 부끄러워졌다.

"우와, 너 이렇게 예쁜 애를 알고 있었어?!"

하려던 말이 공중으로 뿔뿔이 흩어져 버렸다.

"하얀 머리가 참 예쁘다~!"

"으갸?!"

소녀가 머리카락을 만지는 바람에 나도 모르게 홱 물러섰다.

"대체 뭔가요, 당신은!"

"어엇…… 죄, 죄송합니다."

금방 풀려났지만 소녀의 눈에는 여전히 호기심이 가득했다. 당장에라도 고양이처럼 달려들 기세다.

"누구세요……?"

손으로 얼굴을 가린 채 다시 한번 물었다.

"알바는 이 마을에 자주 물건을 팔러 오는 사람이에요. 저한테는 단골손님 같은 거고요."

알바에 관해 물은 게 아닌데.

"그런데……."

"네?"

왜 이렇게 친근하게 굴지? 친하면 얼마나 친하다고, 따위의 말이 나올 뻔했지만, 꿀꺽 다시 삼켰다.

뭔가 알고 있느냐는 뜻을 담아 알바에게 시선을 보냈지만 기억이 없는 그는 난감한 얼굴로 고개를 붕붕 가로저을 뿐이었다.

느긋하게 여기서 시간을 낭비할 수는 없는데…….

"아뇨…… 역시 아무것도 아니에요."

말을 하려다가 알아챘다.

잘 생각해 보니 폐허에 관해 아는 사람이 없다 하더라도, 거꾸로 알바가 이 마을을 찾은 적이 있을 가능성은 있다. 소녀와 알바가 아는 사이라도 이상할 일은 없다.

그렇게 생각하니 지금까지 사람들이 알바에게 시선을 보내던 것도 이해할 수 있었다.

시시각각 어두워지는 군청색 하늘을 올려다보았다.

문득 차가운 바람이 불어서 몸이 떨렸다.

"괜찮아요? 어째 두 분 다 피곤해 보이는데."

소녀가 걱정스러운 얼굴로 물었다.

피곤—— 그러고 보니 어제 아침부터 쉬지 않고 계속 걸었다.

여행에 익숙지 않은 알바의 안색도 그다지 좋지 않다.

그가 마을 사람들에게 그럭저럭 알려져 있다면, 그걸 이용할 수 있을지도 모른다는 생각이 들었다.

게다가 어차피 내일이면 나는 사람들의 기억에서 사라진다. 괜히 지금 소녀에게서 도망칠 필요는 없지 않나, 라는 생각에 다다랐다.

소녀의 눈을 들여다보았다. 다행히 어리기도 한 데다 나와 알바의 상황을 정확하게 이해한 것처럼은 보이지 않았다.

"별로 괜찮지는 않네요……. 곧 해가 저물 테니 오늘 밤은 어쩔까 하고 둘이서 고민하고 있었어요."

"그랬던가?"

옆에 있던 알바가 그렇게 중얼거리기에 그의 옆구리를 가볍게 쿡 찔렀다.

"아아, 응. 뭐 이 근처에는 잠자리를 제공해 주는 시설이 없으니까요."

소녀가 납득한 듯한 표정을 지었다.

그녀는 나와 등 뒤에 숨은 알바를 번갈아 쳐다보더니 의미심장한 미소를 지어 보였다.

"괜찮으면 우리 집에 오실래요?"

채소밭이 펼쳐진 땅의 한구석에 소녀가 사는 집이 오도카니 세워져 있었다.

둘이 나란히 그 집의 2층에 있는 넓은 방으로 안내를 받았다.

"여길 쓰세요."

소녀의 이름은 이루. 나이는 열셋. 키는 나와 비슷하고 가슴은 나보다 자기주장이 확고했다. 언동도 시원시원해서 경계심 때문에 그녀를 열심히 관찰하던 내가 불필요한 패배감을 맛볼 만큼 여러 모로 잘난 아이였다.

"여긴 엄마 방이에요."

"헤에."

적당히 대답했다. 그녀는 계속해서 미소를 짓고 있었다.

"엄마는 요전에 집을 나가서, 지금은 아빠랑 둘이서 살고 있어요."

아무래도 복잡한 사연이 있는 모양이다.

나는 일단 궁금했던 것을 물었다.

"전에도 알바 군을 묵게 해준 적이 있어요?"

"네? 아니, 그런 적 없어요. 그럴 리가 없잖아요."

소녀는 환한 미소를 띤 채 부정했다. 그 대답은 거짓말이 아닌 듯했다.

그렇다고 안심할 수는 없지만.

"평소에는 아빠도 있으니까요…… 아, 아빠는 행상인 같은 일을 하는데, 지금은 마을 밖으로 물건을 팔러 갔어요."

"그러면, 여기서 혼자 지내나요……?"

조금 전에도 밖에서 뭔가 작업을 하고 있었다. 부모가 없어서 집 안일 같은 걸 전부 혼자서 하고 있는 것일지도 모른다.

"그렇긴 한데, 대부분 그러지 않아요?"

뭐라고 해야 할지, 여러모로 진 것 같은 기분이 들어서 또 기가 죽을 뻔했다.

"어째서 우리를 집으로 초대해준 거예요?"

"아빠가 있었으면 젊은 여자가 노숙하는 건 좋지 않다고 했을 테 니까요."

아하. 그가 있어서가 아니라 내가 그 자리에 있었기 때문인 모양 이다.

찜찜했던 마음이 아주 조금 풀린 듯했다.

"앗, 그렇다고 여기서 이상한 짓은 하지 말아주세요."

이상한 짓이라니?

대충 이야기가 끝나자 이루는 또다시 알바를 쳐다보았다. 그는 슬그머니 내 등 뒤에 숨었다. 빌려온 고양이처럼.

"알바가 좀, 이상하지 않아요?"

"마, 많이 걸어 피곤해서 그럴 거예요."

순간적으로 그렇게 설명했다.

"헤에, 뭐 됐어요. 여긴 마음대로 사용해도 되지만, 물건들은 너무 움직이지 마세요. 엄마가 돌아오면 화를 낼지도 모르니까요."

"네……."

"뭐 필요한 게 있으면 다른 방에 있을 테니 부르시고요."

"고, 고맙습니다."

그럼 이만, 이라고 말하더니 이루는 웃는 얼굴을 한 채 방에서 나갔다.

이루가 떠나자 실내가 이상하리만치 조용하게 느껴졌다. 마치 태풍이 지나간 후 같다.

남겨진 나는 얼마간 닫힌 문을 바라보고 있었다.

끝까지 빈틈을 찾을 수 없을 정도로 딱 부러졌다.

어린 여자애랑 이야기하는 것 같지가 않았다. 굳이 말하자면 내가 더 떼를 쓰는 어린애 같은 소리를 했던 것 같다.

실내에 알바와 둘만 남자, 알바는 안심한 표정이었다. 나도 가슴을 쓸어내렸다.

긴장이 풀리자 이번에는 피로감이 무겁게 어깨를 내리눌렀다.

나는 바닥에 주저앉았다.

"엄청 착한 애였지?"

지금까지 조용히 있던 알바가 감탄한 듯이 말했다. 어떤 면을 보고 착한 아이라는 걸까.

"누구에 비해서요?"

"어? 아니, 딱히 누군가랑 비교한 건 아닌데……."

그는 딴청을 부리며 말했다.

"누구랑 달리 착한 애였죠."

"화났어?"

"딱히 화난 건 아닌데요."

"화났네, 뭘……."

일단 오늘은 지붕이 있는 잠자리를 얻었다.

여행은 순조롭다. 적어도 아직까지는.

이전까지의 나는 꿈을 꾸는 일이 없었다.

꿈은 기억의 단편, 혹은 지식에서 만들어지는 것이고 내게는 그것이 없기 때문이다.

저녁 하늘 아래, 밭일에서 성과를 내지 못해 기가 죽었던 나를 그가 위로해주었다.

누군가의 목소리가 들리자 그는 내게 등을 돌리고 달려 나갔다. 그 끝에는 새빨갛게 물든 땅을 배경으로 내가 아닌 누군가가 서 있다. 알바는 그 사람에게 행복한 미소를 지어 보였다.

상대가 누구인지는 얼굴에 안개가 끼어서 보이지 않았다.

나는 그 모습을 가만히, 멀리서 바라볼 수밖에 없었다.

가까이 가서 그를 만류할 수도, 대화에 낄 수도 없었다.

그렇게 내게서 그를 데리고 가버렸다.

너무나도 슬펐다.

몸이 아파서 잠에서 깼다.

낮에 몸을 혹사한 대가라는 듯이 근육통이 심해서 손발을 움직이기도 힘들었다.

딱딱한 바닥 위에서 일어나자 덮고 있던 모포가 팔락, 하고 떨어졌다.

아무래도 깜박 잠이 들었던 모양이다.

"알바 군……?"

눈을 비비며 지금 가장 만나고 싶은 사람의 이름을 불렀다. 방에는 나밖에 없었다.

완전히 해가 져서 창밖이 깜깜해진 가운데, 현관 앞을 밝히는 횃불의 빛이 어렴풋이 보일 뿐이었다.

순간적으로 그가 없어졌나 싶어서 불안해졌다.

하지만 2층에서 계단을 내려가다 보니 무언가를 끓이는 듯한 좋은 냄새가 났다.

집의 부엌을 들여다보니 그는 냄비 앞에 서서 요리를 하고 있었다.

그 모습을 확인하고 안도의 한숨을 내쉰 것도 잠시뿐이었다.

옆에는 이 집의 주민인 이루가 서 있었다. 식재료를 식칼로 척척 썰고 있는 모습이 보였다.

저녁 식사를 준비하고 있는 걸로 보였다. 알바가 나름대로 성의를 보이려는 것이리라. 이야기하는 걸 엿듣다 보면 분명 '공짜로 잠자리를 빌리려니 미안해서' 따위의 말도 들릴 것이다.

하지만 나는 두 사람에게 말을 걸지 않고 그 자리를 떠났다.

둘이서 즐겁게 요리를 하는 모습을 보는 것이, 갑자기 무서워졌기 때문이다.

조금 전에 보았던 꿈의 뒷부분을 보는 것 같아서 알바의 미소를 보기가 무서웠다.

알바를 만나고서 사흘째 되는 날의 밤이 되었다.

저녁 메뉴는 스튜였다. 이전에 먹었던 스프와 비슷한 맛이 나는, 푸근하고도 따뜻한 식사였다.

셋이서 무슨 대화를 나눴는지는 잘 기억이 안 난다.

알바와 이루, 둘만 아는 화제를 꺼내는 게 싫었기 때문일 거다. 언짢은 걸 내색해서 알바에게 안 좋은 인상을 주기가 싫었기 때문일 거다…….

저녁 식사를 마친 나는 목욕을 하고 잠자리에 들었다.

그리고 지금은 알바와 나란히 같은 침대 위에서 모포를 덮고 있다.

당연한 이야기지만 깜깜한 실내에 알바와 단둘이 있다.

평소 같았다면 내일이 오는 게 싫어서 견딜 수가 없었을 거다. 하지만 이제 그 정도는 아니다.

잊히지 않는 기억이 생긴 것뿐인데 마음에 상당한 여유가 생겼다.

하지만 눈물을 흘릴 정도로 괴롭지 않을 뿐, 가슴속에는 다른 답답한 마음이 자리 잡고 있었다.

내일, 마을을 나서면 북쪽으로 더 올라갈 생각이다. 그러면 드디어 이 땅을 벗어날 수 있다.

괜한 걱정을 안 해도 된다. 그건 기쁜 일일 텐데, 마음이 개운치 않았다.

문득 옆을 보니 알바는 어째서인지 눈을 번쩍 뜨고서 천장을 뚫어져라 쳐다보고 있었다.

계속 입을 다문 채, 내게는 눈길도 주지 않았다.

"안 자요?"

그렇게 묻자 그는 표정 하나 바꾸지 않고 "잘 거야."라고 쌀쌀맞게 대답했다.

기분이 언짢은 것처럼도 보였다. 그런 그를 보고 있으니 대화를 삼가는 게 좋지 않을까, 라는 불안감이 솟아났다.

하지만 바로 옆에 있는 그와 뭐든 이야기를 하고 싶다는 생각도 들었다.

"뭘 보고 있어요?"

"천장에 있는 얼룩을 세고 있었어."

"헤에……."

그게, 옆에 여자가 누워 있는 상황에 할 만한 생각일까.

"천장은 왜요?"

"생각을 하고 있었어."

"생각?"

그의 말을 듣는 척을 하며 모포 아래 있는 손을 꼬물거렸다. 조금만 손을 뻗으면 그와 손을 잡는 것 정도는 할 수 있을 듯했다.

낮에 했던 것처럼 손을 잡고 싶다.

그를 만지고 싶다. 그렇게 하면 정체 모를 불안감도 사라질 것 같았다.

손을 뻗으려던 참에 그가 중얼거렸다.

"솔직히 말하자면 뭔가 이상한 상황이라고 생각해. 기억도 없고, 의문의 동행인하고는 어째서인지 같은 침대에 누워 있고……."

알바는 잠시 입을 다물더니, 나를 쳐다보았다.

그러더니 슬퍼 보이는 얼굴로,

"뭔가 중요한 걸 잊고 있는 기분도 들어."

그런 말을 했다.

"실제로 기억상실이잖아요."

당황한 것이 티가 나지 않도록 말을 받았다.

"그러고 보니…… 그랬지."

그는 가볍게 미소를 짓더니 다시 천장으로 시선을 옮겼다.

처음 만났던 당시의 알바는 어쩐지 어린애 같은 부분이 남아 있어서, 곧잘 천진한 미소를 지었던 것 같다. 하지만 지금 내게 보여주고 있는 그의 옆얼굴은 이상하리만치 어른스럽고 서글퍼 보였다.

지금 그는 무슨 생각을 하고 있을까.

나를 의심하고 있을까.

내 앞에서 도망칠 생각을 하고 있을까.

안 놔줄 거란 생각을 하며 모포 아래에서 그의 팔을 잡으려던 순간.

그것은 매우 이기적인 일이라는 생각이 들었다.

그는 넓은 세계를 보고 싶어 했고, 그런 그를 폐허에서 해방시키기 위해 기억을 지웠다.

전부 그를 위한 일이라고 나 자신을 설득하며 여기까지 데려오고 말았다.

"최악이잖아……."

지금 나는 내 걱정만 하고 있는 거다.

그의 반응을 두려워할 뿐, 그가 무슨 생각을 하고 있는지는 하나도 관심이 없다.

"어째서 너까지 그렇게 괴로운 표정을 짓고 있는 거야."

알바는 의아한 얼굴로 나를 보고 있다.

정신을 차려보니 이마에서 땀이 흐르고 있었다.

그에게 미움을 사는 게 무섭다. 그를 잃고 싶지 않다.

그런 감정이, 내 의지와 상관없이 앞서고 말았다.

중요한 건 그가 어떻게 하고 싶은가 하는 건데. 그걸 계속 못 본 척했다.

정말로 이기적인 여자였다.

"뭐어……."

알바는 후우, 하고 숨을 내쉬더니 또다시 아무것도 없는 천장을 보았다.

"새삼 다시 생각해 보니, 이렇게 나란히 누군가랑 같이 자는 것도 의외로 나쁘지 않은 것 같아졌어."

"……?"

갑자기 무슨 소릴 하는 걸까.

"차분하지 못한, 이상한 애라고는 생각하지만."

알바는 그렇게 말하더니 내게서 고개를 돌렸다.

혹시 나한테 한 말일까.

그 사실에, 입가에 미소가 걸렸다.

곰곰이 생각해 보니 이렇게 기억을 빼앗기 전에도, 그리고 난 후에도 그는 나를 계속 걱정해주었다.

"나랑 같이 있는 거, 힘들지는 않아요?"

"딱히 힘들지는 않아."

알바는 내게 등을 돌린 채 답했다.

힘들지는 않다. 하지만 그건 내가 그의 소중한 사람에 대한 기억을 빼앗았기 때문이다.

그러지 않았다면 분명 나를 원망하고 내버렸을 거다.

"그만 자자. 내일은 또 이동해야 하잖아."

하지만 그건 어쩔 수 없는 일일 것이다.

내가 잘못했으니까.

이불 속에서 슬그머니 그의 손을 잡아 손깍지를 끼었다.

"뭐야……."

언짢은 듯한 목소리를 무시하고 그 손을 내 뺨으로 끌어당겼다.

알 수 없는 감정이 날뛰려는 것을, 나는 간신히 막아내고 있었다.

그는 모포로 얼굴을 가린 채 이쪽을 쳐다봐 주지도 않았다.

하지만 뒤에서 살짝 보이는 그의 귀는 붉어져 있었다.

"꼭 해야 할 말이, 있어요."

아무 생각 없이 여기까지 데리고 와 버린 일이 후회되지는 않는다.

하지만 그를 슬프게 하는 건 내가 바라던 일이 아니었다.

왜냐하면 나는 그를 좋아하니까――.

"기억이 없는 건, 내가 당신에게 마법을 걸었기 때문이에요."

그렇게 고백하자 그는 몸을 움직여 내 쪽을 바라보았다.

마주한 그의 얼굴에는 약간의 놀라움과 당황스러움이 배어나 있었다.

"이제 기억을 돌려줄게요. 그러니…… 가능하면 날뛰지 말아주세요."

정말이지, 이기적인 부탁이다.

내가 말해놓고도 바보 같다는 생각이 들 정도다.

"무슨 소린지 모르겠는데……?"

"그럼 우선은 돌려놓도록 할까요……."

푸른 돌을 품에서 꺼냈다.

기억을 없앤 건 그와 함께 여행을 하기 위해서, 그리고 나와 함께 행복해졌으면 했기 때문이라고 생각했다.

하지만 실은 간단하게 그를 내 곁에 두기 위해서. 그리고 아무 갈등도 느끼지 않고 나를 따라오도록 하기 위해서였다.

핑계와 본심이다.

그의 사정은 안중에도 없었다.

그러니 오늘 이 순간까지 내가 했던 행동은 깊이 반성해야만 한다.

그 사실을 차분히 생각하고 나서야 겨우 깨달았다.

"죄송해요……."

이마와 두 손을 바닥에 댄 자세로 나는 고개를 숙였다.

헤리네링에 봉인해두었던 것을 그에게 돌려준 순간, 얻어맞을 각오까지 했었다. 아니, 차라리 있는 힘껏 때려줬으면 좋겠다.

"아니, 여자를 어떻게 때려……."

소리 내서 말을 했던 모양이다.

"하지만, 계속 곁에는 있어 줬으면 해요."

고개를 들어 그의 눈을 똑바로 바라보았다.

기억을 되찾은 알바는 생각 외로 냉정했다. 당장 그 폐허로 돌아가겠다는 말은 하지 않았다. 그러기는커녕 아직 돌아가고 싶다는 의사를 내비치지도 않았다.

내 말을 듣고 가만히 생각에 잠긴 듯 보였다.

망설이고 있는 거라면 나한테도 아직 기회가 있을지 모른다. 그런 작은 기대가━━

"아니, 폐허로 돌아가는 건 확정 사항이야."

조금 화가 난 얼굴로 나를 나무랐다.

어떡해, 울 것 같아.

"하지만 뭐, 이게 무슨 짓이야! 라고 할 생각은 없어. 후유증은 없고, 아직 치명적인 상황은 아니잖아. 나는 살짝 집에서 빠져나와 여자애랑 마을을 돌아다닌 것뿐이야. 이 정도면 그래도……."

알바의 얼굴이 급속도로 창백해졌다.

"스승님한테 죽는 거 아니야……?"

자신의 어깨를 끌어안은 채 벌벌 떨기 시작했다.

그의 스승은 그렇게까지 무서운 사람인 걸까…….

인간과의 교류를 거부하고 알바를 좁은 세계에 가둔 소녀━━.

"아직도, 내가 더 당신을 행복하게 해줄 수 있어요."

적어도 이런 식으로 얼굴이 파랗게 질릴 만한 일은 안 할 거다.

"너 정말 반성하는 거 맞아……?"

"죄송해요! 정말로 그냥 당신과 같이 있고 싶은 것뿐이에요!"

머리를 땅바닥에 박았다. 사죄해 마땅한 일을 했다는 건 아니까.

하지만 순순히 그를 풀어주자니 너무도, 너무나도 아쉬웠다.

"고개 들어…… 얘기하기 진짜 힘드니까."

고개를 들어 다시 알바와 마주 보았다.

아마 별 의미는 없겠지만, 좀 전부터 알바는 눈이 마주칠 때마다 내 시선을 피하고 있는 듯한 기분이 들었다.

"충동적으로 나를 데리고 나온 건, 뭐 용서해 줄게……. 하지만 이유가 뭐야. 그도 그럴 게 너는……."

나를 가리킨 채 뭐라고 말을 하려다가 얼굴이 빨개졌다.

그런 반응을 보자 내 입에서 자연스럽게 말이 나왔다.

"농담이 아니었으니까요."

농담이 아니다.

그날 밤에 했던 말은 농담이 아니다.

"나는, 당신을 좋아해요."

그것은 누가 뭐래도 진심이었다.

그 뉘앙스가 전해졌는지는 모르겠지만, 알바는 작위적으로 헛기침을 하고서 말했다.

"이유는 그만 됐어……."

그리고 될 대로 되라는 듯이 말했다.

"일단 지쳤어. 나머지는 내일 얘기해. 오늘은 그만 자고."

모포를 뒤집어써서 나와의 대화를 끝내려 했다.

그런 그의 몸 위쪽으로 이동해서 얼굴을 들여다보았다.

"뭐야."

"이제 어쩔 거예요?"

어두운 방에서 눈이 마주치자 알바는 거북하다는 듯이 시선을 피했다.

"내일 돌아갈 거야. 그걸로 이 여행은 끝이야."

"……."

그것이 그의 바람일 것이다.

기억을 돌려주고 나의 죄를 고백한 시점에 각오했던 일이다.

알바는 그 말을 끝으로 입을 다물어 버렸다. 이 이상 대화하지 않기로 마음먹은 모양이었다.

"알바 군."

진지한 목소리로 말을 붙였다.

"그 선택지를 고르면, 당신은 행복해질 수 있나요?"

"행복?"

모포 안에 있는 그의 목소리는 약간 불분명하게 들렸다.

"어때요?"

그렇게 거듭 묻자 그는 잠시 생각하고서 답했다.

"앞으로 어떻게 될지는 모르지만, 그럭저럭 행복하게 지낼 수 있을 거야."

"그럭저럭이요……?"

그럼 내가 더── 라는 생각은 들었다. 하지만,

"또 기억을 빼앗으려고?"

그는 내 눈을 바라본 채 물었다. 그 눈동자에는 죄를 저지르려는 아이를 설득하려는 듯한 부모와 같은 다정함과 슬픔이 깃들어 있었다.

"이제 당신이 싫어할 짓은 안 할 거예요……."

바보 같은 짓을 반복해서는 안 된다.

그를 곁에 두고, 아무것도 쌓아올리지 못하는 내 인생에 의미를 부여하고 싶었다.

계속 곁에 있어 주었으면 했다. 다른 누군가에게 한눈을 팔지 말앗으면 했다.

전부 이기적인 바람이다.

납득할 수밖에 없다. 받아들일 수밖에 없다…….

그는 고향으로 돌아간다. 그리고 나는———

"괜찮으면, 너도 오지 그래?"

그가 중얼거렸다.

"만약 네가 괜찮다면…… 폐허로 같이 돌아간다는 선택지도 있어."

나는 지금 어떤 얼굴로 그를 보고 있을까.

"그……그 사람이 용서해 줄 리가 없어요."

얼굴은 기억 안 나도 매몰차게 체류를 거부했다는 사실은 안다.

눈을 감고서 어리광을 부리고 싶은 나 자신을 억누르려 했다.

"같이 사과해 줄게."

꿈을 꿔버릴 것만 같다.

"그리고 같이 살게 해달라고 부탁해 볼게."

하지만 그런 일이 용납될 리가 없다는 생각도 떠올랐다.

"너만 괜찮다면 말이야……."

정신을 차려보니 눈에서 무언가가 하염없이 흐르고 있었다.

다정한 제안을 해준 것이 기뻤다는 이유도 있다. 잘 풀릴 것이라는 확증은 없는데, 어째서인지 그러면 나를 받아들여 주었을 때처럼 필사적으로 지금 말했던 걸 실현해 줄 것만 같았다.

하지만 동시에 그의 앞날을 생각하자 기쁘기도 슬프기도 한 감정이 밀려들어, 명치 근처가 욱신거렸다.

나는 아직 그에게 숨기고 있는 것이 있다. 그는 기억을 빼앗아 자신을 가로챘다는 사실만 안다.

내가 죽지 않는 마녀라는 사실은 모른다.

내 병에 관해서도…….

기억을 잃었을 때의 일을 생각하면 무섭다.

지금 이렇게 그의 다정함에 눈물을 흘리고 있는 나는, 내일이면 기억을 잃고 만다.

계속 그의 옆에 있으면 또 이상한 행동을 하지 않으리라는 보장이 어디에도 없다.

그를 따라가도 되는 걸까. 떨어져야 하지 않을까──.

주어진 선택지 앞에서 나는 옴짝달싹도 할 수 없었다.

그런 나의 고민은 아랑곳하지 않고, 그는 태평하게 고른 숨소리를 내기 시작했다.

아침에 눈을 떠보니 같은 방에서 자고 있었던 그의 모습은 없었다.

결국 별로 자지 못했다.

거의 밤새 고민한 결과, 결국 어떻게 해야 할지 결정하지 못했다.

나 자신을 최우선으로 생각하자면 무조건 따라가는 게 좋을 거다. 하지만──

"분명, 힘들겠죠……."

우울한 기분으로 방을 나섰다.

세면장에서 얼굴을 씻고서 부엌에 얼굴을 내밀자 아침 준비를 하고 있는 이루의 모습만 보였다.

"아, 좋은 아침이에요. 뭐, 벌써 낮이지만요."

내가 내려온 걸 알아챈 이루가 장난스럽게 말했다.

벽에 걸린 오래된 시계를 보니 한 시간 정도만 있으면 12시였다. 기억을 잃을 시간까지 얼마 남지 않았다.

"알바 군은……?"

잠기운 때문에 휘청거리며 자리에 앉았다.

"식재료 좀 썰고 있으라고 하더니 시장으로 장을 보러 갔어요."

"그런가요."

이대로 기억을 잃어도 알바는 잊지 않을 거다. 하지만 걱정거리가 있었다.

기억을 잃은 내가 어떻게 행동할지 예상할 수가 없다는 거다. 또 그의 기억을 빼앗자는 어리석은 생각에 다다를지도 모른다.

"찾으러 다녀올게요."

이루의 대답을 듣지 않고 집을 나섰다.

어디에 있을지는 모른다. 적당히 어슬렁거려 보려 한다.

어차피 곧 이 풍경과도 작별일 테니 그 정도는 해도 될 거다.

이루가 알려준 시장은 생각했던 것보다 훨씬 소박한 곳이었다.

마을 사람들이 가져온 음식과 의류 등이 진열되어 있기는 하지만, 오고가는 사람은 적고 가게를 지키는 사람도 물건을 팔기보다는 같은 마을에 사는 지인과 이야기하는 데 정신이 팔려 있었다.

알바는 금방 찾을 수 있었다.

늘어서 있는 노점들 중 한 곳에 웅크려 앉아 무언가를 내려다보고 있는 듯했다. 바닥에 깔린 천에 진열된 상품들 앞에는 의자에 앉은 채로 잠든 듯 보이는, 점원 같은 할머니가 있었다.

그의 모습을 멀리서 관찰하며 나는 어쩔지를 생각했다.

그와 함께 폐허로 돌아간다 해도, 만약 받아들여준다 해도 그 공간에 잘 적응할 수 있을 것 같지는 않았다.

언젠가 싫증이 날지도 모른다.

언젠가 그가 눈앞에서 사라지는 날도 올지 모른다.

이제 곧 알바를 제외한 모든 걸 잊을 거다. 그는 아직 그 사실을 모른다.

"할머니, 이건?"

정신을 차려보니 알바의 말을 알아들을 수 있을 정도로 가까운 곳까지 걸어와 있었다. 결국 어떻게 할지에 대한 답은 나오지 않았다.

둘이서 뭐라고 대화를 하고 있었는데 알바의 등에 가려져서 아무것도 안 보였다.

그때, 잠을 자는 것처럼 보였던 할머니가 천천히 눈을 떴다.

할머니는 아주 잠시 그의 등 뒤에 선 나를 보더니 의미심장한 미소를 지어 보였다. 나는 그 이유를 알 수가 없었다.

그리고 때마침 그가 이쪽으로 고개를 돌렸다.

"으와?!"

눈이 마주친 나를 보고 놀랐다.

"왜 여기 있는 거야…… 간 떨어질 뻔했네."

"멋대로 없어지니까 그렇죠."

그의 눈을 똑바로 보고 이야기할 수가 없다.

솔직히 말해서 이대로 눈앞에서 사라져버린다 해도 어쩔 수 없다고 생각하고 있었다.

이제 30분 정도 남았을까. 이젠 고민할 시간이 없다.

그런 생각을 하던 중 그가 난폭하게 무언가를 내게 들이밀었다.

"이거."

반사적으로 받은 그것을, 나는 넋이 나간 사람처럼 쳐다보았다.

"어두운 장소에서 빛이 나. 이곳의 특산품 같은 거야. 강한 꽃이래."

그의 말에 노점을 지키고 있던 할머니도 고개를 끄덕였다.

"소이주라는 꽃이지."

"맞아. 분명 그런 이름이었어."

엉겁결에 알바에게 처음으로 선물을 받았다.

그와 할머니의 대화를 들으며 내 손에 쥐어진 한 송이의 하얀 꽃을 쳐다보았다. 사랑스러운 꽃잎이 보석도 아닌데 반짝반짝 빛을 머금고 있었다.

"이걸 나한테……?"

알바는 코끝을 손가락으로 긁적이며 고개를 끄덕였다.

"너, 이상하게 걱정이 많잖아. 이건 뭐, 끝까지 돌봐주겠다는 의사 표시 같은 거야."

꽃을 선물하는 이유가 그거라니, 이해가 잘 안 됐다.

"꽃을 선물하다니, 역시 로맨티시스트였네요."

하지만 기쁘지 않을 리가 없다. 저절로 미소가 지어지고 말았다.

"시끄러워……."

알바의 얼굴이 갈수록 빨개졌다.

놀려 보기는 했지만 사실 너무 부끄러워서 그의 얼굴을 똑바로 쳐다볼 수가 없었다.

손에는 그에게 받은 꽃이 쥐어져 있다. 그에게 처음으로 받은 선물이다.

그 꽃을 머리 위로 들어서 보고만 있어도 행복한 기분이 들었다.

"고마워요. 평생 소중히 간직할게요."

"아니, 꽃은 시들잖아."

그는 수줍음을 얼버무리듯이 그렇게 말했다.

우리는 시장을 벗어나 조용한 길을 걷고 있다.

사람들이 내는 소음이 사라지자 우리 둘만 남았다.

"또 손, 잡아도 될까요?"

꽃잎을 코에 대고 향기를 즐기며 그에게 물었다.

"어? 싫어……."

무시하고 비어 있던 손으로 당연하다는 듯이 그의 손을 잡았다.

"그럴 거면 왜 물어봤어……."

나는 대답하지 않고 고개를 푹 숙인 채 손에서 전해지는 그의 체온에 의식을 집중했다.

원래의 생활로 돌아갈 그에 관해 생각했다.

"나는, 북쪽으로 갈게요."

그렇게 중얼거리며 손가락으로 그의 손바닥을 쓰다듬었다. 어제처럼 싫어하거나 하지는 않았다.

그는 얼마 동안 대답이 없었다. 낙담해서——자기중심적인 착각이 아니라면——할 말을 잃은 듯 보였다. 정말로 그런지 어떤지는 알 수 없다. 귀찮은 게 사라져서 안심하고 있을지도 모른다. 하지만 그래도 상관없다고 생각한다.

"또 이곳저곳을 여행하면서 여러 가지 것들을 보고 올게요."

그의 손을 꽉 움켜쥐었다.

그러자 그도 자연스럽게 마주잡아 주었다.

지금만은, 이 시간만은, 오늘의 내 것이라는 생각이 들었다.

"그러고 나면, 또 내 이야기를 들어줄래요?"

그 별하늘 아래에서 내가 경험했던 꿈같은 일에 관해 생각했다.

"응……."

그 한마디에 눈앞이 환해진 듯한 기분이 들었다.

지금까지 일기를 쓰는 행위에 의미 따위 없다고 생각하고 있었다. 그저 담담히, 기록을 하는 것 이상의 의미는 없었다.

하지만 언젠가 그에게 이야기할 것이라 생각하면, 일기를 적는 일은 분명 무의미하지 않을 거다. 설령 곁에 그가 없다 해도 그 사실만은 흔들리지 않을 거라는 생각이 들었다.

지금까지 깜깜했던 눈앞의 길이 환해진 듯한 기분이었다.

이런 기분을 느낄 날이 올 거라고는 생각도 못 했다.

손을 잡고 나란히 걷는 그에게 나는 미소를 지은 채 말했다.

"난 행복해요."

그는 어이가 없다는 얼굴이다. 하지만 그 얼굴은 역시나 약간 붉게 물들어 있었고,

"그래……?"

그는 곧이어 어색한 미소를 지어주었다.

나도 그 미소를 보고 따라서 웃고 말았다. 배실거리고 말았다.

그도 조금은 행복하다고 느껴주었으면 좋겠다.

"어머······."

그런 분위기에 젖어 있었던 탓일까. 바로 옆까지 누군가가 다가왔다는 사실을 알아채지 못했다.

자세히 보니 알바와 나란히 있던 내 바로 옆을, 다른 사람이 걷고 있었다. 나란히 선 그 사람은 나와 알바를 신기하다는 눈으로 쳐다보고 있었다. 어제 이루와 만났던 것과 비슷한 상황이었다.

그 사람은 몸매가 좋은 여자였다. 알바의 얼굴을 빤히 쳐다보는가 싶더니,

"손도 잡고 다니고, 사이가 좋나 보네."

흐뭇한 미소를 지은 채 그런 소리를 했다.

그 순간, 얼굴이 후끈해졌다. 부끄러워서 나는 순간적으로 알바의 뒤로 돌아들어 여성이 보지 못하게 숨었다. 그녀의 얼굴을 훔쳐보니, 아직도 나를 향해 붙임성 있는 미소를 보내고 있었다.

"어머, 미움을 샀나 보네. 미안하구나."

"이 녀석, 부끄러워서 그래요."

"무슨 소릴 하는 거예요······."

이루에 이어서 또 알바의 지인인 모양이다. 지금의 알바는 기억이 돌아와서 평범하게 지인을 인식하고 대화를 나누고 있었다.

의외로 발이 넓네, 라는 생각이 들어서 조금 샘이 났다. 아까 전에 봤던 할머니도 그렇고.

그의 옷자락을 꽈악 잡았다.

"그런데 그 애는 누구야? 또 여동생이랑 왔나 싶었는데."

"아니, 뭐, 여동생 같은 거긴 해요."

누가 여동생이라는 거야.

나랑 키 차이도 그렇게 안 나고, 애초에 얼굴도 안 닮았으면서.

하잘 것 없는 잡담을 나누는 알바를 곁눈질로 노려보다가 완전히 대화에 낄 타이밍을 놓쳤다는 사실을 깨달았다.

그의 손을 꼭 잡아 끌어당겼다.

"가요, 오빠."

그렇게 불러서 빈정거리며 알바를 그 자리에서 데리고 가려 했다.

"어라?"

조금 전처럼 여성의 목소리가 들렸다.

그녀는 놀란 표정으로 길 끝을 쳐다보고 있다.

이번엔 또 뭐람. 넌더리가 난다는 눈으로 나도 그녀가 보고 있는 방향으로 시선을 옮겼다.

길 한복판에 누군가가 서 있다. 그것은 피처럼 붉은 드레스를 입은 소녀였다.

소녀가 천천히 손을 들었다. 금색 머리카락이 흔들리고 시야에 새빨간 색이 퍼진다. 나는 순간적으로 앞으로 나가서 그 빨간색으로부터 그를 감쌌다.

어떻게 해서 그 자리를 벗어났는지는 기억이 안 난다.

복부에서 지독한 격통을 느꼈을 즈음에 한 번 의식이 날아갔기 때문이다.

분명 조금 전까지 그와 산책을 하고 있었는데, 정신을 차리고 보니 대낮에 그와 나란히 달리고 있었다. 좀 전까지의 기쁨은 어디론가 사라져 버린 지 오래다.

"으……."

그의 팔에 기대다시피 해서 간신히 걸음을 옮기고 있다.

입 안에서는 부조리하다는 생각이 저절로 들 정도로 끊임없이 피맛이 났다.

그렇게 몸을 혹사하며 달리고 또 달려서 다시 그 집으로 돌아왔다.

이루의 집 근처는 조용했다.

바로 옆에 있는 알바의 호흡 소리, 그리고 천이 스치는 소리까지 선명하게 들렸다.

"무슨 일이…… 있었던 거죠……?"

몽롱한 의식 속에서 간신히 말을 쥐어짜냈다.

"말하지 마."

알바의 목소리는 소름이 끼칠 정도로 진지했다. 하지만 귓가에 대고 말하는 바람에 가슴이 설레고 말았다. 왜 그렇게 서두르고 있는 것인지, 나는 아직도 잘 이해가 안 됐다.

알바는 숨을 헐떡이며 나를 부축한 채 어떻게든 집의 문을 밀어 열었다.

내 어깨를 끌어안은 그의 표정이 너무도 필사적이어서 조금 우스웠다.

"웃을 일이 아니야……."

엄청나게 무서운 얼굴로 노려보았다…….

그가 붙잡고 있는 반대쪽에 있는 팔이 축 늘어져 있다. 팔뚝에서 손가락을 타고 무언가가 뚝뚝 흐르고 있다는 사실을 알아챘다. 그 것은 바닥에 빨간 반점을 만들고 있었다.

그걸 보자 서서히 견디기 어려울 정도의 고통이 여기저기서 밀려들었다.

"엄청 아파요……."

어째서 지금까지 이렇게 아픈 걸 못 느꼈던 걸까.

배와 어깨죽지는 물론이고 등에서도 지독한 고통이 느껴진다는 걸 알아챘다.

이건 좀 위험하다 싶었다.

"알바 군, 다치지 않았어요……?"

"덕분에 거의 멀쩡해."

역시 그는 화가 나 있었다.

"넌 지금, 세 군데나 옷과 함께 몸이 꿰뚫렸어. 그러니까 말하지 마."

"헤에……."

"이해하지 못한 거지……?"

그가 알려줄 때까지 그가 무엇에 화가 났는지 바로 이해할 수가 없었다.

그 금발머리가 손을 든 순간, 반사적으로 그의 앞으로 나갔던 일이 떠올랐다.

하지만 그건 무슨 일이 일어날지 미리 알았기 때문이다.

이렇다 할 징조는 없었던 것 같다. 나를 알바의 여동생이라고 착 각했던 중년 여성은 길가에 가만히 서 있었다. 그저 그뿐이었는데 무참하게 고깃덩이가 되고 말았다. 사람의 형체를 잃었다.

가녀려 보이기만 했던 소녀가 느닷없이 그렇게 흉악한 짓을 저질 렀다. 나 말고는 아무도 움직이지 못했다.

마치 눈에 보이지 않는 긴 칼이라도 휘두른 듯이 사람의 몸이 잘 려 나갔다.

사람이 죽는 광경을 보았다. 몸통과 머리가 분리되어, 머리만 땅 바닥을 나뒹굴었다. 그 광경이 지금도 머릿속에 선명하게 새겨져 있다.

"어쨌든, 안으로 들어가자."

나는 넌더리가 나도록 잘 알고 있다.

매일 기억을 잃는 데다 금발 소녀의 얼굴도 기억에 없지만.

그 녀석은 나랑 같다. 설명할 수 없는 혐오감과 공포감에 등줄기 가 떨렸다. 분명 이건, 동족을 앞에 두었을 때의 반응일 거다.

"도망치세요……."

내가 호소했지만 그는 대답하지 않았다.

그 녀석은 대화가 통할 상대가 아니다. 사냥감을 간단히 포기할 만큼 자비롭지도 않다.

그의 부축을 받으며 현관을 지나 실내로 이동하며 나는 이 상황 을 벗어날 방법을 모색했다.

어째서 지금 이 타이밍인 걸까.

"이루 씨!"

알바가 현관에 서서 외쳤다. 그러자 안쪽에서 금방 이루가 나타 났다.

점심 준비를 하고 있었는지 그녀는 앞치마 차림이었다.

이루는 부상당한 나를 보고 심각한 표정으로 달려왔다.

두 사람이 나를 옮기는 동안에도 꿰뚫린 어깨에서 피가 뚝뚝 흘렀다. 둥그런 말뚝 같은 걸로 꿰뚫은 듯한 구멍이 뚫려 있다. 그를 위해 최선을 다해야 하는 상황인데, 이럴 때도 나는 아무것도 하지 못한다.

정상적인 판단력을 잃으려 하고 있다.

아까 보았던 소녀의 예쁜 미소가 지금도 뇌리를 떠나지 않는다. 누군가에게서 튄 피로 물들어가는 광경을 보았다. 눈에 띄는 사람을 닥치는 대로 베기 시작했다. 마치 잘 익은 채소라도 수확하듯이, 움직이는 것들을 규칙적으로 베고 있었다.

그 광경을 떠올리자 몸이 떨리고 숨이 막혀왔다. 긴장을 풀면 쓰러져 버릴 것만 같다.

그런 내 어깨를 그의 손이 끌어안았다.

불쌍하다는 생각이 들 정도로 벌벌 떨고 있었다.

마법도 제대로 다루지 못하는 평범한 남자애가, 신변의 위험 앞에서 벌벌 떨면서도 나를 걱정해 주고 있다는 것이 여실히 느껴졌다.

나는 어젯밤에 썼던 방에 있는 침대에 눕혀졌다.

"아까 봤던 녀석들, 알아?"

알바는 내 팔에 천을 두르며 물었다. 그 물음을 나는 묵살했다.

하지만 짚이는 구석은 있었다.

마녀——.

나는 기억이 이어지지 않기에, 여행에 위협이 될 만한 것을 더더욱 주의할 필요가 있었다. 일기에는 그러한 위협들에 관한 내용이 어느 정도 적혀 있었다.

마녀도 그중 하나였다. 겉모습은 어리고 가녀린 소녀의 모습이지만 그 실체는 재해, 재앙과 견줄 정도로 사람들이 두려워하고 꺼림칙해 하는 존재였다.

마녀를 보면 불행해 진다느니, 마녀와 접촉하면 살아서 돌아올 수 없다느니, 그런 소문이 돌 만큼 그녀들은 사람들에게 성가신 존재로 알려져 있다.

그녀들은 예외 없이 강력한 마법을 행사할 수 있다. 그리고 죽여도 죽지 않는다.

과거 현자로서 이름을 날렸던 인간이 저주를 받아 변모한 괴물. 그것이 마녀였다.

나도 마찬가지였다.

그리고 그에게 그렇게 인식되는 것은 너무도 견디기 어려운 일이었다.

그래서 말할 수 없는 것이다.

그 마녀의 목적은 무엇일까 생각했다.

내가 그녀들에 관해서는 일기에 적힌 내용밖에 모르듯이, 그녀들 역시 나를 기억하지 못한다. 잊혔을 거다. 그러니 나를 노리고 있는 게 아니다.

"……"

어째서 일이 이렇게 된 것일까.

응급처치를 받으며 후회했다. 나는 필사적인 얼굴로 피투성이가 된 내 어깨를 천으로 누르고 있는 그를 보았다. 그는 그저 묵묵하게 손을 움직이고 있었다.

"그냥 스친 거니까…… 도망치세요."

"웃기지 마."

많이 까칠해졌네……. 조금 전까지 달려온 탓에 그는 당장에라도 숨이 끊길 것처럼 헉헉거리고 있었다.

"웃을 때가 아니라니까."

웃을 수밖에 없었다. 앞으로 펼쳐질 절망적인 전개를 생각하면 웃음밖에 안 나오니까.

하룻밤을 함께 보낸 방에서 피투성이가 된 그의 모습을 보게 되리라고는 생각도 못했다.

"자, 어떻게 할까……."

응급처치를 마친 알바는 이마에 배어난 땀을 손으로 훔치며 말했다.

"어떻게 하다니요?"

나라고 뾰족한 수가 생각날 리가 없었다.

그 살인마가 이곳에 오는 건 시간문제라는 것을 그와 나, 모두가 알았기 때문이다.

"어떻게 하면 둘이서 무사히 여기서 빠져나갈 수 있을 것 같아?"

"두고 도망쳐야죠."

알바는 넌더리가 난다는 듯이 한숨을 내쉬었다.

"너한테 물어본 내가 바보지."

그런 식으로 말할 건 없지 않은가.

"살아서 돌아가지 않으면, 당신의 스승님한테 죽을걸요?"

그의 눈썹이 약간 치켜 올라갔다.

저녁놀 아래서 밭일을 하다가 쉬던 중에 나와 그의 대화를 가로막고 멀리서 손을 흔들던 여자애의 모습이 뇌리를 스쳤다.

"어쩌려고 그래요……."

나는 점점 참을 수가 없어졌다. 어느샌가 목소리에 울음이 섞여 있었다.

"어떻게든 할게."

뭘 어떻게든 하겠다는 걸까.

"아무것도 못 하면서……."

"헤에~ 그런 식으로 말한다 이거지?"

그는 그렇게 말하며 천을 두른 내 어깨를 손가락으로 눌렀다.

"아파요……."

"입 다물고 잘 들어. 이렇게 다친 사람은 짐만 돼. 그건 알지?"

"당신을 감싸다 다친 건데요."

"시끄러워."

그가 차갑게 대꾸했다. 그러자 나는 반박할 수가 없었다.

"같이 있으면 둘 다 죽어. 목숨 걸고 너를 지켜낸다 해도, 그러고 나서는 책임질 수가 없고. 개죽음만 당할 거야."

그래서 어떻게 하겠다는 걸까.

"당신이 죽는 건 싫어요……."

대들 듯이 알바를 노려보자 그도 나를 노려보았다.

"그러니까 너는 여기 얌전히 있어. 숨을 죽이고 숨는 거야. 나는 녀석들의 주의를 끌면서 숲으로 도망칠게. 그리고 뿌리치는 데 성공하면 때를 봐서 이곳으로 돌아올게. 어때, 좋은 작전이지?"

이런 상황에서도 그는 헤실헤실 웃고 있었다.

"당신이 이렇게 머리가 나쁠 줄은 몰랐어요……."

"난 진지하게 한 말이라고. 같이 싸우자고? 그렇게 다친 몸으로? 무리잖아! 그럴 바에는 당연히 조금이라도 살 가능성이 높은 방법을 택해야지."

큰소리로 말하는 바람에 머리가 웅웅 울렸다. 나로서는 납득할수 없는 제안이었다.

"그러니까, 여기 있어."

하지만 그는 다시 힘주어 말한 후, 일어나려 하는 내 몸을 침구위로 쓰러뜨렸다.

순간적으로 그의 팔을 잡았다. 하지만——

"절대로 나오지 마. 나오면 용서 안 해."

내 손을 뿌리치고 말았다.

그는 아직 불안한 발걸음으로 방 밖으로 나갔다.

잡고 있던 손이, 어딘가로 가버린다. 만류하고자 손을 뻗어도 그는 일그러진 시야 끝으로 사라지고 말았다.

없어지고 말았다.

쫓아가야 한다는 생각과 좀 전에 그가 한 말이 머리를 스쳤다.

그가 나를 위해 몸을 던지는 건, 매우 기쁜 일이다. 하지만 자꾸만 최악의 결말이 머릿속에 떠올랐다.

쿵쾅대는 가슴은 가라앉을 낌새가 없었다. 심장소리가 놀랄 만큼 선명하게 들렸다.

상처가 벌어져 피가 뿜어져 나올 것만 같다.

무리해서 몸을 움직이면 죽음이 앞당겨지리라는 것은 알았다.

죽음은 끝이 아니지만 다음에 정신을 차렸을 때, 머리가 텅 빈 내가 이 상황을 어떻게 할 수 있을 거란 생각은 들지 않았다.

하다못해 조금이라도 움직일 수 있게 될 때까지 얌전히 있을 수밖에 없다.

"우으…… 멍청이……."

움직이는 팔로 얼굴을 가렸다. 흐르는 눈물을 훔치기 위해서.

원래대로라면 당연히 나와 그는 역할을 바꿔야만 했다.

만약 내가 실수로 죽더라도 나는 다시 그만을 기억하는 상태로 부활할 수 있다.

하지만 한편으로는 너무도 잘 알고 있었다. 그가 여기서 얌전히 숨는 역할을 충실히 지킬 리가 없다는 사실을.

문득 떠오른 광경에서 그의 몸이, 사람의 형체를 한 것이 부자연스럽게 무너졌다. 나선처럼 흩날리는 선혈과 금발 소녀의 미소가 보였다.

내가 목숨 걸고 몸을 던져도 그를 지킬 수 없다.

나와 그가 죽어도 나만 되살아나고 만다.

그렇다면 그가 내놓은 것은 최선의 제안이다. 얄궂게도 최선의 제안인 것이다.

그러니 이곳에서 숨을 죽인 채, 그가 지정해준 역할을 충실히 수행할 수밖에 없다.

곁에 있었던 그의 온기가 사라지자 불안감이 솟아났다.

나는 눈을 감고, 귀를 막고, 체력이 돌아오기를 기다렸다.

세계가 새하얘졌다. 그 광경은 기억을 잃는 순간과 비슷했다.

내 곁에 있던 작고 귀여운 아기 고양이가.

백색에 삼켜져 비명도 지르지 못하고 사라졌다.

갑자기 땅이 사라지고 내 몸은 물에 빠진 듯 허공에 떠올랐다.

의식이 산산이 흩어지고 있다.

바다 속에서 분해되어, 녹아가는 것만 같았다.

나 자신도 아기 고양이처럼 사라질 것이라는 예감이 들었다.

문득 땅에 서 있는 나와 똑 닮은 소녀가, 사라져가는 나를 멍하니 바라보고 있었다.

아기 고양이는 하루 동안 쌓아올렸던 나의 추억일까.

사라져가는 나는 오늘의 나.

나를 바라보는 나는, 내일의 나.

머리 위에는 둘이서 보았던 별하늘이 펼쳐져 있다.

우주를 맴도는 별들이, 눈 깜짝할 새에 지나쳐 갔다.

그런 꿈을 꾸었다.

빛이 부풀어 오르자 나는 눈이 부셔 아무것도 볼 수가 없었다.

꽤 오랫동안 가만히 있었던 것 같다. 실제로는 몇 분 정도였을지도 모른다.

조금 전에 그런 무서운 일이 있었다는 게 믿기지 않을 정도로, 주변은 놀랄 만큼 고요했다.

다행히 출혈은 멈춘 듯했다.

문득 생각했다. 내가 사라질 때까지 얼마나 남았더라.

가벼운 귀울림 현상이 일어나기 시작했을 때, 가장 중요한 것이 떠올랐다.

"알바……."

그의 이름을 입에 담자, 망가져 있던 판단력이 조금 돌아왔다. 몸 안을 기어 다니는 불쾌한 느낌을 무시하고 나는 천천히 일어났다.

"___."

몸 곳곳에서 느껴지는 고통을 견디며 계단을 내려갔다.

이성을 어지럽히는 악의가 감돌고 있는 것 같았다.

부엌으로 고개를 내밀자 산산조각난 식기와 테이블이 바닥에 널려 있었다.

구석에는 눈에 익은 소년이 쓰러져 있다.

나는 줄에 매달린 인형처럼 휘청거리며 그에게 다가갔다.

그의 몸은 가까이 가서 확인하기가 망설여질 정도로 새빨간 액체 위에 널브러져 있었다.

옆에 무릎을 꿇자, 헛구역질이 날 정도의 피냄새가 풍겼다.

알바가 시야 끝에 쓰러져 있는 모습을 보고 있자, 공허함이 나를 사로잡았다. 누가 그를 이렇게 만들었는지를 생각했다.

하지만 그건 아마도 나 자신일 거다.

내가 그를 이런 상황까지 몰아세운 거다.

이를 악 물고서 내 가슴을 손으로 억눌렀다.

목구멍 안에서 솟아나는 짜증스러운 구역질을 참으며, 어떻게든 평정심을 유지하려 애썼다.

그러고서야 나는 쓰러져 있는 그의 곁에 도달할 수 있었다.

그의 몸으로 손을 뻗었다.

아직 따뜻했다. 꼼짝도 않게 된 그의 몸에 손을 대어보니, 얕은 숨을 쉬고 있다는 것을 알 수 있었다.

살아있다.

기쁜 일인데도 어째서인지 그 사실을 선뜻 받아들일 수 없었다.

마녀와 조우했는데 얌전히 놓아줬을 리가 없다. 바닥에 퍼진 핏자국이 그의 도주과정이 얼마나 처참했는지를 말해주었다.

뭐든 긍정적인 생각을 해보려 했지만, 무리였다. 적어도 그를 구한 것은 내가 아니었다.

그의 어깨에 손을 대자, 그가 신음하며 천천히 눈을 떴다.

"샤스타……?"

그는 또 신비로운 미소를 지어 보였다.

"너무하더라, 그 자식들……. 이루 씨를 데리고 가버렸어……."

힘겹게 숨을 내쉬면서도 어째서인지 그는 매우 만족스러운 듯한 얼굴로 중얼거렸다.

이루—— 이 집의 주인이었던가? 이제는 그다지 관심도 없었다.

"말하지 마세요."

죽지는 않았지만 안색이 안 좋았다.

"그나저나 굉장한 걸…… 샤스타. 너, 마법을 쓸 수 있었구나."

그가 속삭인 말의 의미를, 금방은 이해할 수가 없었다.

"분명, 심장을 관통당했었어. 괴로워서, 죽겠구나 싶었는데, 금방 편해졌어."

그는 힘을 쥐어짜내듯 오른손을 들더니 내 뺨을 손가락으로 살짝 쓰다듬었다.

"고통이 사라져서, 죽었나 싶었는데 살아남았어. 우리가 이긴 거라고."

그는 기쁜 듯이 웃었다.

이기고 지는 게 중요한가? 그런 생각을 하면서 나도 미소로 답했다.

"네가 구해준 거지……?"

"……"

모르겠다.

나는 아무것도 안 했다. 조금 전까지 정신을 잃고 있어서, 중요할 때 아무것도 하지 못했다.

심장을 관통당했다면, 그는 숨을 거두었어야 한다. 그가 헛소리를 하는 걸까, 아니면 무슨 기적이라도 일어난 걸까.

"아니야?"

"——."

미소를 지어 보이며, 그날 밤에 전설의 마도구 이야기를 할 때처럼 적당히 둘러댈 걸 그랬다. 그가 납득할 만한 설명은 금방 머릿속에서 끼워맞춰졌다. 그런 이야기를 창작하는 데는 자신이 있었으니까. 그의 마음을 울릴 만한 이야기를 지어낼 수도 있었을 거다.

하지만——

"아마 당신의 스승님일 거예요……"

그를 구한 것은 내가 아니다. 나는 그저, 그를 빼앗아 도망쳤을 뿐이다.

그에게는 소중히 여기는 소녀가 있다.

그와 그 사람이 특별한 관계라는 걸 알면서도 내 욕심을 채우기 위해 갈라놓았다. 그녀를 원래 있던 자리에서 밀어낸 것이다.

폐허에서 그와 말을 나누던 소녀에 관한 기억이 머릿속에 떠올랐다.

천천히 가방에서 일기장을 꺼냈다.

백발 소녀. 일기에 남겨진 내용을 통해 여자애의 모습을 흐릿하게나마 상상할 수 있었다. 얼굴은 하얀 안개가 깔린 듯이 기억나지 않지만, 알바는 그녀에게 미소를 보내고 있었다.

만약 그를 구할 수 있는 사람이 있다면 내가 아니라 그녀뿐일 거다.

그 사실이 너무나도 잘 이해되었다.

"죄송⋯⋯해요⋯⋯."

일기장에 물방울이 떨어진다.

"당신을 행복하게 해 줄 수 있을 줄 알았어요⋯⋯."

"⋯⋯."

일기를 끌어안고 중얼거렸다. 두꺼운 그 책이, 너무도 무겁게 느껴졌다.

"그 사람이 할 수 있다면, 나도 당신을 미소 짓게 할 수 있을 거라 생각했어요⋯⋯. 당신이 바라는 바깥세상을 보여줄 수 있으니 더 쉬울 거라고요⋯⋯."

"그 이야기는 어젯밤에 끝났잖아."

주머니에 숨겨두었던 그것을 꺼냈다. 그것은 크기가 엄지손가락 정도 되는 작은 돌이었다.

내게 아무 도움도 안 되는 그 안에는, 어제까지 그가 소중히 간직해온 기억이 담겨 있었다.

푸른빛으로 바닥에 쓰러진 그의 몸을 비추었다.

"하지만 계속, 잘못 생각했던 것 같아요."

애초에 내가 끼어들지 않았다면 그가 위험한 일을 당할 일도 없었다. 그 폐허에서 평온하게 살 수 있었을 거다. 그런데 나는──

"인연이 사라지는 게 얼마나 괴로운 일인지 알았으면서……."

불과 하루 만에 그게 사라져버리는 것이 밤새 울 정도로 괴로운 일이라는 걸 알았으면서.

"당신과, 당신의 소중한 사람의 사이를 갈라놓으면서까지…… 이런 곳으로 데려와 버렸어요……."

돌을 쥔 손을, 그의 손에 포개었다. 차가워진 그의 손은 약하게 떨리고 있었다.

"샤스타……?"

사람과 사람의 관계는 소중한 것이다.

이전의 나는 그걸 귀찮은 것이라 생각했다.

그래서 그런 잔인한 짓을 할 수 있었던 거다.

"나는, 당신과 함께 있어서는 안 되는 거였어요……."

"같이 돌아가지 않을 거야?"

그의 눈동자는 불안하게 떨리고 있었다.

"걱정할 것 없어요. 전부 원래대로 될 거예요. 당신은 다정한 사람이니까, 나 같은 거라도 없어지면 찾으러 올 것 아니에요? 그러니까 전부 원래대로 되돌릴 거예요."

"……"

그가 내 얼굴을 지그시 쳐다보고 있다. 그 모습이 일렁거려서, 무언가가 끊임없이 흐르고 있다는 사실을 알아챘다.

뺨을 타고 흘러내리는 그것으로 그가 손을 뻗었다.

순간적으로 몸을 물렸다.

그의 손길로 결심이 무뎌질까 무서웠다.

"그래……."

그가 슬픈 목소리로 말했다.

그 말만으로 내가 무얼 하려는 것인지 알아챈 걸지도 모른다.

눈물이 멈추질 않는다. 가슴이 미어질 것 같다.

하지만 이미, 해야 할 일은 정해져 있었다.

돌을 그의 이마에 가져다 댔다. 푸른빛이 그의 온몸에 퍼지더니 빨려 들어갔다.

해야 할 일이 둘 있었다.

알바가 내게 쓸데없는 잡념을 품지 않도록 그에게서 나에 대한 기억을 제거하는 것.

그에게 폐를 끼치지 않도록 내게서 그의 기억을 제거하는 것.

기억을 관장하는 현자에게는 식은 죽 먹기다.

하지만 사라진 기억은, 그가 원래 가지고 있던 기억으로 보충된다……. 나에 대한 기억이 다른 누군가의 것으로 교체된다고 생각하니 조금 마음이 술렁거렸다.

"그러고 보니, 정말로 아직 아침을 안 먹었네……."

고개를 숙인 채 낸 목소리는 기어들 듯 작아져 있었다.

"내가 만들게."

그것이 내가 들은 그의 마지막 말이었다.

"듣기만 해도, 기쁘네요."

대답은 없었다.

그의 눈꺼풀이 천천히 닫히고 있었다.

머지않아 고른 숨소리가 나기 시작했다.

그가 가진 나에 관한 기억은 바다 속으로 가라앉듯 사라져 버릴 것이다.

그리고 두 번 다시는 떠오르지 않을 거다.

나와 함께 시간을 보내고, 함께 웃어주었던 그는 기억과 함께 머나먼 어딘가로 사라져 버릴 거다.

그건 분명 나도 마찬가지일 것이다.

내 가슴에 돌을 가져다 대고서 마력을 실었다.

기억은 눈에 보이지 않는 작은 입자로 되어 있다.

쩌적 소리가 나더니, 돌이 바닥을 나뒹굴었다.

그것은 산산이 부서지고 타올라 재가 되더니, 허공에 녹아들었다.

사라져 버렸다.

소실된 기억은, 인격은 어디로 가는 걸까 생각했다.

이 세계가 아닌 머나먼 곳일까, 아니면 무(無)로 돌아갈 뿐일까.

없었던 게 되는 건 괴로웠다.

하지만 분명 괜찮을 거다.

왜냐하면 분명 앞으로 찾아올 나날은, 타성적인 삶이 아니라 무언가를 쌓아올리는 시간이 되리라는 것을 알기 때문이다.

조금은 긍정적으로 바뀔 수 있을 거다.

두꺼운 일기장과 아주 조금 남은 감정이 있다면.

그런 나날이 시작될 거다.

분명——.

102년, 25일.

어떤 소년을 만났습니다.

그 소년에 관해서는 일기에 적지 않아도 유일하게 기억에 남길 수 있습니다.

하지만 그게 누구인지는 적지 않도록 하겠습니다.

너무 깊이 생각하지 말아요.

아무튼 그와는 여러 가지 일들이 있었습니다.

함께 별하늘을 보고, 손을 잡고, 한 침대에서 잔 적도 있습니다.

그와 별을 보았을 때는 마음이 매우 평온했습니다.

웃음이 가시질 않았습니다.

같이 잤을 때는 긴장해서 잠들지 못했습니다.

그리고 그는 내게, 이 일기가 무의미하지 않다는 걸 가르쳐 주었습니다.

하루를 소중히 여기는 것에 의미가 있음을 가르쳐 주었습니다.

하지만 받기만 했습니다.

감사의 뜻을 전하지 못한 것이 조금 아쉽습니다.

문득 괴롭다는 생각이 들더라도 앞을 바라보며 사세요.

이 세계에는 우리를 구해줄 사람이 어딘가에 있을 테니까요.

그러니 희망을 버리지 마세요.

그는 기억하지 못할 테고, 당신도 기억하지 못하겠지만,

그래도 분명 마음은 남을 테니까요.

그 사실을 똑똑히 기억해두세요.

추신. 어쩌면 그런 날은 오지 않을지 모르지만.

만약 그와 다시 만나면, 부디 대신 감사의 뜻을 전해 주세요.

차가운 바람이 불었다.

그곳은 울창한 숲속이었다.

주변에 빛은 없고, 깜깜해서 아무것도 안 보였다.

조용하고, 근처에서 사람의 기척도 느껴지지 않는, 낯선 장소에 혼자 있다는 것은 알겠다.

내 이름도, 나고 자란 과정도 기억나지 않는다.

놀랍고, 어떻게 해야 할지에 관한 답도 찾지 못했지만, 하고 싶은 일 하나가 머릿속에 떠올랐다.

그것을 찾아 하늘을 올려다보았다.

다행히 그 빛의 알갱이는 머리 위를 장식하듯 넓게 퍼져 있었다.

그 빛을 보고 있으니, 아무리 큰 곤경에 처해도 마음의 평화를 유지할 수 있을 것 같았다.

하늘을 올려다본다.

"별이 예뻐요……."

반짝이는 별을 바라보기만 해도, 자연스럽게 미소가 지어졌다.

"오래 기다렸죠?"

벤치에 앉아 있던 알바에게 말을 걸었다.

일기장에서 고개를 든 그는 나를 보고 깜짝 놀랐다.

아무래도 정신없이 읽고 있었던 모양이다.

"갑자기 말 걸지 마⋯⋯."

산에서 내려와 도시로 돌아온 우리는 남은 시간을 광장에서 보내고 있었다. 뭐, 내가 가볍게 노점을 둘러보는 동안 그를 혼자 기다리게 내버려둔 것뿐이지만.

"그러면 레스토랑으로 돌아갈까요. 선배한테 가야죠."

"어어, 뭐⋯⋯ 그런데⋯⋯."

어째 태도가 애매하다.

그는 곧 매우 소중한 사람과 오랜만에 재회하게 될 것이라고 들었다.

그렇다면 좀 더 빠릿빠릿하게 구는 게 좋을 거다.

"저기 이거, 정말 받아도 되는 거야?"

알바는 품에 끼고 있던 책을 내려다보며 말했다.

"처음부터 드릴 생각이었어요. 순순히 받아주세요."

그는 아직도 복잡한 표정이었다.

"당신한테는 고마운 마음밖에 없거든요."

이전보다 긍정적인 마음을 갖게 되었다.

이전이라는 게 언제를 말하는 건지, 하루면 기억을 잃는 나로서는 알 방도가 없지만.

그래도 지금, 나는 진심 어린 미소를 지으며 살 수 있다.

그럴 수 있는 건 그의 덕분이라고 일기가 알려주었다——.

"고맙습니다."

그래서 깊숙이 고개를 숙였다. 그는 의아하다는 듯이 고개를 갸웃했다.

"뭔가 일기 끝에 그런 내용이 적혀 있긴 했지……. 전혀 기억은 안 나지만."

"사실 나도 그래요."

씨익 웃으며 말하자, 그는 눈을 가늘게 뜨고서 나를 노려보았다.

"하지만 지금 이렇게 즐겁게 살고 있는 건 당신 덕분이라고 하니, 고맙다고 해야죠."

"잘 이해가 안 되지만……."

그는 코끝을 손가락으로 긁적이며,

"뭐, 천만에."

쑥스러운 듯이 그렇게 말했다.

뭔가 굉장히 그리운 광경을 본 것 같아서 기뻐졌다.

"네!"

답을 하는 목소리에도 무의식중에 평소보다 더 힘이 들어갔다.

'미치노' 근처로 돌아왔을 즈음에는 주변이 제법 어둑어둑해져 있었다.

가게가 가까워질수록 그는 말수가 줄어들었다. 아무래도 긴장한 모양이다.

"자, 가요. 너무 느긋하게 있다가는 선배가 집에 가니까요!"

구부정한 그의 등을 두드리고서 나는 앞에 보이는 길을 달려 나갔다.

"야." 하고 화가 난 목소리로 외치며 그가 따라왔다.

일기에 따르면 나와 그는 이전에 손잡고 걸은 적이 있다고 한다.

그때의 나는 시종일관 실실 웃고 있었다는 모양이다.

1년 정도 전에 있었던 일이다.

지금의 그는 짜증이 난 듯한 얼굴로 한 걸음 떨어져서 내 뒤를 따라오고 있다.

멈춰서 몸을 돌렸다.

그와 눈이 마주치자, 어째서인지 그의 손을 잡고 함께 달려 나가고 싶어졌다.

손을 잡자 그는 약간 이상하다는 표정을 지었다.

그리워하는 듯, 무언가가 떠올라서 놀란 듯, 그런 표정이었다.

가없은 당신은 홀로 여행을 떠나라.

누구의 기억에도 남지 않는 것은
당신이 시시한 존재이기 때문이다.
기억을 남길 수 없는 것은
당신이 가없은 　　　　 때문이다.

그 어떤 슬픔도 　　　　 상관없는 일이다.
이제 당신은 이 　　　　 지
못하겠지만.

망각의 마녀
샤스타 데이지
Shasta Daisy

지력	C-	그녀의 여행에 싸울 수단은 필요 없었다.	마력량	S+	총량 : 77777 / 회복 속도 : 빠름
강인	C	마법을 거의 다 잊어서 강인함을 키울 방법이 없다.	특수	B	기억을 조작하는 마도구만 지녔다.
민첩	D	민첩성을 키울 방법은 없다.	저주	B	모두가 잊지만, 일기를 통해 유리해질 때가 있다. 본인이 행복한지는 둘째 치고.
완력	C+	100년 넘게 여행하며 키웠다.			
심력	B	더없이 절망적인 상황에서 제정신을 유지할 정신력은 있을 것이다.	체내법진		무엇을 보유했는지 본인도 모른다.

제4장

흉몽 비더젠 (후편)

그것은 예를 들자면 친구를 죽음으로 이끈 용의자와 깊이 관계하게 된 남자가 최종적으로 용의자를 죽이고 복수를 완수했을 때의 떨떠름함에 가까울까?

조금 다른 것 같다…….

왜냐하면 샤스타에게는 악의가 없었다.

그러니 아이비와는 다르다고 봐야 할 것이다…….

산에서 샤스타와 대화를 마친 나는 레스토랑 '미치노'로 돌아왔다.

가게 안으로 안내받았을 때, 이미 바쁜 저녁 식사 시간이 지나서인지 손님은 얼마 없었고 자리도 여유가 있었다.

"긴장했어요?"

"그럭저럭."

옆에 선 소녀는 의자에 앉은 채 굳은 나를 놀리듯이 말했다.

샤스타는 리나리아와 같은 불로불사의 마녀이고, 과거에 나와도 면식이 있었다는 모양이다.

어정쩡한 표현을 사용한 건, 그녀와 나는 과거에 이런저런 일이 있었다고 하는데 나는 당시 일을 전혀 기억하지 못하기 때문이다. 그리고 그녀도 잊어버렸다는 모양이다. 대체 뭐가 어떻게 된 건가 싶어서 혼란스러웠지만, 어쨌든 나와 그녀의 관계를 증명할 것은 한 권의 일기 내용뿐이었다.

돌이켜 보면 100년 전—— 나는 리나리아, 그리고 루피라는 여자애와 셋이서 그 폐허에서 살고 있었다.

루피는, 아담한 몸집에 사랑스러운 얼굴을 가졌던 그녀는……
알게 된 순간부터 내게 햇살 같은 미소를 던져주었다. 나를 위해
울고, 화를 내기도 하는 애였다. 그런 루피를 생각하기만 해도 가
슴이 답답해져서 다른 생각을 전혀 할 수 없었던 시기가 있었다.

나는 그녀의 기억을 꽁꽁 가둬두려고 애썼다. 그녀를 잃었다는
사실을, 떠올리지 않으려 해왔다. 다시 생각해 보니 그런 식으로
루피와의 추억을 외면하는 행위야말로 그녀를 업신여기는 짓이었
을지도 모르겠다.

샤스타와의 대화로 루피의 기억이 떠올라, 그 사실을 알아챘다.

둘이서 숲을 산책했던 것은 기억한다. 거기서 부자연스럽게 기억
이 끊겼고, 정신이 들어보니 둘이서 로우프라는 마을로 이동해 있
었다. 그 과정이 기억에서 쏙 빠진 이유를 여태까지 몰랐다.

다시금 샤스타를 쳐다보았다.

그녀는 나와 눈이 마주치자 작은 새처럼 고개를 갸웃했다.

"왜 그러세요?"

일기에 적힌 것이 사실이라도 내게는 오늘 처음 만난 사람에 불
과한 데다, 그녀에게 나는 생명의 은인이다. 그 은혜를 갚기 위해
리나리아와 만날 자리까지 만들어 주었다.

"아니, 고마워."

그거면 충분할지도 모르겠다.

"응? 고맙다는 말은 일이 잘 풀리면 해주세요. 여기서부터는 당
신의 노력에 달렸으니까요."

샤스타의 대담한 웃음소리가 귀에 들렸다.

그래. 마음을 다잡아야지.

"그럼, 힘내세요."

귓가에 대고 속삭이는 바람에 깜짝 놀랐다.

고개를 돌리자 샤스타는 당당하게 등을 보이고 떠나가고 있었다.

"뭐야……."

이런저런 기억이 떠올라서 이쪽은 심란해 죽겠는데…….

의자에 기대앉아서 한숨을 내쉬었다.

이제 곧 그녀가 이곳으로 올 거다. 어쩌면 귀찮아할지도 모른다.

하지만—— 샤스타는 재회한 것만으로도 행복했다고 말해 주었다.

그런 마음이 리나리아에게 조금이라도 있다면, 확인하고 그에 응해야만 할 것이다.

리나리아를 생각하며 그녀가 오기를 기다렸다.

가게로 안내를 받고서 30분 정도가 지났다.

샤스타가 내준 커피잔도 텅 빈 지 오래다.

조금 전까지 저녁놀에 물들어 있던 창밖의 세상도 어둠에 삼켜지려 하고 있다. 성급한 인공 등불이 이미 가게 앞에 자리한 정원을 비추고 있었다. 그 정원에서는 몇 시간 전에 보았던 검은 고양이들이 배를 드러내고 뒹굴고 있다. 이 가게에서 키우는 고양이일까.

이런저런 것들을 둘러보며 시간이 지나기를 기다렸다.

가게 안쪽에서 소리가 나기에 그쪽으로 시선을 돌리자, 마침 평상복으로 갈아입은 그녀가 나타난 참이었다.

상당히 갑작스러웠던지라 완전히 긴장이 풀려 있었다.

나는 그 즉시 허리를 반듯하게 폈다.

나를 발견한 그녀는 화들짝 놀란 표정을 짓더니, 마치 존재를 의심하듯 눈을 가늘게 뜨고서 의아해했다. 그것도 잠시뿐, 화가 난 것도 같고 우는 것도 같은 표정을 짓더니 종종걸음으로 내게 다가왔다.

긴장감으로 단숨에 몸이 굳어졌다. 재회해서 기쁠 텐데 목구멍에 돌이라도 걸린 것처럼 숨이 턱 막혀왔다.

그녀가 내게 눈짓하더니 정면에 있는 자리에 앉았다.

"안녕하세요……."

믿기지 않게도 이렇게 말한 것은 나였다.

마음속으로 '끄아아아' 하고 외쳤다.

재회하면 건넬 말도, 재치 있는 농담도 그럭저럭 생각해뒀는데 도무지 말이 나오질 않았다.

'안녕하세요'가 뭐야. 100년 만의 재회잖아.

다리가 떨리는 게 멈추질 않는다. 시답잖은 말만 떠오른다.

조금 전까지 리나리아에 관해 생각하고 있었던 탓인지 맞은편에 있는 그녀의 얼굴도 아직 제대로 쳐다볼 수가 없었다.

문득 검은 머리 여자애의 얼굴이 떠올라서 매우 꺼림칙한 기분이 들었다.

"오, 오랜만이야."

그녀의 목소리를, 들었다. 그제야 비로소 나는 그녀의 얼굴을 정면으로 보았다.

저쪽도 비슷한 심정이었는지 어색하게 웃고 있었다.

"자, 잘 지냈어?"

리나리아는 긴장한 투로 말하기 시작했다.

"그럭저럭요."

'그럭저럭요' 라니. 말을 왜 그렇게밖에 못해.

"그렇구나, 다행이야……."

대화를 전부 리나리아가 주도하고 있다. 불러낸 내가 이것저것 말을 해야 하는데, 한심할 따름이다…….

"지금까지 어디 있었어?"

자, 예상했던 질문을 그녀가 던졌다. 예상은 했지만 어떻게 대답할지는 끝까지 떠오르지 않았다.

지금까지 어디서 무얼 했는가.

다시 말해 그녀를 1년이나 방치했던 근본적인 이유를 묻는 거다.

하지만 어떻게 변명하고 그녀에게 사과하면 좋을까.

'다른 여자한테 가 있었다' 고 멍청하고도 솔직하게 이야기한들 그녀의 반감을 살 뿐이다. 자세하게 설명할 수도 없고, 그 여자도 이미 만날 수 없는 장소에 있다.

'산에 틀어박혀 수행했어요' 라고 한들, 그녀와 헤어졌을 때의 상황과 맞아떨어지지 않을 것 같다.

대답에 따라서는 어설픈 거짓말이 순식간에 들킬 게 뻔하다. 그렇게 되면 분명 그녀는 내 앞에서 떠나버릴 거다. 지금의 그녀는 평범한 사람의 생활에 적응해서, 앞으로 나아가려 하고 있다. 예전처럼 내가 필요할 것 같지도 않았다.

『다시, 만날 수 있겠지……?』

1년 전, 리나리아는 떠나가는 내게 마지막으로 그런 말을 했었다. 그때 나는 대답조차 하지 않았다.

당시의 일을 생각하면 지금도 후회와 죄책감에 시달렸다.

눈물을 흘리며 그렇게 호소하는 그녀를, 나는 무시했던 것이다.

정신이 들어보니 나는 입을 다물고 있었다. 지금 어디까지 이야기했더라? 아무 생각도 나지 않았다.

가게 안에서 식기와 스푼이 부딪히는 소리가 들렸다. 조리장 쪽이 소란스럽다.

그녀는, 리나리아는 조금 전과 완전히 같은 표정을 한 채 나를 쳐다보고 있었다.

나는 고개를 숙인 채 울고 싶어졌다.

"억지로 말하지 않아도 돼."

리나리아가 다정하게 말했다.

"난, 네가 이렇게 돌아와 준 것만으로도 기쁘니까."

그러고는 내게 미소를 지어주었다. 예쁘게 생긴 눈에 미소가 걸린 것이, 진심으로 기뻐 보였다.

"기쁘다고요?"

혼란스러운 머리로 그녀에게 물었다.

"당연하지. 생각했던 것보다 빨리 만나서 놀라기도 했지만."

쭈뼛거리며 이야기하는 그녀의 몸짓부터 모든 것이 당시 그대로라는 것을 알아챘다.

그녀는 아마도, 겉모습뿐 아니라 아무것도 그 당시와 달라지지 않았을 거다.

적어도 똑바로 나를 바라보는 눈은 변하지 않았다.

마지막으로 둘이서 잔해 위에 서 있었을 때도, 그녀는 나를 향해 미소 짓고 있었다.

무서운 마녀와 대치하고, 궁지에 몰리고, 죽음을 각오한 그 순간, 그녀는 자신이 고통에서 해방될 수도 있었건만 내가 슬퍼할 것을 한탄하여 내게 살해당하는 것을 거부했다.

그리고 이렇게 고독해지는 쪽을 택한 것이다.

그때 보았던 다정한 눈이었다.

그렇다. 그런 믿을 수 없는 선택을 한 그녀이기에 나는 구원을 얻은 걸 거다. 아무것도 못하는, 무력한 내가, 친구를 이 손으로 죽여 버린 내가, 그 순간만큼은 행복하다고 느껴졌다. 지금 이렇게 그녀를 앞에 두고 있으니 그때의 감정이 끝없이 되살아났다.

"기뻐. 당연하잖아. 정말, 네가 살아있어서 다행이야……."

어느샌가 그녀는 눈물을 흘리고 있었고, 자꾸만 흐르는 그것을 필사적으로 닦고 있었다.

기억났다. 모두 다 기억해낼 수 있었다.

100년이라는 세월이 지났어도, 나는 아직도――

"왜 그래?"

나도 울음이 나려 했다. 리나리아는 걱정스러운 얼굴이었다. 자기도 울고 있으면서.

진짜 뭐 하는 거냐 싶어서 나 자신도 어이가 없었다.

그토록 많은 시간을 보냈으면서, 어째서 나란 녀석은 이렇게나 한심한 걸까.

부끄러워서 고개도 못 들겠다.

"거기 두 분."

정신을 차려보니 키가 큰 여성이 바로 옆에서 우리를 바라보고 있었다.

누구지? 그 등 뒤에서는 샤스타가 울고 있는 나를 보고 히죽거리고 있었다.

"미네 씨……."

리나리아가 부끄러운 듯이 말했다. 미네는 이분의 이름일까.

"여기서 흑흑거리고 울면, 이쪽까지 덩달아 서글퍼지잖아."

어느새 넓은 가게 안에 있던 몇 사람이 우리를 쳐다보고 있었다. 전부 들은 모양이다.

"괜히 나까지 울 뻔했지 뭔가."

근처에 앉아 있던 초로의 남자가 즐거운 듯이 말했다. 조금 전에 리나리아가 접객하고 있던 사람이다.

"커피 한 잔 주문하고 한참 버티는 아저씨의 헛소리는 아무래도 좋으니 넌 그만 들어가 봐."

미네라 불린 여성이 말하자 리나리아는 허겁지겁 손을 저었다.

"어, 하지만 아직."

"연인이 오랜만에 돌아온 거잖아? 오늘은 돌아가서 둘이 천천히 이야기나 나눠."

"여, 연인 아니……에, 요……."

"어? 그래? 그러면 오빠? 참 안 닮았네."

그녀는 고개를 숙이고 불쌍할 정도로 얼굴을 붉혔다.

아니, 그보다 다시 봐도 리나리아는 다른 사람들과 평범하게 대화하고 있었다. 그녀가 얼마나 성장했는지를 잘 알 수 있는 광경이었다.

"잠깐만 점장님, 선배가 빠진 구멍은 누가 메우고요?"

옆에서 지켜보던 샤스타가 불안한 표정으로 말했다.

"그럴 때를 위해 네가 있는 거잖아?"

"아니, 이제 막 들어온 신입이잖아요!"

"신입 주제에 나보다 먼저 퇴근하려는 건 아니지?"

"점장니임~!" 하고 샤스타가 어린애 같은 비명을 지르고 있다.

"자, 보다시피 가게 일은 괜찮을 거야."

웃으며 그렇게 말하는 미네의 등 뒤에서 샤스타가 또다시 "어디 가요?!"라고 소리치고 있었다.

그야말로 구원의 손길이 따로 없었다.

이곳에서 이야기하기에는 여러모로 분위기가 어색하다는 것은 사실이었다.

리나리아에게 눈짓하자, 내 의도를 헤아린 것인지 부끄러워하며 고개를 끄덕였다.

"그, 그러면 점장님 말대로 할게요……."

리나리아의 눈물은 어느샌가 그쳤고, 조금이나마 미소가 돌아와 있었다.

둘이서 함께 레스토랑에서 나왔다.

샤스타에게 일을 떠맡기는 모양새가 된 것은 미안했다. 다음에 만날 기회가 있다면 다른 형태로 사과해야겠다.

하지만 이렇게 리나리아와 단둘이 있게 된 건 행운일지도 모른다.

옆을 걷는 그녀는 역시나 긴장한 듯이 고개를 푹 숙이고 있었다.

"뭔가, 변하셨네요."

나는 감탄한 투로 말했다.

"뭐? 어디가?"

"예전의 스승님은 제 앞에서는 당당했지만, 다른 사람들 앞에서는 쭈뼛거리셨잖아요."

집 안에서만 떵떵거리는 '집구석 호랑이' 같은 느낌이었다. 훨씬 어린애 같고, 제멋대로인 구석도 있었다.

사람과 얽히는 과정에서 그녀도 그럭저럭 성장한 것이라고 생각하고 있었지만.

"그, 그치만."

그녀는 손가락을 꼬물거리며 쑥스러운 투로 말했다.

"새, 생각했던 것보다 훨씬 어른스러워져서…… 어쩌면 좋을지 모르겠는걸……."

평소에는 좀 더 딱 부러지게 군다고, 라고 허세를 부리듯이 그녀는 말했다.

순간적으로 무슨 소리인지 이해할 수 없었다.

그리고 알아채고 나자 쑥스러움이 밀려들어서 이번에는 내가 고개를 푹 숙이고 말았다.

"1년밖에 안 지났는데…… 아니, 왜 그래?"

정말로 이 사람은 그때 그대로구나.

그제야 만나러 오길 잘했다는 생각이 마음속 깊은 곳에서 솟아났다.

도시를 나와 멀지 않은 곳에 있는 산을 올랐다. 사람의 기척이 점점 멀어져 갔다.

등산 코스처럼 깔린 돌계단은 허물어져서, 깨진 틈새로 잡초가

자라나 있었다. 이제 그 길을 지나는 사람이 없는 탓이리라.

아무리 도시에서 일한다 해도 생활하는 거점으로는 이렇게 인적이 뜸한 장소가 좋다는 모양이다.

어느 정도 돌계단을 오른 후, 이번에는 평평한 땅을 걸어 나갔다.

앞서 걷는 그녀의 발걸음은 가벼웠다.

레스토랑을 나서고 나서 '내가 어쩔까요?' 라고 묻자 그녀는 당연하다는 듯이 '우리 집에 올래?' 라고 제안했다.

마주 앉아 울면서 대화를 나누던 수십 분 전을 생각하자 자꾸만 그녀를 의식하게 되었다.

아직 내 마음은, 그녀가 가까이에 있다는 사실을 현실로 받아들이지 못했기 때문이다.

100년이라는 시간은 그만큼 컸다.

안내를 받아 찾아간 그녀의 현재 보금자리는 그래도 이전에 살던 폐허만큼 허름하지 않았다.

번듯하게 집의 형태를 유지하고 있는 목재 건물이었다. 2층으로 된 건물 지붕에 새가 앉아 있는 게 보였다.

우리 말고 사람의 낌새는 없었지만, 그 무렵과는 다르다는 사실을 알 수 있었다.

"들어와."

문을 열며 이쪽을 바라보는 그녀는, 미소를 짓고 있었다.

이제는 다른 생물과 함께 살아가는 데 아무런 망설임도 없는 듯했다.

여러 가지 생각을 가슴에 품은 채 나는 그녀의 보금자리에 발을 들여놓았다.

오랜만에 그녀에게 직접 요리를 대접했다.

물론 실력은 녹슬기는커녕 이전보다 발전되어 있었다. 100년 동안의 경험에 의한 것이다.

하지만 지나치게 발전해서 익숙하게 부엌을 왔다 갔다 하자 리나리아가 많이 놀랐다. 나는 감탄한 그녀의 눈빛을 복잡한 심경으로 받아내고 있었다.

누군가와 같은 방에 있으니 오랫동안 곁에 있었던 동거인이 떠오르고 말았다.

요리할 때도, 사람이 없는 소파가 눈에 들어올 때도…….

해가 완전히 저물고, 달빛이 집 안으로 들어오기 시작한다.

둘이서 시간을 보내게 되어 기쁠 텐데, 무언가가 부족한 듯한 어색함이 느껴지는 것은 계속 그런 광경과 인연이 없는 생활을 했기 때문일 거다.

테이블에 식기를 늘어놓고 있을 때, 어떠한 사실을 알아채고 아, 하고 입을 열었다.

납작하게 말린 꽃 한 송이가 테이블 가운데 놓여 있었던 것이다.

그것은 조화가 아니라 생화였다. 어딘가에서 본 듯한 꽃이다.

"정기적으로 가지러 가고 있어."

꽃을 보고 있던 내게 리나리아가 알려주었다. 어디인지는 묻지 않고도 알 수 있었다.

이 꽃은 우리가 살았던 지역에 서식하고 있는 소이주라는 하얀 꽃이다. 어둠 속에서 빛나는 특성을 지녔다. 이전에 그녀에게 선물했을 때의 일이 떠올랐다.

"그때 스승님은 조금 무서워했잖아요."

"그, 그랬던가?"

"기껏 선물했는데."라고 짓궂게 말하자 리나리아는 화를 내며 "그치만 어쩔 수 없잖아."라고 말하더니 고개를 홱 돌렸다.

그녀는 모든 생물이 무서운 괴물로 보인다.

실제로 어떤 식으로 보일지 나는 상상도 안 되지만 분명 내 상상보다 몇십 배는 흉측한 모습일 거다.

그런 가운데 나만 예외적으로 평범하게 보인다는 모양이다.

이렇게 지금의 그녀와 대화하다 보면 너무도 평범해서 까맣게 잊어버릴 것만 같지만.

식탁을 둘러싸고 다시 둘이서 이야기를 나눴다. 두서없이 많은 이야기를.

주로 그녀가 지금까지 보낸 1년 동안의 이야기였다.

"너랑 헤어지고 난 후로 보낸 1년은, 너랑 같이 있었던 1년보다 훨씬 길게 느껴졌어."

기쁘기도, 낯간지럽기도 한 말이었다.

"폐허에서 도시로 내려오셨군요. 평범하게 다른 사람들하고도 대화하고 있었고요."

말은 알아듣는 거냐고 묻자 그녀는 쑥스러운 듯이 뺨을 긁적거렸다.

"보통은 거의 잡음만 들리는데, 입의 움직임을 보거나 잡음을 제거하는 마법을 쓰거나 했더니 어찌어찌 알아들을 수 있게 됐어."

"대단하네요."

"그게, 강해져야만 한다고 생각했거든."

리나리아는 말린 꽃 한 송이를 손가락으로 쓰다듬으며 말했다.

강해져야 한다는 것은 분명 정신적인 면을 이야기하는 걸 거다.

"이제 그런 일은 겪기 싫으니까."

그런 일.

어떤 일을 가리키는지는, 짚이는 바가 너무 많아서 모르겠다.

소중한 친구를 잃은 일을 말하는 걸까. 우리가 헤어지게 된 일을 말하는 걸까.

리나리아는 내가 소중히 여기고 있는 것에 의해 바뀐 것이리라.

"저는 이제 누군가의 보호가 필요한 남자가 아니에요."

나도 대항하듯이 말했다. 그녀는 살짝 웃으면서 못 믿겠는데~ 라고 말했다. 장난을 치는 어린애를 달래는 듯한 미소다.

"정말이라고요. 그 무렵보다 훨씬 강해졌어요. 당신을 지킬 수 있을 정도로요."

그것으로 많은 것들을 잃었지만.

"그러니까 이제는 제가 지키게 해주세요."

그녀는 얼굴을 붉히더니 언짢은 듯이 눈을 가늘게 떴다.

"뭔가, 사랑의 고백 같네."

"같은 게 아니라 그런 뜻이에요."

"바, 바보……!"

너무도 그녀다운 반응이라 웃음이 났다.

"잘 먹었어. 이전보다 훨씬 맛있어서 놀랐어."

내 요리를 절찬해 주는 그녀를 보는 건 정말이지 오랜만이었다.

'이전보다' 라는 말을 듣자 '그 100년이라는 시간은 결코 헛된 것이 아니었다' 는 생각이 새삼 들었다.

"내일도 일해야 하니까, 그만 자자."

그녀는 빈 식기를 들고 자리에서 일어났다.

자기에는 이르지 않나?

"저도 정리하는 거 도울게요!"

허둥지둥 일어나서 부엌에 둘이 나란히 섰다. 그녀는 싫어하지 않았다.

그 무렵, 둘이 살았던 무렵의 일상이 돌아온 것 같아서, 경솔하게 들리겠지만 행복해졌다.

많은 것을 잃었지만, 이렇게 우리에게 돌아온 것도 있다는 사실을 강하게 실감할 수 있었다.

참고로 또 이전처럼 같은 방에서 자게 될지도 모른다고 은근히 기대했지만, 나는 손님방에 처넣어졌다.

결심한 게 두 가지 있다.

하나는 뜬금없이 생각난 거지만, 내게는 필요한 것이다.

어둠 저 너머에서 바람 소리가 들려왔다.

누군가가 창문을 열어 환기하고 있는 것이다. 멀지 않은 바깥에 펼쳐진 나뭇잎들이 바람에 흔들리는 소리가 파도 소리처럼 밀려들었다.

"그럼 난 일하러 갈게."

아직 잠들어 있는 내 귓가에 그런 소리가 들려왔다.

누군가가 내 머리를 상냥하게 쓰다듬은 듯한 기분이 들었다.

얼마쯤 지나 "다녀오겠습니다."라는 소리가 조금 떨어진 현관 쪽에서 들려오더니 곧이어 문이 닫히는 소리가 들렸다.

나는 천천히 침대 위에서 눈을 떴다.

'미치노'에서 일하는 리나리아의 아침은 아마 나보다 훨씬 일찍 시작되었을 거다.

잠시 천장을 바라보고 있다가 곧장 행동을 개시했다.

예를 들어 시속성 마소를 소비하면 체감 시간을 평소의 몇 배로 늘릴 수 있다.

빈약한 내 마력을 전혀 소비하지 않아도 내가 있는 세계가 모두 슬로모션이 되는 것이다.

100년 동안의 단련을 통해 얻은, 지금의 내 힘 중 하나다.

그것을 사용하자 '미치노'에 실제 시간으로 수십 초 만에 도착할 수 있었다.

주변 사람들에게는 순간이동에 가까운 현상으로 보였을 거다.

가게 앞에는 어제 봤던 검은 고양이가 드러누워 있었다. 이틀째이다 보니 이 광경도 눈에 익기 시작했다.

당연한 이야기지만 리나리아는 아직 안 왔다.

확인할 필요도 없지만 만약을 위해 가지고 다니는 회중시계로 시간을 확인했다.

그녀가 집을 나서고서 2분 정도밖에 지나지 않았다.

어제 지났던 길을 생각하면 그녀는 아마도 30분 정도 후에야 이곳에 도착할 거다.

매일 그런 거리를 걸어 다니려면 힘들 텐데, 라는 생각을 하며 나는 레스토랑 쪽으로 걸어갔다.

"어라? 어제 그 남자잖아?"

레스토랑에 들어가자 어제 봤던 키 큰 여성, 미네 씨와 샤스타가 있었다.

"샤스타?"

이렇게 이른 시간부터 미네 씨 이외의 점원이 있을 줄은 몰랐던지라 엉겁결에 이름을 부르고 말았다.

샤스타가 이쪽으로 다가오더니 내 귀에 입을 가져다 댔다.

"왜 이렇게 빨리 여기 온 거예요?"

"너야말로."

만난 지 하루밖에 안 됐는데 이상할 정도로 거리감이 가까웠다.

옆에서 보고 있던 점장인 듯한 여성의 시선도 신경 쓰였다.

"나는 잘 둘러대서, 낮에도 써달라고 해야 하니까요."

그 한마디를 듣고서야 생각이 났다.

"그러고 보니 모두가 잊어버린댔지……."

"점장님한테 낮부터 저를 대신할 사람을 써달라고 이야기해 두는 거예요. 그러면 업무도 자세하게 인수인계할 수 있고, 확실하게 채용될 수 있으니까요."

그녀는 의기양양하게 콧숨을 내쉬었다.

"참 번거롭네……."

본인은 웃지만, 사정을 아는 나는 마음이 복잡했다. 어떻게 반응하면 좋을지 모르겠다.

"그래서, 오늘은 어쩐 일이야?"

키 큰 여성이 내게 물었다.

"여기서 일하게 해주세요."

나는 깊숙이 고개를 숙였다.

어젯밤부터 생각했던 일이다.

리나리아의 곁에서 할 수 있는 일이 없을까 생각하다가 이 결론에 다다랐다.

계속 떨어져 있었던 만큼 그녀의 곁에 있고 싶다.

거짓 없는 마음이다. 나는 그녀를 지탱해주고 싶다.

미네 씨는 흐음~ 하고 신음하더니,

"너, 이름이 뭐야?"

승낙도 거절도 하지 않고, 그렇게 답했다.

"어째서?"

가게에 얼굴을 내민 리나리아가 가장 먼저 한 말이었다.

나를 보고 순간적으로 놀란 듯 입을 쩍 벌리더니, 기쁜 듯 미소를 짓더니, 다시 어라? 하고 의아한 표정을 지었다.

"표정이 홱홱 바뀌는 게 참 재미있네요."

"어째서 네가 여기 있는 거야? 게다가 어째서 여기 제복을 입고 있는 거야?"

나는 지금 레스토랑 '미치노'의 남성용 제복을 입고 있다. 백색과 흑색을 기조로 한 집사 같은 차림새다.

어울리는 것 같지는 않지만.

"여기서 일하기로 했어요."

"왜 나보다 먼저 여기 와 있는 거야?! 내가 집에서 나올 때는 자고 있었잖아?!"

어째서 그렇게 된 거냐며 머리를 감싸는 그 모습이 조금 재미있었다.

"일단 곧 가게 문을 열어야 하니 준비하는 게 좋을 거예요."

"아, 그랬지."

그녀는 허둥지둥 탈의실로 뛰어 들어갔다.

리나리아가 인사하는 소리와 종업원들이 즐거운 듯이 대화를 나누는 소리가 들려왔다.

그 자리에 남겨진 나는 조용해진 넓은 가게를 둘러보았다.

"반했어?"

공범인 미네 씨가 어느샌가 내 등 뒤에 서 있었다.

"글쎄요."

"저 아이는 부정했지만, 거의 사귀는 거나 다름없는 사이 아니야? 일하는 곳까지 쫓아왔는데 전혀 성가신 눈치가 없잖아."

꽤 노골적으로 질문하는 사람이다. 참고로 미네 씨는 어느 정도 성숙한 성인 여성이다.

"그렇게 단순한 문제가 아니에요."

미네 씨는 이 넓은 레스토랑에서 두 번째로 높은 사람이라는 듯했다.

이 레스토랑의 옛 주인인 부모님의 뒤를 이어 딱 부러지게 가게를 운영하고 있다는 모양이다.

제일 높은 사람은 이 사람의 아버지로, 거의 조리실에 틀어박혀 있는 주방장이기도 했다.

일하고 싶다고 그녀에게 부탁하러 온 게 불과 조금 전이었다. 종업원이 부족한지 어떤지는 모르겠지만 그 자리에서 채용되고 제복까지 받았다.

"밤에 왔다면 이렇게 되지는 않았을 거야. 곧 가게 문을 닫으려는 시간대에 채용했으면 너는 나보다 먼저 집에 가서 따뜻한 물로 목욕하고 잘 것 아냐. 그런 걸 두고 볼 것 같아?"

의외로 자잘한 일에 집착하는 타입인 모양이다.

"미리 말하겠는데, 못 써먹겠다 싶으면 바로 쫓아낼 거야."

"열심히 할게요."

"좋아."

미네 씨는 힘껏 고개를 끄덕였다.

내 대답에 만족한 눈치였다.

서쪽 하늘로 저무는 석양이 보였다. 오렌지색으로 물든 거리를, 꽃을 든 주민들이 줄지어 걷고 있다. 신기하게도 어제처럼 쓸쓸함이 밀려들거나 하지는 않았다.

나는 '미치노'의 가게 앞에서 리나리아가 나타나기를 기다렸다.

어제 이곳에 서 있을 때의 나는 그녀를 만나는 게 무서워서 달아나고 싶었건만.

딸랑, 소리가 나서 뒤를 돌아봤다가 마침 가게에서 나온 리나리아와 눈이 마주쳤다.

거북한 듯한 표정을 지었지만, 그냥 지나치지 않고 내 앞까지 터벅터벅 걸어왔다.

멈춰 서서 말없이 내 손을 잡았다.

"나 참, 오늘 일은 대체 뭐야……."

쑥스러운 듯이 고개를 숙인 채 중얼거렸다. 내가 갑자기 직장에 나타난 일을 말하는 걸 거다.

주변에 아무도 없는 걸 확인하고서 귓속말했다.

"아직 가게 앞인데요……."

리나리아는 눈을 흡뜨고서 나를 바라보며 중얼거렸다.

"그치만, 계속 참고 있었는걸."

그녀의 손은 약간 떨리고 있었다.

당당하기만 했던 낮의 그녀는 어디로 가 버린 건지, 지금은 어쩐지 연약해 보이기만 했다.

아무리 밝게 행동해도 그녀에게 보이는 주변의 세계는 그녀에게 다정하지 않을 거다.

우리는 누가 보기 전에 손을 잡고서 걸어 나갔다.

재회한 지 얼마 되지 않았지만…….

첫 번째로 결심한 것은 그녀와 같은 직장에서 되도록 그녀를 돕자는 것이었다.

두 번째로 결심한 것은——

"어제는 저랑 재회했으니, 그거면 충분하다고 말했잖아요?"

가로등에 불이 밝혀졌을 즈음, 나는 그렇게 이야기를 꺼냈다.

"그래도 역시. 이야기해야겠다 싶어서요."

"뭐를?"

"지금까지 무슨 일이 있었는지를."

그녀의 손에 힘이 실리는 게 느껴졌다.

말없이 고개를 푹 숙이고 있더니, 그녀는 "응." 하고 조용히 고개를 끄덕이고서 내가 입을 열기를 기다렸다.

"어떤 마녀랑, 같이 있었어요."

그렇게 나는 지금까지 있었던 일들을 이야기했다.

시간을 조종하는 마녀에 관해서.

100년 동안이나 계속 그 마녀에게 잡혀 있었다고.

최대한 상세하게, 있는 그대로 이야기했다.

그동안 리나리아는 한마디도 말참견하지 않고 조용히 내 이야기를 들어주었다.

하지만 즐거운 시기도 있었다. 독학으로 하던 연구가 막혀서 짜증이 나던 시기도 있었다.

아이비와의 수업, 시답잖은 대화, 같은 방에서 보냈던 시간.

하지만 그런 추억을 입 밖에 내고 있자, 점점 억누를 수 없는 감정이 솟구쳐서 제대로 말할 수가 없어졌다. 한심하게도 울음 섞인 목소리가 흘러나왔다.

내게 둘도 없이 소중한 것이었음을 깨달았기 때문이다.

그리고 이야기의 마지막 부분에,

나는 내 손으로, 함께 있던 마녀를 죽였다고 말했다.

얼마간 침묵하고 있던 리나리아가 입을 열었다.

"많이 힘들었겠네."

그런 그녀 옆에서, 나는 어린애처럼 흐느껴 울고 있다. 한심한 일이지만 아이비의 마지막 순간을 떠올리자 나 자신도 제어할 수 없을 정도로 슬픔이 부풀어 올라서 눈물을 그칠 수가 없었다.

"떠올리면, 어째서인지, 눈물이 나요……."

"어째서?"

"아마도, 저는 그 녀석이 꽤 마음에 들었던 게 아닐까요. 여러모로 지독한 짓을 당하기는 했지만, 긴 시간을 함께 보냈으니까. 하지만 결국…… 저는 그 녀석을 죽여 버렸어요……."

문득 마지막 광경이 떠올랐다.

내 뺨을 쓰다듬으며 사랑을 입에 담던 아이비의 모습이 지금도 눈에 선했다.

"그 녀석…… 웃고 있었어요."

울면서 쉰 목소리로 말하며, 나는 억지로 미소를 지었다.

"그래서인지 지금은, 마지막에 그렇게 하는 게 맞지 않았을까, 하는 생각이 들어요. 왜냐하면 그 녀석은, 죽지 않는 마녀였으니까요……."

아이비는 계속 그런 아무것도 없는 세계에서 혼자 살고 있었다.

결국 나와의 생활도 일시적인 평온이었을 거다. 이제는 그렇게 생각할 수 있었다.

아이비는 분명 마지막으로 죽음을 얻어서 행복했을 거라고.

"그건 분명, 아닐 거야."

리나리아가 갑자기 걸음을 멈췄다.

손을 잡고 있던 나도 그 자리에 멈출 수밖에 없었다.

"스승님?"

"나는…… 솔직히 말하자면, 네가 다시는 나를 만나러 와주지 않을지도 모른다고 생각했어."

어째서? 라고는 물을 수 없었다.

실제로 나는 이곳에 올 때까지 망설이고 있었으니까.

"너도 의심이 많은 성격이잖아. 나를 찾아내도 이런저런 고민하다가, 결국 만나러 오지 않을지도 모른다는 생각에 불안했어."

리나리아는 눈을 가늘게 떴다.

나는 손바닥에서 땀이 혹 났다. 의심이 많다—— 분명 나는 리나리아가 나와의 재회를 진심으로 기뻐해 줄지 불안했다. 실제로는 완전히 쓸데없는 걱정으로 끝났지만…….

얼굴에 드러났는지 리나리아는 우습다는 듯이 킥킥 웃었다.

"나는 있지, 너를 지켜내지 못하고 이제 틀렸다 싶었을 때, 엉망진창이 된 너를 보고 고민에 빠졌어."

1년 전, 그 잔해더미에서 나와 대화를 나누었던 때를 말하는 것임을 금방 알 수 있었다.

"너를 좋아한다는 걸, 네가 믿게 하려면 어떻게 해야 하는지."

"……."

나는 유일하게 죽지 않는 그녀의 목숨을 끊을 수 있다.

내가 치명상을 입었던 1년 전, 내가 먼저 죽었다면 그녀는 그 후로 죽지도 못하고 외톨이가 되어 버렸을 거다.

그런 상황에서 리나리아는 나를 슬프게 만들지 않는 쪽을 우선시해 주었다.

같이 죽자는 제안을 거부한 것이다.

죽음의 문턱에서 그녀가 그런 선택을 할 때까지 나는 계속 의심하고 있었다.

나랑 있는 것보다 죽어서 편해지는 편이 훨씬 낫다고 생각했다.

"그 애도 필사적이었던 게 아닐까……."

그 말이 죽어가던 아이비의 미소와 어떻게 이어지는 것인지, 금방은 이해가 안 됐다.

필사적이었다?

그때 아이비는 분명 필사적으로 내게 전하려 했다.

사랑한다고.

무언가가 머릿속에서 이어졌지만 좀처럼 말이 나오지 않았다.

그저 그때 아이비의 마음을 조금은 이해할 것 같았다.

아이비는 리나리아보다 훨씬 고독했다. 나밖에 없었기 때문이다.

주변에는 적도 아군도 없다.

그녀는 자기 눈으로 본 것만을 토대로 선택할 수밖에 없었다.

그런 가운데, 분명 그 순간만은 누구보다도 필사적이었다.

타인을 의심하기만 했던 나 같은 놈에게, 리나리아가 했던 것처럼 나에게 필사적으로 전하려 했다.

사랑한다고.

"바보 같은 녀석."

그렇다. 아주 조금은 이해할 것 같다.

"집에 갈까?"

리나리아는 손가락으로 다정하게 내 눈가를 훔쳐 주었다.

다시 손을 잡고 그대로 내 손을 잡아끌며 걷기 시작했다.

구시가지의 대로에 주황색 빛이 쏟아진다.

그 아름다운 풍경의 중심에는 리나리아가 있다.

그녀의 뒷모습을 넋 놓고 쳐다보고 있자, 문득 그녀가 나를 돌아보며 다시 미소를 보여 주었다.

그 후로 겪은 일을 조금만 이야기하겠다.

'미치노'에서 일하기 시작한 나와 리나리아는 순조롭게 일하고 있었다. 종업원들과도 친해지고, 가게의 분위기에도 잘 적응해 나갔다.

재회한 후, 스승과 제자라는 관계로 돌아가지는 않았다.

딱히 매력적인 이유 같은 게 있어서는 아니고, 그녀 자신이 그럴 자격이 없다고 말했기 때문이다. 그러면 함께 있을 수 없는 것인가 하면, 그렇지도 않았다. 모든 것이 원래대로 돌아가지는 않은 것뿐이다.

나와 그녀는 지금도 도시 가장자리에 있는 산에 지어진 집에서 단둘이 살고 있다.

리나리아는 나를 지금까지 그랬듯이 알바라고 부른다.

나는 스승님이 아니라 리나리아 씨라고 부르게 되었다.

가끔 샤스타가 집에 놀러 올 때도 있다. 리나리아는 표면상으로 샤스타와도 친하게 지내는 듯했다. 셋이서 행동할 때도 있었다.

나는 리나리아에게 호감이 있는 것 같지만, 나 자신이 아직 완전히 받아들이지 못한 면이 있어서 본심을 털어놓는 걸 주저하고 있었다.

식사는 늘 리나리아와 함께했고, 함께 집을 나와서 '미치노'로 갔다. 현장에서는 서로 놀리기도 하며 비교적 즐겁게 지내고 있다. 귀가도 함께 하지만 목욕은 따로 한다. 그리고 잘 때도 따로 잔다.

샤스타에게 받은 일기는 아직 내 방 책장에 놓여 있다.

안에 끼워져 있던 메모지는 자기 전에 가끔 꺼내서 다시 읽어보고는 했다.

그것은 여자애가 어느 구제불능 남자에게 보낸 한 통의 편지다.

거기에는 그 소녀의 귀엽고도 애타는 마음이 담겨 있었다.

외톨이 특유의 외로움, 가끔 찾아오는 방문자에 대한 푸념, 불평불만⋯⋯.

하지만 마지막에 가서는 알바라는 남자에 대한 애정을 있는 그대로 쏟아놓고 있었다.

읽는 쪽마저 쑥스러워질 정도로.

왜 그런 것이 샤스타의 일기에 끼워져 있었는지는 알 수 없다.

어쩌면 내가 샤스타와 행동을 함께하고 있었을 때, 그것을 보고 있던 그녀가 자신의 마음을 알아주었으면 해서 그걸 몰래 일기장에 끼워 넣은 것일지도 모른다.

그런 이야기는 지난 100년 동안 한 번도 듣지 못했다.

그것을 보고 있자면 매우 긴 시간을 함께했던 소녀의 생각이 나서, 눈물을 흘리며 웃게 되었다.

가끔 아이비의 꿈도 꾼다.

그녀는 내 얼굴을 보면 늘 화가 나서 고개를 홱 돌린다. 쭈뼛거리며 말을 붙이면 그녀는 토라진 듯한 눈으로 나를 쳐다본다. 하지만 그뿐이다.

이제 이전처럼 슬픈 표정은 짓지 않았다.

(끝)

후기

길었던 집필이 끝나고 한숨 돌리고서야 이 후기를 적고 있습니다.

여러분, 지금까지 함께해 주셔서 감사합니다.

이번에는 지난 권 같은 군상극이 아니라 세 사람의 시점에 집중한 세 편의 중편 소설 같은 형태로 완성했습니다. 조금은 읽기 쉬워지지 않았을까요…….

연재판 기준으로 『괴리 애프터』에 해당하는 이야기인 제1장은, 연재판과 달리 괴리 자신의 과거와 인격 같은 것에 초점을 맞춰 이야기를 재구성했습니다. 그녀가 보고 있는 세상은 이렇게 되어 있고, 주인공이 어떻게 보이며 무슨 생각으로 그런 결말에 도달했는지, 잠시 멈춰서 여러 방향에서 재조명한 이야기로 만들어 보았습니다. 다만 해석에 따라서는 그녀를 싫어하는 분이 많지 않을까 싶습니다. 아이비는 제멋대로라, 연재판에서도 독자분들에게 '뭐 저런 게 다 있어!' 라는 소리를 들었습니다. 하지만 저는 그녀를 좋아하거든요. 제멋대로에 이기적이지만 인간적이고 어리석고 폭력적인…… 괜찮은 걸까요, 이 히로인…….

하지만 어쩐지 미워할 수가 없습니다. 이 의견에 공감해 주시는 분들이 계신다면 좋겠습니다.

그리고 무대 뒤에서 일어난 망각의 이야기와 알바 시점의 이야기. 양쪽 모두 연재판과 공통된 부분이 적은, 거의 새로운 이벤트로 재구성되었습니다. 일단 깔끔하게 정리해보죠, 끝만 좋으면 장땡이니까요. 라는 담당자님의 조언에 따라 세 개의 이야기를 합친 한 권이 되었습니다. 연재판에 비해 서적판에서는 그들 내면의 색이 짙게 표현되어, 그러한 것들을 보완한 측면도 있습니다. 그런 부분을 즐겨주시면 감사하겠습니다.

타케다 호타루 님께는 일러스트 의뢰를 시간이 빠듯하게 해서 많은 민폐를 끼쳤습니다. 그럼에도 바쁘신 일정 속에서 근사한 일러스트를 제공해 주셨습니다. 이번 권의 신규 캐릭터는 망각의 마녀뿐이었지만, '미치노' 의 제복도 그렇고 어린 아이비의 모습도 그렇고 여러모로 인상이 다른 마녀들의 모습도 그려주셨습니다. 집필이 막혔을 때 굉장히 큰 마음의 위로가 되기도 했습니다.

감사합니다. 수고 많으셨습니다. 섬세한 터치 덕분에 모든 캐릭터들의 개성이 충분하고도 남을 만큼 표현되었습니다. 호타루 님의 그림을 많은 분이 보시고, 저처럼 감명을 받아주시면 좋겠습니다.

아무튼 이번 『너는 죽지 않는 재투성이 마녀Ⅱ』는 제가 연재판에서 표현하지 못했던 아쉬운 점들을 기획을 통해 모두 풀어낸 한 권입니다. 제가 재미있다고 확신할 수 있는 책이라는 점에서도 매우 감회가 깊습니다. 뭐, 제가 재미있다고 다른 분들도 재미있으리라는 보장은 없지만요.

그건 그렇고 이 책과 거의 같은 타이밍에 후게츠 마코토 선생님의 만화판 제1권도 발매되었습니다.

　이 책을 구입하셨다면 그대로 만화 코너로도 걸음을 옮겨 주십시오. 그리고 마찬가지로 구입해 주십시오. 제 개인적인 생각이지만, 만화판은 서적판과 연재판의 중간을 노린다는 콘셉트가 바닥에 깔려 있다고 생각합니다. 서적판에서 마지못해 잘라낸 장면이 만화판에서는 부활! 같은 기쁜 만남이 곳곳에 있으니 부디 확인해 주십시오.

　그런고로 『너는 죽지 않는 재투성이 마녀』를 응원해 주신 여러분께 최대한의 감사를!

　부디 또 뵐 날이 왔으면 좋겠군요.

너는 죽지 않는 재투성이 마녀 2

2024년 07월 15일 제1판 인쇄
2024년 07월 25일 제1판 발행

지음 하이누미 | **일러스트** 타케다 호타루

옮김 정대식

발행 영상출판미디어(주)
등록번호 제 2023-000035호
주소 07551 서울특별시 강서구 양천로 570 NH서울타워 19층
대표전화 02-2013-5665

ISBN 979-11-380-4958-0
ISBN 979-11-380-4624-4 (세트)

KIMI WA SHINENAI HAIKABURI NO MAJO Vol.2
ⓒHainumi, Hotaru Takeda 2020
First published in Japan in 2020 by KADOKAWA CORPORATION, Tokyo.
Korean translation rights arranged with KADOKAWA CORPORATION, Tokyo.

구매 시 파손된 도서는 구매처에서 교환하실 수 있습니다.
기타 불편사항, 문의사항이 있으신 독자님께서는 노블엔진 홈페이지
[http://novelengine.com] 에서 Q&A 게시판을 이용해 주시기 바랍니다.